你的咖啡馆曾是我的城

陈彧◎著

中国财富出版社

图书在版编目(CIP)数据

你的咖啡馆 曾是我的城 / 陈彧著. —北京:中国财富出版社,2015.7
ISBN 978-7-5047-5603-9

Ⅰ.①你… Ⅱ.① 陈… Ⅲ. ①长篇小说—中国—当代 Ⅳ.①I247.5

中国版本图书馆 CIP数据核字(2015)第 053459 号

策划编辑	张彩霞	**责任印制**	方朋远
责任编辑	张彩霞	**责任校对**	杨小静

出版发行	中国财富出版社		
社　　址	北京市丰台区南四环西路 188 号 5 区 20 楼	**邮政编码**	100070
电　　话	010-52227568(发行部)		010-52227588 转 307(总编室)
	010-68589540(读者服务部)		010-52227588 转 305(质检部)
网　　址	http://www.cfpress.com.cn		
经　　销	新华书店		
印　　刷	北京高岭印刷有限公司		
书　　号	ISBN 978-7-5047-5603-9/Z·0188		
开　　本	880mm×1230mm　1/32	**版　　次**	2015 年 7 月第 1 版
印　　张	10	**印　　次**	2015 年 7 月第 1 次印刷
字　　数	183 千字	**定　　价**	32.00 元

楔子

她说，一念起，花开处。她是“一念起”了，可花，却开在了别处。

风是轻柔的，也是冷漫的；叶是斑斓的，也是寒酸的。毕竟，这已经是深秋了，深秋，正是叶落时，所有的斑斓不过是最后的挣扎。而山里的深秋，就是清风，也带着那么一点点刺骨的冷寒。

这是一座孤寂的冷庙，香客没有，香烟没有，只有一个冷的香炉，还有三座已经看不出真面目而略显狰狞的塑像。

一个穿青灰色休闲装的女子走进冷庙，她的手里拿着一把拂尘。她不是尼姑，不是道姑，甚至不像修行者，尽管素裹淡服，但她却浓眉重目。眉，是极度夸张的绣出来的拱桥；鼻，是极度饱满的妆出来的立柱；嘴，是极度溢流的涂出来的樱桃，带血的樱桃。

在她的身后，居然跟着一架黑乎乎的长臂摄像机，摄像机后面，是一个满脸胡碴的黑胖子。女子拿着拂尘，妖娆地转身，妩媚地一笑，手，是指着塑像，脸，却对着镜头。她说："我要让埋没在这里的佛像，从此重见天日。"十足救世救国的派头。

说完之后，女子拿着拂尘走近塑像，轻舒云手，慢转妙身，拂尘在塑像上跳动。女子拉开的架势，大概是想要做到诸如"腕如扶柳，腿似清风"之类的曼妙，可一拂尘下去，尘烟四起，云雾迷茫。尘烟细小，无孔不入，女子眼睛进了迷烟，鼻子呛了灰尘，嘴巴吃了沉香，她扔了拂尘，一手揉眼睛，一手捏鼻子，蹲在地上，剧烈地咳起来，一边咳，一边唔哩哇啦地乱叫着。

黑胖子无动于衷，半张脸躲在摄像机后面，专注于拍摄。女子眯着眼睛怒吼起来："不知道过来帮老娘一把，你是干什么吃的?"黑胖子这才从摄像机后面挪开脸，朝着女子看了看，一脸茫然地问道："我怎么帮你啊?"

女子已经能睁开眼睛了，她半眯着眼睛，恨恨地瞪了一眼摄像师，看着那个大黑块头要挪过来，她反而打了个寒战，说："算了，算了，你哪里懂，这是一个我救佛、佛救我的故事，你哪里懂？算了，刚才这段掐了。继续。"

女子从地上捡起拂尘，继续扭腰摆臀，继续纤手飞尘。可拂尘刚起，她那拱桥式的眉头就皱起来，她的手一下子凝在了空中，她回头对黑胖子说："先暂停，你来擦，差不多了，我再来。"

黑胖子并不答话，只是慢吞吞关了摄像机，一步一挪走过来。他的脸依然保持着刚才的茫然，就连眼睛，也是素淡无神的。他一手接过女子手中的拂尘，一手把帽衫的帽子带上，然后一低头，下巴一拱，把嘴和鼻子都塞进帽衫里面。一切就绪后，他猛地抡起拂尘，左右开弓，照着塑像就是两下。

女子尚未走开去，看到他把下巴拱进帽衫里，鄙夷地笑起来，冷不防拂尘飞起骤落，尘烟再起，她被呛了个满眼满嘴，她愤怒地想要咒骂，可一通咳嗽堵住了她的嘴，她赶紧捂着口鼻，咳嗽着跑出了冷庙。

女子远远地站在庙外，看着尘烟颗粒在庙门处肆意飞扬。太阳光恰到好处，把尘烟死而复活的灵气渲染得淋漓尽致，一颗颗，一粒粒，尽情飞扬。这些已经沉寂多年的尘烟，终于有了躁动的一刻，终于有了继续躁动的理由。

女子显得很高兴，开了摄像机，让镜头对着自己，说：

“在经历了那么多年的沉寂之后，我佛终于再见光明，这是天下之幸。我希望有更多的人能跟着我一起做些善事，积善就是积福。你为佛做了事，佛自然会恩赐你幸福……”

一语未了，黑胖子踉踉跄跄从庙里奔出来，一头撞在了女子身上。女子被撞了一个趔趄，那幸福的“福”字就在空中拉长了线，曲折婉转着飞起来。女子抢了好几步，才扶住了庙墙，没有倒下去，那被拉长的“福”字也才终于落了地。

女子回头看，黑胖子正蹲在门口一侧，大口大口地喘着气，喘气的幅度太大，以至于他的身子也随着一起一伏的，就像一个波动的巨大的水球。

女子气愤地骂道：“你没长眼睛啊?”黑胖子狠狠喘上一口气，说：“你都来做佛事了，为啥还不积点德呢?”

女子白了他一眼，说：“你懂什么？我挑的头，自是我积的德。别看你扫佛像，好事也和你一毛钱关系都没有。知道为什么吗？这就是‘一念起，就是花开’。”

黑胖子嘿嘿一笑，黑的胡子碴裂开了口，从中间闪出一排整齐的白牙。原来，他是有表情的。他一边笑一边说：“你说好事是你的，就是你的？你喜欢做导演，安排别人的人生也就罢了，如今还喜欢安排佛的人生，不，佛的佛生。你这造行太大，我看着就害怕。”

黑胖子说完，开始收拾摄像机，似乎要收工。女子急了，问道："你干什么？今天还没开始呢!"

黑胖子头也不抬地说："灌顶就不该把这咖啡馆都交给你来经营。搞网络营销是对，可我还没听说用扫佛殿来做网络营销的呢！你要实在闲得慌，你还是找那个小白脸来拍，我这情调，够不着你。"

女子更急了，不扭腰，不摆胯，威风凛凛一步踏过来，说："黑胖子，你可别找不自在，你别看我安排不了小青的人生，可我还能安排得了你的人生。"

黑胖子抬起头来，认真看了看那女子，笑了，说："你要真是能认认真真进去扫个佛像，不拍照，不作秀，那还真没准，你就能安排我的人生，我也许愿意做你的楚门。"

女子愣了，可就一愣神的工夫，黑胖子已经扛起摄像机走了。女子转身看向庙里，庙里，尘烟沸腾，可那塑像，依然面目不清。原来，模糊塑像的，并非灰尘，而是岁月。

女子坐在庙前的台阶上，她想起了小青，想起了灌顶。她是曾经"一念起"了，可是花却开在了别处。她喃喃地说道："我只是起了个头，真正做事的是灌顶啊。为啥我感觉罪过全都是我的呢?"

微风起，树梢动，一片落叶飞上她的肩头。她扭头望过去，那竟是一片红绿各半的叶子。再过些日子，只是再过些日子而已，这叶子就全红了。能懂她的，不是道德，永远不是道德，也不是金钱，不是她喜欢的金钱，能懂她的，只有岁月。

岁月老了，她的心才慢慢轻起来。人们总是喜欢说，如果再来一次会怎样怎样，可没有人知道，让岁月老起来才能怎样怎样，岁月老了，人，才慢慢熟了，才能随心所欲。

她顶着尘烟，走进庙里，对着那几座塑像跪下去，双手合十，默默念道："让小青，让灌顶，有情人终成眷属。可是，小青，灌顶，是有情人吗?"

目 录

恋爱是一只黑脸的猫

杜鹃啼血，换不回一场春梦

纸上风华，风来既碎

你的咖啡馆
曾是我的城

恋爱是一只黑脸的猫

别看黑胖子胖，黑胖子却有一个娇小玲珑、白皙粉嫩，当然也千娇百媚的小女友。黑胖子说，恋爱是一只黑脸的猫，诡异、特别，掺着妖魔的异动，却最最平凡。

黑胖子并不是我这本书的人物，他是我的说书人。

黑胖子说，恋爱，从最散漫的地方开始最好，不求一见钟情，也不要天长地久，只是天黑了，路远了，一把野火点燃了，就是如此。

可黑胖子不知道，男人遇上女人，也许是一把野火，女人遇上女人，那就不只是天黑了，路远了，而是风停了，浪却不静。黑胖子更不知道，有人谈恋爱，能谈出天、谈出地，有人谈恋爱，能谈出鬼神、谈出瘴气。

等蝉再来的女子

黑胖子说，女人就应该在男人那里找到自己。灌顶表示同意，她的理想是，找一个罗纳尔多一样的丈夫，劈一个内马尔一样的腿，生一个贝克汉姆一样的儿子。

夏日的午后，灌顶又被那只飞上纱窗来啸叫着的蝉惊醒了，还惊出了一身的冷汗，惊出了一身的贱气。这蝉已经是一而再、再而三地降临纱窗，挥之就去，再来，那就一定有玄秘的情由。莫非，莫非，它是爱情的代言，或者是思念她的人转世，抑或者是变身？

灌顶是不介意让脑子在情字范围内用力活动一下的，可那蝉却冷不丁停下来。震耳欲聋的嘶叫，一下子变成了两耳空荡荡回旋无极的余响。这又惊着了灌顶。她这才把目光转向纱窗，转向那只鼓翅而鸣的家伙。

黑黑短短的身材，翅膀，是带着闪闪的金绿色的丝线的，然而却有一种不干不净、看着有病的感觉。有点丑！有点，嗯，恶心！灌顶不由得长叹一声，对着蝉高声叫道：“有情没有路，此路走不通。”那只蝉不知道是受了惊吓，还是听懂后羞惭，振翅而飞。纱窗，微微颤了一下，又恢复原有的平静，又是那副千眼千口的遮拦。

灌顶又是长叹一声：“有点可惜，就算是臭皮囊吧，可终究是钟情一场，怎么还没来得及和有情人对上眉眼，就这样飞走了呢？如果这一辈子续不上情缘，那是不是又得等上千年？”

灌顶不忍心让这个精彩的故事没有后续，马上打电话叫我，让我们在咖啡厅会合，将这个千年传奇传扬下去，以便寻出一个断桥重遇的后续机缘。

咖啡厅原是灌顶的职场，可自从她升级为老板娘后，她就很自然地把这里当成了上中下大小一干女人的八卦战场。穷的，富的，美的，丑的，老的，少的，有不良嗜好的，有奇怪习惯的，各种各样的女人，络绎不绝，极大地丰富了这咖啡馆的传奇色调。

不幸的是，八卦是战场。每次硝烟散去，打扫战场的时候，人们都会发现躺在血泊里呻吟的，只有她灌顶。她无限凄凉地哀号着："为啥，上天就不给我降下一个情郎？让我真真正正做一个老板娘，而不是，老板，姑娘。"那神情，让你安慰不是，调侃也不是。

因此，每次听说灌顶要出洞，我总是有些胆战，一定要找它千八百个理由，能推得推，然而几乎没用，灌顶有万八千个申斥和控诉，一句接一句砸上来，让我汗颜羞愧，不得不依昭而来。

灌顶的咖啡馆坐落在闹市的一隅。咖啡馆有两个区域，一个明区，一个暗地。靠近街区的这一面，落地的大窗，可以捕捉充足的阳光。明晃晃的阳光下，方的桌，条的椅，整整齐齐，井然有序。放了学的中学生也喜欢在这里叽叽喳喳上一阵子。灌顶倒也喜欢，她说，这让她这个老板、姑娘更年轻了一些。这就是明区了。

这是一个闹市区，这样的宽敞明亮到底不多，咫尺之外，咖啡馆就拐了弯，里面，则是另一片天地。有门无窗的条件，让灯光也恍惚起来，橘黄的光，影影重重，似明还暗。而橘灯下的摆设，桌子形状不定，椅子沙发各异，就连墙壁，也是随意的一幅画，加上漫不经心的一块壁挂，或毛织，或印染。来暗地的人，身份不定，年龄多层，就连来的目的也是各怀心腹事，各显各的本能。带着手机的、笔记本的、iPad的，还有带着男人的、女人的。

灌顶邀我来听蝉的传奇，我辞不过，只好依约而来。我刚登上台阶，就听见灌顶一声呼号抢了出来，然后像拔萝卜一样把我拔出台阶，扔进咖啡厅里。她的这一勾一拽又稳又狠，我都能听见我的心脏在胸腔里稀里哗啦地游荡了一圈，全身的骨骼一阵咔吧咔吧的脆响，双重奏，双重重创。

我好不容易站定，不由得怒目而视，恨恨地说：“你有点老板、姑娘的样子好不好？”灌顶哈哈一笑，毫无羞惭之色，反而嗔怨起来：“醍醐，我的醍醐啊，你咋就如此不懂我？”

我当然不叫醍醐，我叫小青，可也不是西湖的小青，我只是叫小青。灌顶也不叫灌顶，她有一个非常小清新的名字，叫兰诺儿。在甄嬛盛行的年代，她被称作兰贵人。乍听之下，她还小小地雀跃欢呼了一下，可沉静下来一想，猛然发现这和某位欺夫灭祖、祸国殃民的老祖宗重名，赶紧改口，自称诺贵人，可终究觉得不是滋味，也就作了罢。

其实，兰诺儿也还不是她的真名，她的真名叫盛婉璐。给她起这个名字的父母，不知道是怎样的费了心思，可这名字到了她嘴里，慢慢就变成了“盛（音 chéng）碗露”。她说，我要干的，才不要一碗露水。于是就不断给自己改名字，改到灌顶，是因为她需要一碗醍醐，让她豁然开朗。然而醍醐迟迟不来，让她心生寂寞，于是临时搭场，让我暂时充当了这个角色。

在咖啡馆的暗地，我是有一个专座的。但灌顶把我薅进去后，却一把把我按坐在靠近大街的那个明区中。我刚坐定，灌顶就把和知了的一念万情说给我听。她以一副极为抒情的表情，一腔听来刺耳的滥调说来，寂静的咖啡厅就像迎来了洪水猛兽一样，平地惊雷。我惊慌地看了看四周，还好，没有少年儿童，没有不宜，倒也随她了。

灌顶说："你得知道，如果是第一次，那也就罢了，可这小家伙，居然来了两次，而且是在连续的两天之内，都是烈日如火的天气，都是正当午时的时分，这就叫，你的热情，就像一把火，燃烧了我的沙漠哦……"

我无动于衷，说："你说你是沙漠我十分认同，可蝉是爱情的明示，这个就不要再说了吧，我咋还记得你曾经和一只蝙蝠也有过类似的神交?"

这可不是调侃，大约在头一年的春天，有一只蝙蝠飞进了灌顶的房间。灌顶并不知晓，夜晚关灯时，蝙蝠不知道怎样受了惊吓，扑棱棱飞腾了一下。那声音，让单身而居的灌顶瞬间灵魂出窍。她快速开灯，以追命连环的速度把床头柜上的几本书滴溜溜地相继抛了出去，惊起一个慌乱飞蹿的纤细身影。一秒钟内，它就在窄小的空间里穿梭了好几个来回。

确定那是蝙蝠后，灌顶居然笑了，眼珠拼命跟住蝙蝠的身影（我想来，应该是一种痴傻的摇头晃脑的状态），无限深情地说："哦，福到家了，夫妻运来了！"

说是如此说，可蝙蝠到底是蝙蝠，它在屋子里俯冲乱窜，慌不择路，居然冲进了灌顶的一头秀发中，吓得灌顶足足尖叫了十分钟，还惊魂未定。灌顶实在难以容忍和蝙蝠共处一室，最后还是把蝙蝠赶了出去。

蝙蝠出去后，灌顶又抓耳挠腮，仿佛失去了心爱之物。到家的福不能送走啊，降临的夫妻运，那也不能送出去啊。

第二天，黄昏时分，她又打开了纱窗，然后坐在床上，直盯盯地瞪着洞开的地方，一等就是两个小时。蚊子是进来不少，可蝙蝠迟迟不来。灌顶恨极了，咬牙切齿，不是说人约黄昏后吗？可夜深灯亮，人影晃晃，就是不见那纤细的身影再次神降！什么叫望眼欲穿？什么叫满心绝望？天降馅饼，得而后失，再也没有什么比这更让人难过了吧。

灌顶为此愁闷好久，叹息连连。为此，还专门开了一个纪念会，做了一个大大的条幅：纪念我那已经到身边却瞬间而逝的幸福！！！！

那条幅就在她的咖啡馆外面整整挂了一个夏天，惹得很多伤心的小女生纷纷上门，要点一杯什么“孤单的呼吸”的咖啡，什么“一分钟就够”，什么“飞雨的夏天”，全是菜单上没有的品目，让灌顶的创造欲大爆发，整整一个夏天，她自创了好几百种咖啡品种，几乎混淆了味觉，混乱了咖啡给人带来的精气神。然而，那些哀伤不能自拔的小女生在此地却欲罢不能。真真是人到伤心时，味觉也失灵。

直到夏末秋初，她见到我的时候，还激情满满地说：“嗨，你只要能说得出一句像诗一样美的话，我就能给你做出一种让你喝了浑身战栗的美味咖啡。”我说，九阴真经蚀了骨髓。她白了我一眼，迅速给我做了一杯“穿肠毒药”，还解释说，这是以不靠谱的味道来治不靠谱的神经。到底谁更不靠谱？

我就是想不明白，为什么灌顶对近在眼前的爱情视而不见，却对两只擦肩而过的动物耿耿于怀？

你说她恨嫁吗，的确是，不管我们聊什么样的话题，最后，她总是能扯到结婚生子上。就说世界杯吧，她对着我这个足球盲滔滔不绝地普及了半天知识，然后话锋一转，说：“我的理想就是，找一个罗纳尔多一样的丈夫，劈一个内马尔一样的腿，生一个贝克汉姆一样的儿子。”几大球星，被她按照这样的生理（或许这个词该是欲望？）逻辑重新排序，完全地不着调。别人的人生，原来是她的儿戏。

灌顶其实不急着嫁人，用她自己的话说，她喜欢的和喜欢她的男生触手可及，然而爱情和婚姻却远在天边。

其中有一个男生，灌顶和他在一起生活了六年，就在谈婚论嫁的时候，灌顶落荒而逃，连理由都没来得及找。当男生找来时，她摆出了一副挖了地洞藏匿千年的姿态，一躲再躲。躲不过，就低头不语，用酷冷的沉默对付男生一句句疑惑，还有一滴滴伤心泪。那场面，我看了都寒心不已。

每当我对此提出异议的时候，灌顶都会给我讲另一个故事，那也是关于小动物的故事：

“我们老家有一个柴垛，奶奶说柴垛下面有一窝小狐狸。可我妈妈说，这是胡说，小狐狸都住在城里。小狐狸抓住人的脚不放，不让人回家。我爸爸经常不回家，他一定是被小狐狸拽住了裤脚。我爸爸在城里工作，我妈妈在农村生活。我妈妈是农民，我爸爸很不喜欢这个身份。他偶尔回来，也总是皱着眉，呵斥我妈妈，呵斥我们。”

故事到此戛然而止，让我更是摸不着头脑。你就是问下去，也没有结果。今天，当我用关于蝙蝠的事耻笑她关于蝉的故事时，她又把这个小狐狸的故事拿了出来。

没有结果的开头，意味着什么？一遍遍重复，又是几个意思呢?

我是不懂灌顶的，然而灌顶也不急着让我懂。就连解释，也都显得不着边际，她说：“我活着活着，就看到了自己，活着活着又看到了天上的云。”

我是站在世俗的烟尘中间的，我很享受清晨炊烟袅袅升起的时分。尘烟，注定和云是两路。我的尘烟，也曾经飞抵上天，只是，看不到人间，也碰不到云。

睡不着是可耻的

黑胖子说，有两种失眠最可耻，第一种，因为失去而失眠；第二种，因为得不到而失眠。我的失眠，是因为得到了咖啡，失去了女人。

因为有睡眠障碍，我是不喜欢喝咖啡的，或者更确切地说，我是不能喝咖啡的。灌顶最恨我的，就是这一点。她曾经偷着在我的饮料里加过咖啡。

那是我第一次喝咖啡，喝到一半的时候，大脑正中似乎就有一根神经嗖一下凉了起来，那叫一个神清气爽，以至于我一下子话多起来，缠着灌顶，一定要让她讲那个小狐狸的故事。

灌顶特别诧异，说："你还真是一个怪人，能把咖啡喝出酒的怪气来。"我这才知道，我被灌顶给灌了咖啡，我心里一阵惊慌，想着那一直似有若无的睡眠，不由得担心起来。

那一天，我惶恐地看着太阳落山，担忧地躺在床上，无限虔诚地向着天空祈祷，希望我的睡眠不要受这杯咖啡的影响。我紧紧地闭上眼睛，我慢慢地数着自己的呼吸。可我的大脑里，不断地播放各样人生的各种片段。

那一天，有一个长得特别漂亮的女人领着一个女孩子，那个女人从女孩子的手里夺过一个糖果，递给我……

那一个上午，我听邻居婶婶说，她有个亲戚住在城里，每年都会开车来看她，带来好多好吃的东西，那个亲戚有一个比我大一点的女孩子……

一个沉闷的夜晚，我正和爸爸坐在屋檐下点燃艾草熏蚊子，大门推开了，邻居家的哥哥跑进来，递给我爸爸一封信，然后又跑掉了。我爸爸回到房子里看信……

太阳明晃晃的时候，我坐在一个红色的绒布沙发里，看着墙角有一只蜘蛛支起长长的脚，爬到窗口，然后消失在窗户后，那是在哪里，我想不起来……

月亮飞起来的时候，我说不清，那分明就是飞起来的样子，晃晃悠悠的感觉，树的影子也被扯得飘起来，而我就绊倒在树影中间，我不知道我在干什么，我也说不清我的感觉。

我迷迷糊糊的，我以为那是睡眠，应该是梦吧，可我猛然睁开眼睛，发现这不过是我的一个又一个的想法，夹杂着不知道是不是真实的回忆。我睡不着，我只能睁着眼睛看，看看不到的星星，数数不清的自己的呼吸。

睡不着的感觉让我很想毁了自己。我在床上张牙舞爪，胳膊腿对打，然后又打坐念经，折腾得天也荒了、地也老了，还是睡意全无。我恨极了，决定去毁灌顶。

我抓起电话打过去，我是词语含糊了，可那边却语调清新："喂，醍醐啊，你今天怎么想起主动给我打电话来？难道是咖啡瘾发作了？"我恨得咬牙切齿地大喊道："你赔我睡眠！""什么？你让我陪你睡？那怎么行？"灌顶用的是极其夸张的嗲声嗲气。饶是生气，我也被气乐了，但睡不着的烦躁马上又袭上心来，我沮丧地说："我睡不着啊，我睡不着。"灌顶马上说："太阳都三竿了，你不怕晒了你的屁股啊？"

我摇晃着糨糊一样的脑袋下了床，走到窗前，准备扯开窗帘。灌顶那边忽然传来了轻柔的音乐，节奏舒缓，曲调悠扬。我心情大好，又折回去，把被褥堆起一点，当作枕头，歪倒着躺下。我双手双脚全部摊开，胳膊腿都垂到了床的外面，空空地吊着，那种微颤的重力反而让我感觉极为舒服。但是仅仅几分钟，我就又侧起身子，把自己的身体蜷起来。我如此换了几种姿势后，不知何时睡着了。

在梦里，我莫名其妙地踏着祥云，飞腾而起，忽然转弯，一杯咖啡截住去路。我端起咖啡，一饮而尽。不知怎的，我又坐进了一座房子里，有人敲门，开门一看，居然是一杯咖啡自己送上门来。我端起咖啡，又是一饮而尽。

我好像是睡着的，又好像是醒着的，我对自己一饮而尽的那个豪气特别得意，像是一刀斩华雄，温酒待英雄一样。可很快沮丧就又袭来，那是咖啡，不是酒，我就喃喃道，二师兄啊二师兄，人参果都被你吃成了"一口吞"。

我到处游走，有时候是在水里，有时候是在天上，天空到处是白云，把天空分成一条一块的梯田，梯田的中间，还有一串字，我瞪大眼睛看，看不清，再看，还是看不清，那里分明有字，天是蓝的，云是白的，这景色如此之美，这字一定是祝福，可也未必，那也许就是一个未来的预言书，预言的肯定是祸事，我的心紧紧地缩起来。

忽然，耳边发出“啪”的一声脆响，我一下子跳起来。动作是干脆的，可身体却一路歪斜着抢出去，终于摔倒在地上，我的腿重重地撞在床腿上。我龇牙咧嘴了好半天，终于明白过来，那声脆响，是我掉在地上的手机。有一丝亮光透过窗帘，照到了地上。地上，躺着我那个黑乎乎的手机，手机居然还在响着音乐，像是不死的挣扎。对于站在地狱边缘的人，不死，才是一种残酷。

不知道灌顶在那里干什么，也不知道这音乐到底播放了多久。音乐是好的，可此时，我只有不耐烦——睡眠不好的不耐烦。我挂掉和灌顶的通话，让音乐只停在了她的世界。

我拖着一条伤腿去扯开窗帘，天是灰蒙蒙的。走过一个又一个没有太阳的日子，真心像是走到了世界的边缘，没有时间概念，与温热的世俗的繁荣也毫不相关，只是熬着，熬过一关，喘息一口，再接着熬下一关。

腿上的伤居然很深，木头床的棱角太过整齐，深刻地切进我的膝盖，一大滴血挤在伤口处，浓浓的，饱满得滴不落。

我找不到纱布，用两个创可贴横竖两下给它做了了结。

今天没有安排什么事情，本来我唯一的计划就是睡觉，可如今欲睡不能。我回头看着床，这是我的恐怖之源。就像一个鬼魅，说着能赐予你超越一切能量的鬼话，诱惑你，然后给你一个正好相反的现实。一个睡眠安好的人是无法理解我的这种心情的。

我人生第一个睡眠不好的日子，是在我十五岁那年的春天。我一个人待在被一个荒凉的大院子围住的房子里。夜，早就在惊悚呼号的风中，拉开了序幕。我把所有的灯都打开了，还把所有的门、窗子都用厚厚的帘幕遮住。我裹着一床绣花大棉被，缩在窗帘后的墙角里，瞪大着眼睛看着房间里的一切。桌子、椅子、柜子、沙发，只是木呆呆地沉寂着，不反馈一点情绪。从窗缝里往里钻的风，发出得意的鬼魅之声。

这一天，我见了一个死的人，我该是见过她多次，但我人生第一次认识她，是在她咽下最后一口气的时候。邻居王叔告诉我，这是我妈妈。

我定定地看着这个人，她迷蒙的眼睛忽然睁大了，看着我，眼角略略发红，有泪一样的东西闪烁着，却不是泪。紧接着，生命就定格在此处。我不知所措，不靠近，也不称呼。

有人把那双眼睛蒙上，有人开始哀号，有人把我推开。邻居王叔不知道从哪里出来，把我带走，离开了那个房间，离开了那个地方，来到这个荒凉的大院子里。这不是我的家，也不是王叔的家，不是我认识的任何人的家。那只是一个荒凉的大院子。我唯一能信任的就是我的邻居王叔，他是我爸唯一的一个把子兄弟。可他也走了，说是要代我送一下那个女人。

我的脑子里一直印着那女人临死时的样子。她的脸有点面熟，我在哪里见过？那张脸很和蔼、很富贵，和村里的人不一样。哦，对了，她是王叔家常来的那个城里客人。是那个从她女儿手里抢过糖果递给我的人。

她死了，在这个地方死了，这个既算不得城里又不是什么乡村的地方死了。王叔跟我说，她最听我的话，只有我来，她才能咽下最后一口气。这话说得莫名其妙，好像我是地狱杀手一样。然后我就被带过来，看着她咽下最后一口气，然后我又被带走，走进这座荒凉的大院子。没有头，没有尾。

我来到这个荒院子的时候，天光尚亮。我看到一层层阴森森的枯树的黑影，一堆堆残雪覆盖着的枯花的烂枝，偶尔现出一个花蕊，也失了颜色，成了一段冷湿的柴，还有就是一段段倒塌又胡乱垒砌的小墙，横七竖八着。

我的世界，就在这个荒凉的院子里，走进了荒凉，来源荒了，去处也荒了，就连我自己这个人，也在这种荒凉中虚无缥缈起来。有那么一刹那，我认为，我就是聊斋里面的一个鬼，在荒凉的院子里，延续荒诞的命运。

蝉女的惊悚告白

黑胖子说，现代人的爱情观喜欢旁逸斜出。这话不假，如果没有旁逸斜出的爱情观，有些爱情永远难以出头。可是话说回来，爱情为什么一定要出头呢？爱情，是给人的，还是给自己的？

灌顶又出事故了，可再大的事故，也不过是一场失恋，被自己的心欺骗的一场失恋。我一点都不同情她。

我承认，我的心有点狠，可我的理由很充分，一个博学多才的知识女性，一个大龄女青年，一个吃喝不愁，一个尚有青、黄、红、蓝颜知己在身边转的人，所谓的失恋，不过是一场秀，秀给自己百无聊赖的一颗心。我没有谈过真正的恋爱，但我想，真正失恋的痛是说不出来的。这样的痛，人生大概只会有那么一次，再遇到第二次的时候，心不是那样的心，情也不是那样的情了，更多的，大概只是世俗的无奈。

所以，灌顶召唤的电话打了七八十个，我就是稳如泰山，不见面，不安慰。我的原则是，情是你自找的，失恋也得你自己来承担。我不相信一个和男友一起生活了六年而临阵逃婚的女人，还会有什么样的失恋可以惊天动地、伤筋动骨。

灌顶气愤极了，找了最难听的话骂我，她一边咬着牙发着狠，一边恶狠狠地骂道："你别忘了，咱俩是好几十年的交情了，我知道你的软肋，你这么不够朋友，就别怪我成为损友。"我只是呵呵笑着，然后挂掉电话。

几十年的交情算不上吧，我和她认识大概是有十年的时间了。灌顶是我大学时期的学姐，她曾经为了一个我想不起来的破烂理由，短暂地借宿于我们宿舍。可之后却失联了几年，包括在学校的日子。我是沉闷着我的沉闷，而她，则爽朗着她的爽朗。即使近在咫尺，真正促膝长谈的时间少而又少。我不是她的类，她也不是我的型，我们不过是有一搭无一搭，就像是风吹过来一片树叶，正好有一只蝴蝶也在此处飞舞，两两盘旋，如此而已。

灌顶又打来电话，大骂了一声：“我要和你绝交！”然后狠狠挂了电话。我不由得笑了，冷静一下也好。

电话挂掉没有三分钟，我家的门铃就响了，我开门一看，站在门口的居然是灌顶。她蓬乱着头发，眼角还带着眼泪的污痕以及一小段眼屎，口红倒是新鲜的、整齐的，可是一张嘴说话，牙齿上居然有一道斜上嘴唇的红。我忍俊不禁，笑着看她。

灌顶已经开骂了：“我早就知道你是狼心狗肺的人，我早就知道你就是天下最大的损友，我早就知道你是心黑手辣的人，我早就知道……”她说得太快，以至于大脑一下子短路了，想不起什么来继续排比，只好张大嘴，哭起来。

她就那样松松垮垮站在门口，一点都不在乎有人从旁边走过。我也毫无顾忌，敞着门，看着她站在门口。一个我还来不及认识的邻居走过去，站在远处看了半天，朝着我喊：“能不能不扰民？”灌顶回头准备开骂，我也不阻拦，可她忽然又眉开眼笑地回过头来，倏地一下从我身边钻进屋子，还麻利地回头把门关上了。到底是不敢担这扰民的罪过！

进了屋的灌顶，不再横眉怒目，反而亲昵地歪在我的肩膀上，嗲声嗲气地说："亲爱的，能这样依靠着你，我那失恋的心也马上温暖起来了。"我的鸡皮疙瘩掉了一地，把她推开。

灌顶又凑过来，双手抓住我的胳膊。她手上的力气很大，她的指甲也顺势掐进我的肉里去。我叫了起来，甩着我的胳膊，甩着她。她反而抓得更紧，十指紧扣进我的肉里，脑袋像块石头一样压在我的肩膀上。我甩了半天也没有甩开，我痛得大叫，她这才稍稍松开，说："亲爱的，亲爱的，亲爱的，你就让我多叫你几声亲爱的好不？我又没有别的要求。"

我真的无奈，拖着她坐到沙发上，说："你找人充数，至少也得找个男人吧，难道你这么快就沦落到身边无男人的地步了？"

灌顶松开我的胳膊，白了我一眼，我看着她眼角的眼屎，实在有碍观瞻，就推着她去洗脸。灌顶胡乱用手擦了两下，擦掉的一根眼睫毛斜贴在鼻梁上。我实在感觉别扭，就想帮她把那根睫毛拿掉。

可那睫毛并不容易拿下来，我只好凑近一点。灌顶也顺势凑近一些。我忽然发现她目光炯炯地看着我，那呼吸也热烈起来。我吓了一跳，睫毛也顾不得弄，一把将她推开。灌顶哈哈大笑。

这哪里像个失恋的人嘛，分明是恶作剧，对着我恶作剧，这出失恋也是一场演出来的恶作剧，不过，捉弄的，是她自己。我坐得远远的，不再看她。

灌顶也不再跟过来。好半天没有动静。我感觉诧异，回头看她，她正目不转睛地看着我，见我回头，她问道："你看我好看吗？你看我这双汪着春水一样的眼睛好看吗？"说着，还朝我飞了一个媚眼儿。我做了个呕吐状，狠狠地对她说："你可别饥不择食啊！你不是食肉动物吗，我不过是一棵青草，你吃不得啊。"

她朝着我探过身子来，继续使用那双她标榜为汪着春水的眼睛看着我说："我吃素了。"说完就朝我扑过来。

我双手隔开她，连连求饶："你正经点吧，正经点吧。"灌顶这才缩回身子，坐在一边，可眼神还是不变，依然火辣辣地看着我。我又是气又是笑，拿起我身后的靠垫，朝她扔了过去。灌顶准确地接住了靠垫，忽然一本正经地问我："你说，咱俩交往怎么样？"

这一回，我真的吐了。我跑到卫生间，抱着马桶，吐了起来。我倒不是反感灌顶的这一套，我已经习惯了灌顶的这一套。人家都是发酒疯，灌顶则是发失恋疯。每隔一段时间，就要这样闹上一场有的没的，有一次还逼着我扮演她前男友，拿着饼干盒和她道歉。

我大概是吃坏了东西。灌顶没来的时候，我正在吃早餐，我吃了两片加了玉米肠的面包片。我并不喜欢吃面包，可我的冰箱里除了这两样，无他。

灌顶也跑过来，一边替我拍着背，一边说："我就那么难看，我就那么惹你烦，至于让你吐出来？如实招来，你是不是怀孕了？"

我气得打了一个嗝，朝天吼起来："我这房间里连植物都少，别说动物了，你找个能让我怀孕的出来！"

灌顶坏坏地笑着，用手指指了她自己一下，说："我，我能让你怀孕。"我实在忍不住，又吐了一口，回头就给了她一巴掌，气愤地说："你能不能别再疯了。"

灌顶扶着我，我们重新坐回沙发上，做出嘘寒问暖的样子。可刚一坐好，她马上又换成刚才那副面孔，问："你到底愿不愿意和我交往啊？我跟你说，其实女同也是需要培养的。"

我认真地看着她，示意我不喜欢她继续开玩笑。可她还是认真地看着我，还严肃地说："我说的是真的。"我制止不了她，只好不再说话。

我不说话，她就唠叨个不止："你看没看过韩国的一个综艺节目，叫《我们结婚了》，你看看他们韩国人多敢整，还撮合假想情侣一起过日子！不过那些假想情侣的亲友们居然说，他们在假想结婚的这段时间里，整个人都变得非常甜蜜、非常美好、非常漂亮的样子。所以我就想，如果我也能有一个假想的情侣，给我温暖，让我甜蜜，同时，还不会伤害我，那该有多好？现在的社会，什么都是速成的，什么都是可以假装的，咱们假装恋爱，这也可以叫作与时俱进嘛。”

我差点又喷出来。灌顶总是没正经。我很少看电视，那些嘻嘻哈哈的娱乐节目更加不适合我。我就是闲到无聊也绝不会去看。那不是我的世界，我的世界是横着躺下来的，我的世界是四肢舒展开的。这个世界上，还没有我的世界。

灌顶知道我的习惯，她看着我，等着我询问，我一直不吭声，她只好自说自话：“我不是和你开玩笑，这个问题我已经想了很久了。”听到这里，我不禁冷哼了一声，我的意思是，要不是开玩笑，那才玩笑开大了呢。不过我没有说出来。

灌顶也不理我，继续说：“之所以选择你，是因为：第一，咱俩熟，第二，咱俩熟，第三，咱俩熟。当然，再补充一点的话，你是女人，不会真的爱上我不能自拔！我也不会真的爱上你不能自拔!"

这一回，我哈哈大笑："这个我相信，别说我一个女子，就是男子，有哪一个你是真的爱到不能自拔的？你就没有真心，何必又找我来修炼？"

听了我的话，灌顶沉默了，好久，她才叹了口气，说："谁说不是呢？我的真心早在童年的时候就丢了。不过你放心，我对你这次肯定是真心的。因为我的小狐狸早就告诉我，我这一生是为了来保护你的。"

灌顶的疯，从来都是夸张的，可这次的疯，已经超出了我的想象。我真的想不通，到底是怎样的一种遭遇，让她形成这样的思维逻辑，想要如此游戏人生？

我把灌顶推下沙发，推出我的房门。临关上门的那刻，我说："以后不要再来找我。"我的意思很明确，我要把灌顶推出我的世界。

一个世界两个极

黑胖子说，男人，从来不对一个安静的女人躁动；女人，从来不对一个躁动的男人安静，所以，发生在每个人身上的爱情数量，其实等于性格躁动量。他这话或许不对，可适合一个扭腰摆臀的人。

和灌顶一样，貔貅也是一个名字控，给自己起了一个龙子的名字，得意了很久。后来有人“度娘”后告诉她，貔貅不是龙子，只不过是一个能吃不吐的东西，她着实惊慌了一番，几番百度、搜索、思索后，郑重其事地宣布：“没关系，我也喜欢光吃不吐，我吃人不吐骨头。”这是个坚定执着的人，貔貅一直还是她的名字。

认识貔貅，是因为灌顶。我去灌顶咖啡馆的时候，经常会遇到这样一个女子，打扮得妖冶前卫，能露的都露，不能包的都包，浑身的危险。露的不用说，你尽可以去想象，包的则是眼睛、嘴巴。至于危险，不是说她的美丽诱惑给男人的危险，而是属于她自己的皮肉的、筋骨的危险。

我第一次见她的时候，就看到她的眼角内侧带着一个金属环，挂着金属环的肉就那么一条线，她的头一动，我就看到那个金属环扯着那条肉，扯出一条长线，那条肉上长着一颗痣，不知道她是故意画上去的，还是天赋而来的。这颗痣，让我想起了那个死去女人带着的女孩子，那个女孩子眼角也有一颗痣，不过要小一些，隐蔽一些，不似这般招摇。

好不容易把金属环去掉了，她又踏上了“恨天高”。人家的“恨天高”，高跟好歹有一点厚重的感觉，她的“恨天高”，一线冲天，窄窄的一条，随时有崩塌的危险。还有的，不是一线冲天，而是曲线蜿蜒，跟本来就细，那曲线一折，一颤一颤的，随时都会横弹出去。除此而外，她的胳膊上还经常会缠上各种带尖的、带刃的、带棱刺的金属，她偏又愿意坐在人群中，因此不管她的胳膊往哪个方向上动，都有人受伤。

和她来喝咖啡的人，什么样的都有，有的人显得高雅，有的人艺术范十足，有的人分明是土豪，有的居然还打着官腔。他们大多都待不了几分钟，但只要他们离开，貔貅就会笑着从座位上跳起来，颤颤地却又极快地跑到灌顶那里，咋咋呼呼地说上好长一段“真好、真好”，却并不说具体的怎么好。

很多人都好奇她是干什么的，一些常客就询问灌顶。灌顶说，卖人的。众人哄然，可再问，灌顶只是重复这样的话。这话传到貔貅耳朵里，貔貅不怒反笑，再来到咖啡馆，一进门就大喊，我来卖人来了，惹得所有的人都朝她看。

这些当然都是灌顶告诉我的。不管是我去她的咖啡馆，还是她来我家，我们总得有话题，而我不说，她就只能从身边找些人来特意为我搭建一个关系世界。

灌顶常说我是一个冷漠的人，我呢，或许是吧，我很少说话，不交友，不休假，只是工作，睡觉，睡觉，工作，然后偶尔和灌顶聊聊天。

我是沉默的，但我有眼睛。依我看，貔貅不过是灌顶咖啡馆的常客，至于交情，大概也是谈不上的。她们俩见了面，只是一个“貔貅”、一个“灌顶”地叫着，谁都不叫对方的真名字，似乎起这个名字就是为了这个时候、属于两个人的相见。她们会谈一天天上有晴、地上有情的不相干的事。真说到真人实事，那就会十分的紧张，半天开不得口，终于说了话，也还是虚虚的，旁指着别人，自己的世界是不公开的。两人都戴着面具，近在咫尺，却是隔了十万八千里，虚虚搭一个熟来熟往的花架子。

这样的交情属于社交常态，每个人的手机里、微博上、微信中，都有一长串的人际。可真要翻起来仔细看，几乎没有几个是能够说真心话的。面对社交人际，你总是得要保持最好的状态，用最大的精神头来说出你最优秀的地方。就像现在流行的自拍照，不管是选取角度也好，修图也罢，反正一定是看着最美的，美得不像自己了，才好。为什么？因为这照片是要上微博、上微信的。照片的旁边，还要加上一句忧伤的话，小资范儿十足的解释。似乎这才是时尚，这才是范儿。不过，是活给别人看的范儿。又有几个人能真正为自己活着呢。貔貅，是一个喜欢活给别人看的人。

时代一日千里，貔貅的装扮也瞬息万变，如今，她已经不是时尚先锋，而是贵妇作派了。据灌顶说，她嫁了一个大她二十岁的人，一个很厉害的人。至于多厉害，灌顶不说，我也不问。不问，其实心照不宣。这个世界又不缺这种事，我没有吃过猪肉，还是见过猪跑的。

时尚先锋，我是接近不了的，我是一个土得掉了渣再拍拍还是能迷人眼的土包；豪门贵妇，更是和我天各一方，我的钱包很少超过二十元钱，我穿的衣服，也都是打折后的非名品。

我以为，我和貔貅之间，就像是人行道上的汽车和自行车。貔貅是一辆进口高级轿车，我是一辆除了轮子转得不顺外，其他零件都在欢快地转着的自行车。我们，纵然有擦肩而过的缘分，也是嗖一下以极速就能完成的。

可灌顶跟我说，貔貅对我很感兴趣。这让我讶异。灌顶说的似乎没有错。当我去灌顶的咖啡馆的时候，貔貅经常会找过来和我说话。

灌顶的咖啡馆有我的固定座位，那是坐落在一个角落的红色的破旧沙发，沙发的后面就是整墙的书，凹进墙里的书，很多人当成摆设的书。沙发的后面还有一个不怎么珍贵的老式唱片机。据灌顶说，这是她的一个什么七舅姥姥的三外甥的侄子送给她的礼物，唱片是不能播放的了，那古意还看得过去。可放在沙发后面，谁看呢？

一开始，这里是专门为小情侣设计的地方。灯光是荔枝红的，和别处不同。沙发的弹簧也是怪异的，弹簧似乎在沙发肚子里生米煮成了熟饭，软软地来回滚着。坐在这头，一会儿就会倾斜着奔向了那头。这样的滚动，最适合小情侣们亲昵。

那时候大概灌顶还对恋爱充满好奇和感恩。可经过一而再、再而三、三而竭的折腾后，灌顶对恋爱已经由爱生恨，她最看不得小情侣甜甜蜜蜜地如胶似漆。她马上对这个地方进行了改革，她把荔枝红换成了白炽灯，一个发出嗡嗡响的灯棍儿，又把沙发开膛破肚，把那几个捣乱的弹簧釜底抽薪，塞上了旧棉花。所有的工作全是她自己完成的。灯棍儿，沙发的旧棉花，也是她从收废品那里找来的。那沙发表面上看着安然无恙，可是你要找不好位置就一屁股坐下去，有可能收不回来。

这样的装置，别说小情侣，就是普通客人，也承受不起，于是上座率立刻降为零。灌顶倒也不难过，我一来，她就把我拉到这里，说这里是我的专座。我本来就不挑剔，又喜安静，自然乐得接受。只不过，在适应的过程中，用了几分钟寻找放屁股的正确位置。

我坐在这里时，貔貅朝我走过来。貔貅的高跟鞋声响已经吸引了我的注意，我抬起头来，她朝我摆摆手，我也朝她笑笑。我以为也就是这样了，没想到貔貅居然很爽快地走过来，很痛快地一屁股坐下去。她的举动太过异常，我都没有反应过来，以至于没有来得及告诉她沙发的奥秘，结果她一下子就陷进沙发的破洞。她嗷嗷叫起来，手朝我乱抓，扯住我的袖子，拽住我的领子，把我一下子拽到她的面前。

我赶紧安抚她，告诉她不要动。可她哪里听，尖声叫着灌顶，大骂道：“你这个贼婆娘，我就知道你没安好心。你是怎么招待我的，我可是VIP。你赶紧给我过来，老娘要是有一点闪失，我就让你吃不了兜着走。”

灌顶早就看见了貔貅的窘态，她站在远处，笑得浑身乱颤，当然，也笑得貔貅咬牙切齿。灌顶笑够了，这才慢腾腾走过来，可还是站在远处，又笑，笑到前仰后合，才说：“这是醍醐的专座，又不是你的VIP专座，你来这里干吗？怎么？你也想要和醍醐交朋友？我劝你死了那条心吧。你就看看你俩现在这个样子，那分明就是一个词——违和感！”

貔貅依然抓着我的衣服领子，我不得不倾身在她眼前，而她因为惊吓和急躁，脸也红了，青筋也露出来了，脑门处，细细密密的汗，润湿了涂在那里的化妆品，在白炽灯的照耀下，那地方就有点深浅不同，仿佛海水回潮，留下湿漉漉的白沙。

我看着貔貅，貔貅也看着我。我不知道她看到了什么，我看到她的眼神里晃过一抹厌恶之色，我想可能是看到了我的寒酸吧。她一下子松了手，两只手全都松开了。我这才伸直了腰。灌顶走过来，指挥着貔貅，慢慢把屁股拉出来。

就是把全部精力都放在了拔萝卜上，貔貅还是不忘叫骂，哎哎吆吆地叫嚷着，周围的客人早就注意到了这里，就连明区那面的客人也被吸引进来。有人捂着嘴窃笑，有的人直截了当地大笑。貔貅叫骂到精彩的地方，所有的人干脆哄堂一起笑。貔貅更是恼怒，骂了灌顶骂我，骂完我，又骂那些顾客。有的人不信邪，吵闹着要过来教训貔貅，貔貅饶是深陷于此，还是毫不示弱，又是叫嚷：“你们知道我是谁，你们怎么敢如此对我？”一副“我爸是李刚”的派头，惹得人们又是大笑。灌顶左右安抚着，这才勉强压服住一场骚乱。

终于摆脱了困境，貔貅却并不急着走，而是在灌顶的咖啡馆里即兴来了一场演讲，她说：“人生成功还是失败，首先看的是人性。做人不对，就别想着什么成功，即使你偶尔登上了一个高峰，你还是会马上就出溜下来……”

人们只是笑。而貔貅则越讲越激动，她的激动马上引起了人们的逆反应，人们开始喝倒彩。貔貅没有弄明白，反而以为她说到了人们的痛处，她越加兴奋，滔滔不绝起来。上讲五百年，下说五百载，什么老祖宗的规矩，什么时尚潮流的模式，什么改革开放的春风，什么大国崛起的策略，说了个一塌糊涂。

人们更兴奋地尖叫，吹着口哨，叫喊着，有人开始敲着桌子，更多的人从咖啡馆明区涌进来，估计是大街上的人也进来了吧。

说到高兴处，貔貅干脆站到沙发上，结果她一摇晃，又把自己陷进去了。好在这一回是一只脚，她很快就拔了出来。她站稳脚跟后，又以此做文章，大发感慨，她说："人生，就是要经历过坎坷，你才能知道什么叫幸福；人生，就是要经历过恐惧，你才知道什么叫畏惧。"

有人叫好，有人鼓掌，本来是看热闹的氛围，倒多了一分肃穆和崇拜之心。平心而论，这几句话说得的确很好。可灌顶在我耳边悄声说："你要是知道她是怎么做的事情，你就知道她是怎么对待恐惧和坎坷的了。"

别的我不敢猜想，但我很确定，貔貅似乎无所畏惧。当然，这得看怎么讲。她该是无所畏惧的，不过这无所畏惧，是凭借她不知道从哪里拉过来的一个仰仗。是身外的，被她牢牢控制的。所以，从另一个角度讲，她的无所畏惧，可能正是深深的恐惧。

貔貅终于说累了，这才朝四面八方分别摆摆手，笑意吟吟地下来，仿佛是一个骄傲的女王。不过，从沙发上下来后，她再也不敢坐在这里，而是拉着我去了她的 VIP。

石榴就是要遇见唐伯虎

黑胖子说，到了三十岁还没有谈恋爱的女子是可怕的。所以，他主张，女人，特别是没有特色的女人，不妨骚情一点，那和尊严和品格无关。黑胖子还说，有了唐伯虎，石榴的这一生才有了精彩。

貔貅所谓的 VIP，实际上是灌顶的工作间。里面有灌顶的一些画作和她拍摄的照片。我知道这个地方，在我还没有专座的时候我进来过。不过现在灌顶的画作和照片全都没了，换成了粉红色的花色壁纸，显得既幼稚又不伦不类。原来的方桌和条椅也换了，换成了皮沙发组合，中间是一个黑到肃穆的实木茶几。

貔貅指着这套组合说："你看，这都是我选的，这都是上好的材质，你看这皮沙发，你看这实木茶几，要是没有个几十万，哪里拿得下来。”我听得木然。跟随我们进来的灌顶，只是皮笑肉不笑地咧咧嘴，说：“谁叫您要做VIP来呢！把我撵出去，把你的拿进来，你不就VIP了吗？可你都VIP了，你干吗还跑到外面去和老百姓掺和？”

貔貅朝着她摆摆手，说：“你，一边去，从现在开始就要服侍我们，给我端一杯咖啡，你知道我的取向。给她，嗯，你喝什么？”我想说我什么都不喝。我还没有开口，灌顶说：“我知道您的取向，喜欢帅哥，可我这么短的时间，怎么给您泡一个帅哥回来？至于她嘛，我比你了解，她什么都不会喝。”

貔貅瞪了灌顶一眼，说：“你知道什么？净胡说八道。我请客，她怎么会不喝？”说完就看我，示意我说一说。我笑着回答说：“灌顶说的没错，我什么也不想喝。你要是没有什么事情，我就走了。天太晚了，我不习惯待得太晚。”

灌顶得意地看着貔貅，说：“你看怎么样，我说得没错吧，对她，我比你了解得多。”灌顶这话我以为不好。我们已经认识多年，根本用不着跟貔貅说这样的话，这样的话，像是赌气，像是解释，又像是比较。我们有必要和貔貅赌气吗？我们和貔貅解释什么？貔貅能和我们进行比较吗？

貔貅并没有说出什么重要的事情来，我就告辞离开。我刚走出店门，灌顶就追了出来。她把着我的肩膀，说："我估计，貔貅肯定会去找你。她就是那样一个让人烦的人，好像全世界的人都得以她为中心似的。你想怎样对她都行，但不要把我失恋的事告诉她。"

我点头，但心里并不舒服。我和貔貅才认识，我怎么会把灌顶和我说的话告诉她呢？大概我表现出了一点情绪（我自己没有感觉到），灌顶又笑着解释了一下："你知道她这个人，说不上好，也说不上赖，反正什么事到了她那里，性质就变了。她现在就像个教导主任，对谁都能说出一段换汤不换药的教训来。"

这倒是了，貔貅是一个……算了，她到底是个不相干的人，我犯不着为她想几个评价的词汇。我对灌顶沉默着。灌顶又说："我跟你说的事，你喜欢嘲笑我，她也喜欢嘲笑我。你的嘲笑是冷的，可她的嘲笑是热的，是热火朝天的，是热到整个世界里去的。"

我莫名，不知道什么叫冷的嘲笑，什么是热的嘲笑。想想自己的态度，大概貔貅会给灌顶很多安慰的温暖吧，会用"失去这一个，还有后来人"这样的话来激励她的吧。想起她在咖啡馆里那段演讲，我不禁笑起来。我自己，则是一个连火都懒得点的人。

貔貅，就应该是这样一个热情的人。自从我和她在灌顶的咖啡馆见过面后，没多久，她居然找上我的门，问我对貔貅这个名字的看法。这种自来熟，这种没界限，和灌顶的确有一拼，她们才真该是天造地设的一对才对。她们兴趣一致，性格相仿。就连唇枪舌剑，听着也该是激荡的激荡，飘扬的飘扬，不和谐中也能生出错落的节奏来。

貔貅是如此笑容可掬，又是如此无欲无求，尽管想起她的那段慷慨陈词，我头皮就发麻，可我也不好拒绝，所以就接待了她，给了她关于她名字问题的一个答案：“关于貔貅这个名字，我是没有什么想法的，这名字，虽然是兽，但比那些听着就沉鱼落雁或者骨软筋麻的名字要好得多。”

貔貅听完我的解释后，马上给我起了个名字，她说：“你别叫醍醐，就该叫秋香。想想，又摇头，说，不，改叫石榴。”

好吧，我没有意见。秋香是太美了，太主角了，石榴嘛，这个吵闹的级别，本来我是更没有资格的，但还好，也许还好，有时候你站在世界的反一面，反而更容易看清世界。尽管石榴是用焦躁的方式表达孤独，但她的孤独，我还是略略懂。那种孤独，就像是没有灯火的夜晚，沉寂地黑着，简单而又难以言说。

我忽然想起一件事来，就对貔貅说："昨天，这个小区停电。夜很深了，我下班回来，走进小区里，耳里脑里心里忽然就静下来。在黑的底色中，所有的物件居然都是静的，建筑是静的，树是静的，就连三三两两回家的人，踏着细碎的步伐，说着悄悄而又悄悄的话，也是静的。刚从灯光下走进来，还完全不适应，可是再走一点，就什么都看清了，房子整齐划一的样子，树木参差不齐的影子，还有花草，淡墨色的花，淡墨色的草，没有花瓣花蕊的细节，没有叶片根茎的小节，只有轮廓，可这轮廓，刚刚好。"

我知道我不该说这话，我又不是文青，也没有什么"艺术细菌"，再说，我和貔貅并未深交，她未必懂我。可我就是觉得那一刻，特别好，我想说出来，想找一个人说出来。

人，活着活着，偶尔有那么一两句话，你会忽然想找一个人说一说。这话，不是什么家长里短，也不是什么烦恼忧愁，只是一些疯话。疯到你自己都听不懂。

我又想到，也许灌顶要和我交往的话，也是这样的疯话吧，她自己也是听不懂的，听着觉得匪夷所思的吧。谁知道呢？她的世界，我不懂，我甚至连想懂的欲望都没有，我是一个冷酷的人。

貔貅果然不懂，她愣怔怔地看了我好半天，才说："难怪灌顶说你是怪人，你还真是个怪人。好吧，你要不是怪人，我也对你不感兴趣了。对了，石榴姐，我想给你介绍一个像唐伯虎一样的才子，你明天能抽出一天时间来吗?”

貔貅叫石榴姐叫得太顺了，以至于我半天没有反应过来，愣怔在那里。貔貅狡黠地笑着，说：“我发现，你还是在说黑暗的时候，表情和精神头显得更酷一点。你明天见‘唐伯虎’的时候，就用这样的话题开头就行，‘唐伯虎’就吃这一套。”

我笑起来，说：“你还真把我当成石榴了，你还真以为我就喜欢唐伯虎那一类型的啊，再说了，我是工薪阶层好不，我要上班，我不像你和灌顶，都已经实现了财富自由，去不去工作都可以。”

真是和灌顶一个模子刻出来的，扰民没商量。她自己的人生在纷乱烦躁悬浮的世俗中浸泡得太久，她容不得像我这样沉淀在底层沉默到冷酷的人出现。要是再早上十几年，我一定会欢天喜地地跳进她喜欢的那种大熔炉里。

那时候，我是比她还要情绪激动的吧，因为我发现我成了一个干缩的小点，既没有容量，也没有质量，随风一吹，就可能散为尘烟。我多么不甘心，我正是该朝气蓬勃，我正是该鹏程万里，我正是该鼓翅飞扬，我都做好了青春的铺垫，可我的条件，我生活的条件，却把我困在一个小村庄。

那时候的我，就像打了鸡血一样，和天斗，和地斗，和我的爸爸妈妈斗，我斗志昂扬，似乎一抬头都能扯下一块天来，一跺脚都能蹬踏一块地球。现在想来，我那时候是把自己当成了压在五行山下的孙悟空了吧，我以为我是齐天大圣了呢。

结果呢，我不过是把我那毒独的命运早早地揭开谜底而已。时间是早就已经过去了，在大起大落的命运交错时，我的荷尔蒙就已经烧完了。我不过是一粒尘沙，别人的边角料。我裸露在最边缘的一层，风来，我就被吹走，雨来，我被冲走，就是打个雷，我也会被震走。我的人生，就是来演绎什么叫灰飞烟灭的。火都烧完了，如今，只剩下灰飞了。

我是早就死了心的，像这种相亲的节目，我是连掺和一下的心境都没有的。我有一些热情的同事，早几年，她们也对我心血来潮过，想要给我介绍对象，可看我一副冷漠的样子，终于也都淡下心来。同事都如此，对于陌生的貔貅，我一定要干脆地拒绝。貔貅摆出一副无所谓的样子，说："随你，反正对你来说，是百年不遇的好男人。"

这话我听起来有点别扭，什么叫对我来说，她对我到底了解多少，就能一眼看穿我适合怎样的人生组合？

可貔貅紧绷着脸，多少有点我不问，她就不解释，让我一个人发闷的意思。我是完全不感兴趣，所以没心思发问，她只好悻悻地告辞。

貔貅走出我家房门大约五分钟，我就接到了灌顶的电话，灌顶风是风火是火地说："你就该去，你就是石榴，石榴就该去见见唐伯虎。"

灌顶的话没有头，也没有尾，说了一句，就挂了。让我好半天都在怀疑，是不是貔貅给我打的电话，可看看我手机上的显示，分明是灌顶，而且那声音也分明是灌顶。灌顶的声音非常干脆豪爽，就是嗲声嗲气地说话，也还是很脆生，而貔貅则完全不同，就是放开音量来说，也还是阴柔得很，带着鬼魅的诱惑味道。

我虽然一头雾水，可也不愿意去细究。灌顶也好，貔貅也好，对我都不过是过客，闹着玩玩，让我的脑子稍微乱一乱，但我更习惯于按部就班。我既不是醍醐，也不是石榴，我的名字，叫小青。我是一名会计，我的人生就是记账、入账，然后平衡黑白，淡化是非。

扑面而来的温润如玉

黑胖子说，爱情虽然是盲目的，但它到来的一瞬间却可以打开人的各种感官，比如嗅觉、触觉、听觉。每一个爱人，都是你的一个感觉。因为感觉来得快，去得快，所以爱情才常常难以解读。

灌顶的安静出了格，以至于我在单位做账目的时候，忽然想起她好久没有来电话了。自从那通神秘莫测的电话之后，她就沉寂了，没电话，不现身。她真的消失了，我才发现，以前，她几乎每天都会给我打个电话，时间不定，或早或晚，但一定会打，到了周末，她还会跑到我家，吵吵闹闹上一番，有时候晚上非要赖在那住，就是给她个沙发，她也能安然睡到天亮。

我纳闷，从什么时候开始，灌顶已经深入我生活中了？

从什么时候开始，我就已经开始依赖她的电话，依赖她的无理取闹了？我不是一个冷漠的人吗？

还记得我高中时候老师当面给我的一句评语：“这孩子，不知道从哪里开始就已经冰冻了，是从心那里吗？”我能记住这个老师，是因为有一次，我们在路上碰到，她没头没脑地告诉我，她得了白血病，浑身无力，心里难受，就想杀人放火。她当然没有杀人放火，她老公不知道花了多少真金白银，把她从死亡线上拉回来了。她回到学校以后，变成了一个“杀人不眨眼”的女魔王，几乎每个女生都受过她的讽刺，相比来说，说给我的这句，还算是温和的了。可同学们说，就是这句最温和的话，最适合我。我那时候就想，对于我这样的人，已经是无可救药的了，我虽然还以实体形式活着，可从心里早就已经风化了，当时间到来，我就立刻魂飞魄散。

我是这样的人，因此，当我意识到我和灌顶走得过于近了时，我稍稍有点惊恐。是我的心开始融化了吗？我有融化的理由吗？灌顶只是一个对我太随便的人，她随便估测我的心思，随便说一些紧要不紧要的话，随便和我表达亲密。可貔貅也是一个对我太随便的人，她也是随便估测我的心思，随便和我表达亲密。只是，我和貔貅无论如何不能随便起来。

虽然有些想念灌顶，可我还是没有给她打电话。难受了，我就盯着手机看，把灌顶以前拨来的电话查一查，想一想，某一天某一个时间，她说了某件事。这样过了几天后，我终于忍不住，下班后，不顺路地去了一趟她的咖啡馆。我很少在不是周末的时间来这里。

咖啡馆还是那样的咖啡馆，静谧里隐藏着某种不安分的躁动，时尚里又裹挟着超越不了的世俗。其实想想，每个人，不都是以这样的姿态活着的吗？

新来的女服务员顾盼生辉，来这里消磨时间的人群也活力暗生。单独而来的几个男生，在橘黄的灯光下，低着头慢饮，不经意间抬头，朝她撇过来一道亮光，横扫千军似的。

灌顶早就说过，她喜欢人为干预来喝咖啡的人群。而她干预的方法，就是会招徕一些美颜少男少女，常守一方。少男攻女子，少女攻男子。她说这叫吸铁石原理，不知道是不是她自造的一个原理。

我坐在我的固定座位上等灌顶。往常，我只要进门，灌顶几乎就会与我同时出现在红沙发上，可今日，那美艳的女服务员都给我送来两趟点心，灌顶还是没有出现。我有些不安，就问服务员，老板娘去哪里了。服务员认真地看了看我，然后又仔细地询问了我的姓名行业以及和老板娘的关系。她的态度过于真挚，却让我感觉极为不舒服，我觉得我就像坐在嫌疑人席上。她都问完了，才长舒了一口气，趴在我耳边悄声说："我们老板娘昨天进号子里了，您要是她朋友，就赶紧看看她去吧。"我吓了一跳，问她发生了什么，她又凑过来，悄声说："酒驾，拘留十天，明天就出来了。"

据我所知，灌顶很少喝酒，别看那么豪爽的人，在酒桌上却扭扭捏捏。就是我，都比她要对酒更亲近一点。但这成了她和我亲近的理由，她说，我是不喝咖啡的人，而她是不喝酒的人。

这样一个人，怎么酒驾了呢？我着了急，马上打电话过去。铃声响了大概三声左右，貔貅就拿着灌顶的手机从 VIP 房里出来了，她一边朝我晃着手机，一边说："这死丫头，这回可要长记性了！为一点点小事居然要去喝酒，也不知道她咋想的。"

貔貅披着一件呢绒大衣，她一扭一摆的动作，把呢绒大衣撑得非常丰满，这让她的架子更足一些。我走到我面前，瞅瞅红沙发，到底没有坐下。其实早在貔貅事件之后，灌顶就把红沙发给修好了。

我一把抢过她手上的手机，可马上意识到我这种做法是不妥当的。我伸手摸了一下眉毛，假装漫不经心地问道："你和灌顶很熟吗？你去看过她吗？"貔貅说："不熟，我也没去看过她。不过，她被逮捕之前，是跟我喝的酒，我找了代理司机，她自己驾车。走之前，她把手机落我这里了。你要愿意保管，就让你保管。我还省去很多口舌。”说完，她扭着腰走了。我看了看灌顶的手机，粉红色的塑料壳后面，是我和她的大头照。我想不起来我们什么时候照的这些照片。我又坐了一会儿，到底有些郁闷，也就离开了。

第三天是周末，我很早就去了灌顶的咖啡店，店铺还是铁将军把门，我在旁边的一家小吃店胡乱吃了点东西，再出来时，那个漂亮的服务员已经开始收拾准备营业了。我推门走进去，拐了弯，直奔红色的沙发。我不确定灌顶会不会来，毕竟拘留不是一件小事，她能不介怀吗？

我正越过沙发，从凹墙里找寻图书，我的脖子忽然被人搂住了。灌顶那特有的气息从我的脖子后面传过来。我的脑海里忽然蹦出来一个词——温润。对，那气息似乎只有用“温润”这个词来形容才好。

可灌顶不是这样的，以前，我从来没有感受过她的温润。她是那种浓眉大眼、大嘴大嗓门、大手大脚的女孩子，平时的穿衣品位也是怪异的，一身运动服驾驭高跟鞋，她能穿，一套民族服装，搭配自织的形状怪异、针脚有些歪扭的披肩，她能穿。至于头发，则时长时短，时而秀发飘飘，时而乱发草草。她做事也是毛毛糙糙的，有一段时间，她甚至在自己的咖啡店里穿溜冰鞋送咖啡，掀起过不少场冤案，很多客人不明不白地就被她投怀送抱，当然，外带咖啡洗脸洗衣裤。赔钱自然是少不了的，可据灌顶说，那段时间客流量最高。不知道是幸灾乐祸来旁观这一幕的人多了，还是故意被赔钱的人多了，抑或者是，甘愿投怀送抱的人多了。这样的人，你总不能说她是温润如玉吧，说她如麻乱草还差不多。

因为“温润”这个词让我感觉十分别扭，再转过来对着灌顶的时候，我的表情极为不自然，只看了看她，就继续低头看书，早忘了要问候她的拘留生活。

灌顶的手始终在我的脖子上，她还凑过来吻我的脸。不知道她到底擦了怎样高级的润肤品，那味道清新而鲜润，还有一种米一样的香。我是一个烟火气重的人，连味道，也只有用米香来形容。我尴尬极了，一下子把她推倒在沙发那一头，用手拼命地擦着我的脸。

“怎么？看来你对交往那个建议十分介怀！要不，就是你心里有我！”灌顶故意用娇滴滴的声音说这些话，我的鸡皮疙瘩又生硬地冒出来。不可救药，不可救药。我站起来要走。灌顶黑了脸，故意压沉了声音，说：“我还以为你是过来看我的呢，刚才还特别感激你居然这么早来，你可是在早晨轻易见不着的人啊，谁知你是真的冷酷无情。”

看着她楚楚可怜的样子，我于心不忍，只好重新坐下来，说：“我是来看你的，谁知道你还是这么不正经，你就放过我吧，我不是和你一样能开这种玩笑的人。”

灌顶一听，又眉开眼笑起来，她凑过来，继续用两只胳膊把着我的肩膀，悄声说：“我这几天在里面最想念的，还真是你。”说完又笑，可她看我越加严肃起来，就又加了一句：“我没有比你更好的朋友了，你又不是不知道。”

这话也不是味道，尤其是被她用这种十分伤感的语气说出来。我从来没有把灌顶当成多么好的朋友。我只是，只是被动接受灌顶在我身边的骚扰而已。这对灌顶虽然不公平些，可实际上我从没有把这个世界上的任何人当成过朋友。从我十五岁的时候，我就是这样了，我自己也控制不了我自己。

我故意撇开灌顶这话里的浓情，轻描淡写地问道：“你不是不喝酒的吗？怎么还酒驾了？”我这样说着，眼光早就不看她，而是翻看着手边的一本书，那是木心的一本书，木心说，其实，快乐总是小的，紧的，一闪一闪的。我同意，我刚才就一闪而过一个快乐，就在灌顶从后面搂住我脖子的时候。

想到这里，我的脸忽然一红，这不完全顺着灌顶的思路去了吗？不可救药的，是我。我被自己惊着了，偷眼去看灌顶。灌顶正低着头，摆弄着手指，好像真的伤了心。

这样的表情，在灌顶，实在是不多见。那一低头的温柔，可从来不会从灌顶的身上闪现。我有些消化不了，可看她似乎又不是作秀的样子。她始终低着头看着自己的手，还一直用左手去抚摸右手。我忽然发现，她右手的小拇指根部，有一道创可贴。创可贴是红花的，在她那白嫩的手上特别显眼。

我问她怎么了？她仍然不抬头，只是张了张嘴，可却有一种说不出话的感觉，她仓皇地看了我一眼，轻咳了一下，说，没什么。就在她抬头的那一瞬，我忽然发现她的眼角有一抹红。有伤感的灌顶我见得多了，可每次都是大江大河而下，呜呜淘淘地号哭，最少，也是嘴里叽里呱啦骂上几十个上百个不相干的人，泪水还是川流不息而下。她还从来还没有这样，明明有泪，却努力压抑着不哭。

我越发心惊，靠近了她一点，伸手想要抱住她，可是想起她那些可恶的玩笑，我的手悄然而止，只是关切地问道："怎么了，说说看，也许，也许，会好些。"我本来想说，也许，我能帮你做点什么，可猛然发现我能帮她做的事情，几乎一件都没有，就连安慰这样的事，在以前，我也是没有做过的。

灌顶轻轻斜靠在我的身上，呜咽起来，出了声，终于止不住，咧开嘴哭起来。我吓了一跳，赶紧抬头看四周。这个时间对喝咖啡的人来说，还是有点早了，就连那个漂亮的服务员也不知道到哪里去了。我赶紧拍拍她的肩膀，说："我知道你委屈，你要哭，就上我家哭行不？别在这里哭，这是你经商的地方，你怎么能让这里大煞风景呢？"我果然是损友，张口就没有好话，连我自己都听出来了。我真不知道以前，我到底用多少这样的话伤害过灌顶。

可灌顶似乎并没在意，只是靠在我的身上哭，哭也哭得不那么痛快，只是呜呜咽咽，极为压抑。我抓过桌子上的一张面巾纸，替灌顶擦了一下脸。她脸上并没有多少泪水，可她脸上却有无尽的悲伤。那，我擦不掉。我不说话，不是不想说话，而是不知道该说什么。

灌顶的哭，向来都是雷阵雨，轰隆隆一阵，过去了就过去了。可这一回，她始终在抽泣，身体还在抖，一直持续了很久，我的肩膀酸了，腰酸了，胳膊酸了，就连牙齿都酸了。可她不停，我就不敢开口。

拐角处传来咚咚的脚步声。灌顶的咖啡厅，从拐角的地方往里都是木地板，那木地板不知道是不是故意做了一段中空，人走在那里，就会发出咚咚的声音，声音不大不小，正好。以前，我很喜欢这声音，可今天，我却被这声音吓了一跳。我慌忙正了正身子，而灌顶，也随着我坐直了身子，她拿起一张面巾纸，轻轻擦了一下脸，然后站起来朝后面走去了。

我回头去看，来的是那个服务员，原来，她一直都在门口忙活。

豺狼去了青草露出

黑胖子说，剩女年龄越大，心中的爱情就越不靠谱。可灌顶始终认为，剩都已经剩了，要是没有这不靠谱，人还怎么活下去?

我正上着班，和一张工资单较劲，办公桌上的电话响起来，我扶了一下额头的乱发，接起电话。电话那头居然是貔貅，我吓了一跳。我的这个办公电话，除了办公，从来没有打过私人电话，倒不是我这人公正廉洁，而是我实在没有什么私人电话可打。就连灌顶，号称和我是几十年的朋友了，我也没有告诉过她这部电话的号码。

我喂了两声，终于确定电话那头的确是貔貅，我有点小小的愤怒，很不客气地说："对不起，我正在上班。"我刚要挂电话，就听貔貅大声喊："别别别，石榴姐，你可不知道，灌顶在拘留所里见到了她的初恋。"

这，该是意料中的事。我人冷，大脑转得还不算慢，灌顶的反常，早就让我想到了这一层，倒不是什么初恋不初恋，我知道她一定是遇到了实在难以过心那关的事情了。我不知道貔貅是怎样知道的，她在各个圈子里如鱼得水，大概是个很机灵的耳报神，也还是一个讨厌的长舌妇，可我不相信，我不认为灌顶真的是为初恋伤心。至于为什么，我却说不上来。

貔貅没有说完，我就挂了电话，为了防止她再打来，我故意不压实话筒。貔貅该是扫兴极了，但这正是我想要的。

挂了电话，我又开始计算员工工资，可我的眼睛直盯盯地看着一个数字，愣是挪动不了，我的食指一直翘着，无法落到鼠标上。我的脑子，在想灌顶。想灌顶的哭，想灌顶的笑，想灌顶眼角的那一段没有洗掉的眼屎，想灌顶贴在我的胳膊上颤抖着哭得很辛苦。

这不是好现象，我马上意识到我快要进入灌顶的陷阱了，我是说，她提出那个交往的陷阱。其实，作为朋友，我这样想念一会儿是没有大碍的，可我自认为我们不是朋友，我不能有朋友。我摇晃了一下脑袋，手指用力按在鼠标上，鼠标发出了轻微的“得”一声。我狠狠甩了甩头，十几年都这样安然无恙过来了，我不想现在又出现任何麻烦。任何麻烦，我都应付不了，我已经失去了应付麻烦的能力。

但继续工作是不能的了，同事们都去吃饭了，我对饭毫无兴趣，就坐在位置上发呆。我想起了初恋，不是我的初恋，也不是灌顶的初恋，只是脑海里一个关于初恋的故事，一个世俗味十足的故事。

有一个女孩，大学期间和几个男生轰轰烈烈地恋爱过几场，大学毕业后，终于选择了一个人结束单身。结婚后，她以为恋爱就此完成，于是死心塌地地和眼前那个和她捆绑在一起的男人过起了日子。

大概只有两个月的日子，这个女人就发现她的老公居然搞起了外遇那一套，看着他每天容光焕发的，大有改天换地的趋势。她不得不考虑离婚。可离婚完全不是她老公的计划，他哀求、自毁、发誓。就在她准备放他一马时，她又是在偶然的机会，发现他根本就是脚踏好几条船。当然，除了她，其他那几条，都不过是工作时互相利用之船。可饶是如此，她还是受不了，写了离婚协议，背着包离开了那个家。

这么快就从婚姻的坟墓中走出来的她，可没有一点庆幸的感觉，只是伤心。看山，是冷眼，看水，是无情，看路人，个个都很陌生，这是一个冷重的世界啊，真性情在这里半毛也不生。

她原本是一个富二代，钱是有的，可她哪里都不去，只是在穷乡僻壤处租了一个歪歪斜斜的小窝，日于此作，夜于此窝。能作的，不过是小窝旁边二尺半的一块田地。她种菜，种花，种树，种出来个一塌糊涂。地被翻得沟壑纵横，种子撒得到处都是，流水也跟着横七竖八地汪着。

时日不久，有苗头半露，那绿色的小芽，着实让她疯狂了好一阵，可到底谁是花，谁是树，谁又是蔬菜一丛，她完全没有辨别能力，书她是看过不少的，可刚出生的小苗，基本都一个样，脆脆嫩嫩的，看似弱不禁风的，却又有点刚强有力，用手指轻轻按下去，手心处居然有一股顽强紧张的弹力，那感觉很舒服，让你不由得想要纵容它的疯长。

她的这种错乱的纵容，很快引起了一个农民的不满。一个滴着露水的清晨，她正蹲在一棵已经有了两个瓣叶的植株前喃喃自语，忽然就听有个声音喊道：“你知道那是榆树吗？”她吓了一跳，这声音十分好听，让她一下子想起了红孩儿说的那句话——你是猴子派来的救兵吗？她抬头顺着声音去看，在破烂的篱笆门后面，站着一个胡子拉碴的农民，他看起来黑乎乎、乱糟糟，和精灵可爱的红孩儿完全不是一回事。他肩上扛着个东西，是什么，她说不清，和这些植株一样，农具对她来说也是陌生的。

那个农民看她抬起了头，又说：“你知道那是榆树吗？”她低头看了看那个植株，又朝着农民摇了摇头。什么是榆树，她不知道。那个农民又说：“那你知道你脚旁边那棵是白菜吗？”她又低头去看脚的两侧，她不知道农民说的是哪一株，她的每一只脚的两侧，都有很多植株。那个农民看她傻乎乎的样子，有点着急，伸出手指着她说：“你这是把敌人和友人都放在一起了，你是想看着世界大战爆发吗？”说完哈哈大笑起来。

她愣住了，完全不明白他说的是什么。农民显得有些尴尬，不过，他倒很大方，一推篱笆门走进来。她吓了一跳，赶紧站起来，手里胡乱抓了一把土，紧张地看着他。他看到她这个样子，又笑了，说：“我就是这村的，就住你家旁边，你租的这房是我大哥的，我又不是坏人，你那样干吗？我是看到你居然把一堆破烂种子都种到了一起，才过来看看。你这实在是糟蹋这块土地啊。”

农民这样说着，已经进了篱笆门，三步两步就跨到了她的身边。她向后退了两步，神经还是绷得很紧。农民披着一件破旧的大褂子，褂子右侧的兜还外翻着，里面则穿着一件横格的秋衣，那秋衣脏得已经看不出颜色了，中间还有星星点点的破洞。

农民走过来，也不看她，放下那把农具，蹲下去，嗖嗖两下，薅掉了一把小苗。她吃了一惊，大喊道：“你凭什么偷我的菜？”农民也不抬头，笑得很爽朗，说：“小姑娘，你这不是菜，这是榆树，这是灰菜，这是断肠草，这是野蒿，都不能吃，它们只会吸收你那些菜的营养，让你的菜长不起来。再说了，现在哪里是种菜的季节啊。”

她有点尴尬，也有些恼怒，为他的不请自入，为他的自作主张，她说：“我愿意，我就是种着玩的，你管得着吗？”

农民抬起头来看她，又笑了，从胡子中间露出一排洁白的牙齿，这，让他的脸都亮了起来。他站起来，说：“原来你是种着玩的啊，你们有钱人就是不一样，可以随意购买一块土地，自己糟践着玩。”他依然是笑着的，眼睛也始终盯着她看，可那眼神里却满是嘲讽，就连嘴角的胡子都刺棱着，有一种挑衅的意味。

他离她那么近，尽管他高高大大的，可她还是看到了他的眉，他的眼。她发现他居然有一副好看的浓眉，有一双精气神十足的大眼睛。刚才，她只看到了他的胡子，杂乱地铺在脸上的张扬的胡子。她的脸红了，她不敢继续看他，扭过头去，想想又蹲下来，看着被薅掉的那一堆小苗。她不知道该怎么办才好。

那农民说："这是我大哥的地盘，可它被你买了，你就有权做主，我也是吃饱了撑的，多管了闲事。"

她有些不好意思，嘟囔道："我也没说别的，我只是不懂，只是心情不好，看着它们这样长出来，觉得挺好。"

农民本来已经拔步要走，听她这样说，又停下了，说："小姑娘，我就说你肯定有事，你来租房那天我就看你的脸色不好。我跟你说啊，这人生啊，就是一场贪念，什么都是虚的，有啥啊？那就和这一堆草一样，种着是那样，拔下来也就是这样。你说它屈吗？也不屈，它不是草，还可以是肥，变成了肥，供给蔬菜，它就是蔬菜，供给花，它就是花，供给树，它就是树，你说它多自由啊？"

一堆土话，甚至还沾染着土里土气的味道，可一刹那，这话竟然让她的心里亮起一道光，是啊，有啥啊，多自由啊！她有些激动，站起来，定定看着他说："你说得真好，我要记下来。"说着她朝她的小窝跑去，她想要拿纸笔。

农民一见她如此，反而有些羞赧，他连连摆手，极力阻止她："别别别，你可千万别，我这就一高中生，就一出不了土坷垃的土人，哪里能和你们这些见多识广的人比，你可别寒碜我了，我可当不起。"

她也觉得自己有点夸张，停下来，回头继续饶有兴致地看着他，他还真是长得很帅气，那浓眉，那大眼，那小胡子，不，那乱胡子，有点夸张，却又丝丝入心。农民被她看得有点不好意思，拿起农具，转身就走，说："小姑娘就是小姑娘，人几句话就把人当成神，你呀，一点心眼儿都没有。"

她笑起来，浅浅的酒窝都现了出来，说："你说这房子是你大哥的？你就住我旁边吗？我能不能请你过来教我种菜？"

农民头也不回地说："种什么菜啊，你还是和泥巴玩吧，这大夏天都过去了，秋天都快来了，种菜能长几天啊？"

她才不管什么春夏秋冬，她追上去问道："人家都进城去了，你怎么还守着这块土地不走啊？"

农民回头斜眼瞅了瞅她，说："那你怎么还从城里来这了呢？我们农民都走了，你们城里人就都来了吗？”

她不笑了，脚步也停下来，说：“你和我是敌人？你刚才说什么敌人和友人都种在一起了，难道你把我当成了敌人？”

农民也停下来，说：“我看你这个小姑娘还真是有意思，我和你不认不识的，我干吗把你当敌人，我不过是觉得你就住在旁边，都是乡里乡亲的，才多说几句话。”

她又笑了，重复道：“哦，是乡里乡亲的，你觉得我乡里乡亲的？”

农民没有弄明白她这话是不是有生气的意味，他张了张嘴想做解释，可想想还是算了。他拔脚又走了，这回头也没回。她呢，也没有继续追出去，她想，反正是乡里乡亲的，走不了的！

我完全不知道这段故事到底来自哪里，肯定不是我所见，那就一定是我所听，可听谁说的，我却一点也想不起来。这个故事，已经不止一次出现在我脑海里，每一次，似乎故事情节都更加完善，有时候，我甚至怀疑，这是不是我想出来的？我的确是无聊着的，可我为什么要编出这样的一个故事呢？

我为甄嬛看坟茔

黑胖子喜欢看《盗墓笔记》，偏又胆小，看完之后常常做噩梦。可黑胖子照看不误，他说，不见识死人的世界，怎能知道活人的人生?

香山的红叶还没有迎来最灿烂的季节，一场又一场的秋雨已经把人们逼进了厚重的服装道具中。冷，就要有冷的演绎方式。门和窗子早早就关好了，空气不流通的好处就是没有冷风嗖嗖。偶尔出个门，第一眼看到的居然是嘴里不经意呼出的冷冷白气，虚无而直挺地飘着，散了。

灌顶刚从山西回来，或者是从河南回到北方来。逆风而上的后果，就是让最不喜欢秋裤的她，早早穿上了秋裤。笔挺的西装裤内，甚至黑色性感的连裤袜内，悄然生出一种复制的肉感，时尚感殆尽，分明是一种隔膜，一种累赘。灌顶本来就是一个乱穿衣的人，习惯了她的人对此本来无意，可她偏偏要解释说，刚从坟茔回来，谁还有心思去谈论时尚？似乎，她认为自己一直站在潮流前线。

我是一个怕冷的人，可我现在穿着单衣服，我是说。尽管我还算健康，可因为睡眠不好，在灌顶面前，我一直是病猫的形象，而她则是钢铁女子。就在零下的温度里，她也要光着腿出来“采风”。我常取笑她说，就连呼啸的寒风走到她身边的时候，都会倒抽一口冷气，折身而返。可如今，还没到瑟瑟发抖的季节，她怎么就早早秋衣上身了？

灌顶说，心冷了，身子就怎么也热不起来了。这样说着的灌顶，还甩了甩凌乱的一头秀发，冷风再一次吹过。她的确是一个冷着的人了。可为什么呢？难道因为坟茔？还是因为貔貅嘴里说的那个初恋？

自貔貅的那通电话之后，我有好长时间没有见到过灌顶，也听不到关于貔貅的消息，大概因为我一直也没有去灌顶的店里走动。我在极力避开灌顶，当然，也在避开貔貅。我说过，我是一个怕折腾的人，交朋友这种行为，对我就是一种伤。正是灌顶需要安慰的时候，我突然销声匿迹，这是最好的。我以为，我和灌顶的关系，该是自动转凉了，接下来，该是永久的冰冻了，直到永远。

灌顶也一直没有给我电话，直到她从什么河南还是山西那个地方回来。她打电话一定要我去咖啡馆。我居然有惊喜的感觉，可也只是一瞬。她还在电话里唠叨，说她转了几座坟茔。本是毛骨悚然的话，我听着却格外开心。挂了电话，我就去找灌顶。我到底还是需要一点人情。

灌顶以前是说过坟茔的，她这样说："我踏过的坟茔比你走过的桥都多。"在咖啡厅之外，灌顶还有一个职业，那就是摄影记者。她赚钱的方式，就是把自然界真实的存在，包括人文，转换成虚拟世界里的存在的真实。这是灌顶的说法，我是弄不大懂的，此存在和彼存在，对我来说，都是存在，或者都不是存在。我眼里的世界，时而单薄如纸，时而千岭万峰。至于存在，不过是一种获得温暖的方式罢了，不冷的日子，是想不起来的。

她是踏遍山水，饱览人间，我却一直孤陋寡闻着，但坟茔还是见过几座的。老百姓的小坟包，皇族的陵寝，都略有见识。参观十三陵，走进地宫时，的确有阴阴的感觉，可夹杂在熙熙攘攘的人群中，也还不觉得十分冷。至于老百姓的小坟包，和自然山水融在一起，若还映在飞驰的车窗中，常常只觉得那是风景，就像天空飞过的一只鸟，就像耳边刮过的一缕风。

如果真与存在联系起来的话，是把逝去的时间用一种凝固的方式显示出来的存在？我说不好。对我来说，这存在也是虚无的，如果飞在天空的鸟儿在我脑海里留下影像，也是比这虚无更长久的存在了。

很小的时候，家乡的山水丛林里，常有被翻烂的坟茔，腐烂的木料堂皇地躺在太阳下，侧斜在一堆堆新翻开的黄土边，像是晒出了一个尴尬的秘密，看又看不得，不看，又忍不住好奇心。老人们说，有人盗墓。

小孩子虽然有一颗懵懂的心，可却是传播新闻最好的工具。村里乡里的传奇，经过小孩子的嘴，就变得神秘莫测。这盗墓一事，听到我耳里时，就成了这样的故事：

张老三晚上给灶王爷上了一炷香，结果半夜就被一个夜猫子叫走了。正是夜黑风高，张老三神昏不明地走进一处墓地，然后用手挖开了棺木。第二天早晨太阳出来时，张老三忽然发现自己躺在一个棺材里，手心里攥着一块美玉。他吓得跳起来，呱唧呱唧地跑回家，手里却不忘紧紧攥着那块玉。

这张老三就是我们村里的一个暴发户，小孩子们总说，他就是因为盗墓得了一块玉从此甩掉了贫穷的帽子。但其实早在这之前，小孩子就都知道他，因为他是个私生子，或者更确切地说，是一个野种，他的爸爸不是他的亲爸爸，他的亲爸爸是他的邻居。而他对他的邻居始终视若仇敌。我不懂财富是个什么玩意，更不懂私生子、野种的意义，但对那呱唧呱唧的说法却特别感兴趣。以至于后来在村子里看到张老三时，总是会留心听他走路的声音。说来也怪，那声音的确是呱唧呱唧的，十分好玩。

我本来是要听灌顶讲她的关于寒冷的故事的，谁知道自己却自顾自讲了关于坟茔的传说。灌顶倒也捧场，居然听得津津有味，我都停下了话，她还意犹未尽地问，后来呢？

后来？有什么后来呢？村子里的日子，就是日复一日。真说到后来的话，我是很早就离开了家乡，而张老三，也在农民进城的潮流里，不知道进了哪座城市，所以，没有后来。

灌顶有些不爽，说，我还以为你得用“呱唧呱唧”编出什么有意思的故事来呢。这个，我还真是没有想到，那时候，不过是觉得那脚步声好玩，至今那声音，在我脑海里还是一个美好的存在。又是存在?!

灌顶瞥了我一眼，说：“要是我，这故事就会这样继续下去，张老三之所以会‘呱唧呱唧’着走路，是因为那个猫头鹰化成了他的鞋子。那个猫头鹰不能再恢复原形，它就用‘呱唧呱唧’的声音求救。”

的确是一个有意思的故事，而且延续下去的话，也大有文章可做。我拍手赞叹，但灌顶又不爽了，叹了口气说："说你是木头人吧，可事故都能变成传奇，而我是铁头人，我看到的故事都是现实。"

灌顶有铁头功，这可不是她自夸，她以三十五岁的高龄，还能将唐诗三百首倒背如流，光是这一点，就足够让我称叹。对此，灌顶不以为然，她说，那不过是童子功，现在的她，头一天做的或者记的什么事，第二天常常会忘得一干二净。

我问灌顶她看到了什么现实。灌顶说："一个看坟茔的老头，背影都抽缩成一团了，可食指尖尖指向我，口齿伶俐地说，你敢拍一张，我就砸烂你的相机。"

我忍不住笑起来，灌顶对这老头的描述，不但年龄矛盾，就连性别也含糊，还食指尖尖、口齿伶俐，把他当成后宫甄嬛了？灌顶说："谁说得清，他看的就是皇陵，没准是妃子附体。"

我马上表示不满："一个看坟茔的老头，能有多少主意，又能拿多少钱，他们，不过是有关部门的一道防线罢了，你要是抱怨他们，就有不厚道，有点文不对题。"

灌顶皱着眉说："我就是要文不对题，我这一生都是在文不对题，可你为什么没有提出意见来？"说着，灌顶还向我翘了个兰花指。我完全弄不清她是在开玩笑，还是在说一个严肃的问题。

灌顶看我发愣，眉毛一舒，兰花指的中指一弯，一探身，弹了我一个脑嘣儿。疼是不疼，却吓了我一跳。灌顶说："你分明知道我想做什么，你也分明知道我每天都在重复做着什么。你知道我为什么那么喜欢你，喜欢你把事故说成传奇吗？我恨不得我自己就是那个盗墓的张老三，哪怕是被猫头鹰诅咒过，也强过一辈子当看坟茔的老头！"

我不以为然，我有我自己一个人的世界，如果是我，想要去做张老三，甚至看坟茔的老头，都会很正常，可这话出自灌顶口里，有点不正常。我问她："你说甄嬛那么火，那老头会不会被甄嬛附了体？"

灌顶哈哈大笑，说："想不到你对甄嬛这么感兴趣？"

《甄嬛传》刚热播的时候，我根本就没有兴趣，可这热过去了，我却忽然对它产生了好感。我喜欢站在世界的反面，倒不是为了特立独行，我只是不习惯和人群在一起。

灌顶哈哈大笑起来，然后抬起她的腿，让那包裹着秋裤的黑丝压在我的腿上，说："来，给爷来一个猫头鹰牌'呱唧呱唧'鞋。"

我躲了一下，没有躲开，那条黑丝笼罩的光腿，就堂而皇之地横到我的腿上来。我发现，那黑丝的末端，居然悬在脚踝上方，那只刚才还踏着高跟鞋的脚，现在赤裸裸地，张扬着脚趾，在我的腿上。我惊讶地问道："你连秋裤都穿了，为什么不穿袜子?"灌顶说："光脚的不怕穿鞋的。"

我也笑起来，说："其实做一个看坟茔的老头挺好。你想，你人都老了，你连坟都看了，而且，你还被甄嬛附过了，这人生该是多么凌乱，可这凌乱，却横生出多少传奇。"

我不是一个会讲传奇的人，可我又何尝没有当过一个看坟的老头？我甚至也经历过被甄嬛附体的惊和痛！那风中的凌乱，可毫无浪漫。在那一刻，那一秒，人分明就是死的，是挣扎的僵尸，在神昏不明中连毁掉地球的疯狂都会横生出来。

可一旦它进入历史，一旦你从僵尸的状态中苏醒，天地瞬间在胸中打开，人豁然开朗。我想，人是要有这样的经历的，冷风嗖嗖侵入骨髓，而后才能有翩翩仙女散花的静美。

再跳出一步外，再看得远一点，分散，其实是一个更大范围内凝固的融合，吵闹，其实是一场最不费心思的宁静。所有的存在，其实都是不存在。所有的不存在，其实也正是一场轰轰烈烈的存在。

我不是无病呻吟，我只是想做那个看坟茔的老头，不过，我看坟茔的时候，随便你任何人过来拍照。只要你不怕僵尸附体，就好！

灌顶说，唉：“你越是这样，我就对你越是爱不释手！”

我是玩具吗？

我摇摇头。

是山无棱还是天地合了

黑胖子说，有的人是因为看透了而死，有的人是因为看不透而死，可不管是看透而死，还是迷茫而死，年轻着就死，总是让人纠结。

随着灌顶的出现，貔貅也瞬间进入了我的世界，如影随形。周末的早晨，我刚起床，准备去买点早点，刚走出小区，迎面正碰上穿得花枝招展的貔貅，纯白如雪的上衣，橘色带花的紧腿长裤，还有一双不规则闪出红光的棕色高腰靴。她戴着墨镜朝我走来，上衣领口大荷叶边的褶皱，跳跃着，像是硬扯出来的纯情，让我不由得想要转身逃走。

我假装打电话，一转身，走到一棵桐树后面。桐树的皮光光的，几只黄蚂蚁在此忙忙碌碌着。我是没有人可以打电话的，电话都放在了耳边，可却不知道该说些什么，即使是假装的，我也没有话可说，只好站在那里看蚂蚁。

我听着高跟鞋咔哒咔哒地走过来，我等着高跟鞋咔哒咔哒地走过去。可是那声音，到我身边，戛然而止。我回身去看，正看到貔貅侧着身子，探着头，眼睛从墨镜的上方看过来。那双眼睛，居然有点红肿。她看到我，马上把墨镜推上去，说："好大的兴致，一大清早就跑到这里看蚂蚁。"

我绕过桐树，继续走我的路，一边走一边说："你的兴致也不小啊，这一大清早，不是也跑到这里来？这里有你的亲戚还是朋友啊？"

貔貅对我的态度毫不在意，反而笑着追上来，说："既是亲戚，又是朋友。你知道这个人是谁吗？就是你啊！"

我忽然停下来，貔貅正大步小步跟着我，一不留神，就撞在了我的身上。我皱着眉头看她，直截了当地说："我不喜欢你，我知道你是商人，无利不图，我这里没有任何你想要的东西，所以，以后，你可以忽略我吗？"

貔貅正咒骂着收拾撞在我身上弄乱的头发，其实她的头发一丝不乱，不知道是打了发胶，还是做了定型。她对自己的外表极为关注，头发自然也是重中之重。每次我见她，她的发型都是不同的，有时候是爆炸的烫发，有时候是利落的盘发，有时候则是花哨带毛边的辫子，当然，我见她的次数并不多，数来数去大概也就那么几次。

貔貅一边小心翼翼地按压着头发，一边带着歉疚的笑意对我说："我知道你不喜欢我，但是我找你可不是为了我自己，我是为了灌顶。我听说你很喜欢灌顶，你们不是那个吗?"说着她把两只大拇指放在一起。

一派胡言。我几乎大叫出来。我心情有点不舒服，昨夜又没有睡好。一整夜，都在做梦，断壁残垣一样的场景，逻辑不通的情境，还有几张人不是人、脸不是脸的东西，横七竖八，交叉变换。在梦里，我自己也不像人，一会儿飘起来，像要被风吹走，一会儿又沉入水中，重重的，坠着，我一直是处于恐惧的状态，可叫不得，喊不得，因为我不是一个整体，我是一个七零八落的碎片。

这些梦，虽是梦，却极为清晰。以至于早晨醒来的时候，我摸着自己的胳膊和腿，依然感受不到自己的完整。所以，我心情不好，我站在那里，恶狠狠地瞪着貔貅，两排牙齿也紧紧咬在一起。

我的样子肯定极为恐怖，以至于貔貅看着我，居然打了一个冷战。她说："你不要这样，我不是别人，我……不……唉，这样，我就和你说一句话，就走。"

我不吭声，转身往回走，早餐什么的，算了，我没有心情吃了。我想，我的表情足够凶恶，貔貅肯定会还我清净的。可当我打开我的房门时，貔貅居然从我的身后撞了我一下，倏地一下从我的身边钻了进去。这是灌顶的动作，这是灌顶的行为。貔貅，貔貅居然也有。

我一惊，再看，貔貅已经坐在了客厅的沙发上，将那双闪着红光的棕鞋放在了我的茶几上。我连门都没关，直接走到客厅中间，冷冷地对她说："说吧，一句话，说完就走。"

貔貅脸上的笑容僵了一下，但马上继续笑下去，就像一个有点年久的锁匙，卡了那么一小下，又打开了。她的笑声很响，她说："你别这样好不，我怎么说也比你大几岁，这要是和你一起生活，你得叫我姐姐呢……"说到这里，她一下子捂住了自己的嘴，紧张地瞪着眼睛看我。

我面容紧绷，问她："这算是一句吗？如果你说完了，就走人，我的门还给你留着呢。"貔貅不笑了，可那笑容还没有完全褪去，只是眼睛一下子有了惊恐之色，闪闪的，仿佛有泪光。我觉得自己有点过了，就过去把门关上。再回来，我还是看也不看她，坐在靠窗子的一只小圆凳上，看窗台上的花。

我养的花，我叫不上名字，是我从小区右侧的一块野地里采回来的，开很小的花，也不灿烂，但绿意甚好，我就养着。

貔貅说：“你知道吗？我大概十三岁的时候上过吊，灌顶是在十八岁的时候吞过药，我不希望你现在也变成我们俩那样，整天只想着死。”

这样说着，好像我们三个有多么亲密似的，真可笑。我只是从心里冷哼出来，可不想多说话。就连一句话终了就走的承诺，我也懒得向她去追究。

我听见貔貅在我身后的沙发上吸鼻子，是哭了的声音。我不为所动。人活着，谁没有一次想要死的冲动。过来再看，一切不过是自己和自己开的一个玩笑。真若惦记着死，不需要念头，只需要一个干脆的行动。

就像我高中的同桌。一个矮我一头的小男生。他梳着长长的头发，被秃顶的教导主任扭着送进了理发室，差点剃成了光头。可他的头发长得实在太快，没有多久，就又齐耳齐肩，以至于教导主任看见后，咬牙切齿地说：“你这么有，我却没有。”因为这样的趣事，他被我们班称为人主导教，是教导主任反过来的写法，可听起来却像教皇或者教父之类的一样威风。

我不爱说话，他却是一个“长舌妇”，每天在我耳边啰哩啰嗦，可从来不说学习。他说的，竟然是女人的家长里短，谁的头发长啊，谁的见识短啊，谁有黑社会背景啊，谁有校花的潜质啊之类的。

我后桌的女生极喜欢听他啰嗦，可她要让他说给她听，他就马上闭嘴，沉默成一棵树木。为此，他没少被后桌女生修理，不是被书打，就是被腿踢。那女生也彪悍，有一次居然拿着一把圆规扎进了他的头皮内，圆规拿出来的时候，带着血肉。女生吓得尖叫，可我同桌只是冷冷地瞪了她一眼，说了一句：“你死心了吧！”后桌的女生涕泪横流，她颤巍巍地站在那里，说：“你怎么这么狠毒？”

我当时完全不明白他为什么说出那样一句话，我也不明白她怎么敢说出那样的话。狠毒的，不应该是她吗？

后桌调换了位置，从此以后变得特别沉默。而我的小同桌，就更絮烦，天南海北的神聊，简直达到了出神入化的地步。我偶尔认真听一下这乱七八糟的话，居然很有一种长篇评书的味道：话说那一天，李大婶化了妆出门，迎面正碰上刘四老爷……

这里所谓的“李大婶”，不过是我们班的学习委员，一个长得文质彬彬的大男生，而“刘四老爷”，就是我们班的体育委员。

除了我以外，班里所有的人都喜欢他的神侃，这几乎成了繁重学业中放松的一种固定方式，以至于有一次考完试，我们班主任老师竟然让我同桌走到讲桌前面，神侃了一节班会课。说的当然是激励我们学习的事，话大概也就是那些固定的成分，可由他说来就格外不同。我们班六七十名学生，被说得正是：个个摩拳擦掌，个个叫嚣乎东西，隳突乎南北，哗然而骇者，虽鸡狗不得宁焉。声势太大，连其他班的班主任都纷纷过来探看，最后，当然，又引来了教导主任。教导主任站在后门，跷着脚听他胡说，一直等他说完，教导主任流着眼泪拍着手说：“小子，下周一升旗，你来讲话。”

我虽然不喜欢我这个小同桌，却一直觉得他将来一定会成为俊杰。可他没有，他成了鬼才，也还没有才，只是鬼。在教导主任说的那个下周一晚上，他做了一场完美的国旗下的讲话后的晚上，他用一根绳子把自己吊在学校后山前的一棵树上。

发现他尸体的，居然就是教导主任。据说，这个秃顶小个子的老头，抱着我的同桌，哭成了个泪人。一边哭，一边捶打自己的胸脯，说："花谢了，花谢了。"

女生们都不敢去看他，有看过的男生说了，他最后的样子太吓人，脸的肌肉扭曲着，一道一道的，眼睛瞪得快爆出来了，舌头伸得长长的。我去看了，完全不是这个样子，他的脸是有点青紫色，可眼睛是安详地闭着的，嘴也是闭着的，只是嘴唇有些干裂。有人说，是教导主任给他做了整理。

他最后的样子，我也只是看了一眼，因为很快就有一个声音哑哑的女人把他推走了，是用一辆手推车推走的。这段路不太好走，手推车走一下，他就在车上跳一下。我那时候就想，或许，这是他给我们开的一个玩笑。他，怎么可能死呢？

我同桌死了有一个月，没有人敢靠近我同桌的位置，特别是女生，走到我的桌子旁，总是要大呼小叫着跳过去。就连看我，她们也像看到鬼一样。

之后，我就听到了这样的传闻，与其说是传闻，不如说是当面指责。那个曾经抡着圆规扎我小同桌的后桌，在一个晚自习开始之前，忽然从教室外面走进来，在我的脸上打了一个大巴掌，然后说："你为什么让他去死，你自己为什么不去死？你不知道你才是最该死的吗？"

我很快明白，她所说的他，是我的同桌。"我，什么时候让我同桌去死了？再说，他像是听我这样一个似有若无的人的话的人吗?”长久的沉默，让我的嘴变得很笨，但这两句话，我还是慢腾腾地说了出来。

就在这时，有好几个女生抢过来，她们几乎一起伸出手指，指着我说：“就是你，就是你，要不是你说人怎么死才好，他也不会想去上吊。”又有一些人围过来，有男生，有女生，有人在小声说话，有人在看着热闹。

“我、我、我说过怎么死才好，可是你们不是也说过吗，你们不是也谈论过怎么死才好吗？是你们讨论的时候，我才说了这样的话。”我气愤得脸都涨红了，我声嘶力竭地朝着周围的人喊，所有的人，不光是那几个指着我的女生。我当时感觉整个世界都爆炸了。

就在我同桌死之前的那个周末晚自习，我后桌和几个女同学凑在窗台边说起了死亡后事，说什么死了之后如何能够成仙，死了之后怎样可以重返人间，她们越说越兴奋。我的座位就在窗台边，我是最讨厌人们谈论死亡的，所以就说了一句：“你们又没有死过，怎么知道哪样可以成仙，哪样可以重返人间?”

自从来到这所学校，我几乎没有和任何人说过话，因此，我一张口就把这几个女生吓了一跳。她们看我的眼神，就仿佛看到了鬼在说话一样。但很快，她们就恢复了正常，和我辩论起来。有的说，你是在咒人死吗，有的说，你也没有死过，你怎么知道不是这样……个个伶牙俐齿的，来的，也都是精明剔透的辩论。我是没有话可辩论的，说完就完，低头而坐。倒是我同桌忍不住了，和她们辩论起来。他说：“好好的，说什么死亡，这辈子还没有活好，还想着死亡之后的事?”

同桌的加入，一下子让这个话题热了起来。班里几乎有一半的同学都加入了这个讨论中，直到教导主任过来查自习，他们才停止讨论。这中间，我一句话也没有说，我甚至也没有听他们到底说了什么。所以，说是因为我讨论死亡而害死同桌，我当然觉得委屈。可是面对人群，面对那几张伶牙俐齿的嘴，我又实在无话可辩，只能大声叫喊。

“李大婶”和“刘四老爷”纷纷过来解围，那几个女生讪讪地走了，有的唉声叹气，有的愁眉苦脸。只有我后桌的女生，依然是横眉怒目的样子，她咬牙切齿地对我说：“因为他最听你的话。”

我感觉我的脸一下子皱在了一起，我的头皮嗖地跳动了几下。“他最听你的话”，这话太熟悉了，太熟悉了。我十五岁那一年，在邻居王叔把我送进那个荒凉的大院子里之前，王叔对我说：“他最听你的话，你去看看，你去看看，他就闭上了眼睛。”这里的他，是她。她看到我，迷蒙的眼睛忽然睁大了，看着我，眼角略略发红，有泪一样的东西闪烁着，然后就定格在此处。

我的小同桌，我们同桌了差不多两年，我和他说的话总共算起来，大概也不超过五句吧，而我的那句关于死亡的辩论，还不是和他说的。难道就因为这句话，他就要去体会死亡之后吗？

可话又说回来，我又有什么委屈的呢，我本身不就是一个丧气的人吗？没有我，我的父母怎么会死得那么突然？没有我，那个女人，怎么会咽下最后一口气？

我的大脑里遍布着那几张伶牙俐齿的嘴，遍布着人群朝我而来的指指点点。我的太阳穴突突地跳着，我的心脏怦怦地跳着，就连我的眼皮，也漫不经心地跳起来。我浑身的肌肉在紧皱着，我的脖颈僵得动不了。我感觉我快崩溃了。在人群中，我快崩溃了。我大叫一声，晕倒在地。

我厌倦了，厌倦了我的回忆，厌倦了貔貅在我身后吸溜着鼻子，我才不关心她为什么要上吊，我也不关心灌顶为什么在十八岁的时候吞过药。我站起身来，开门走了出去，走出家门，走出那个沉闷的世界。外面再不好些，到底有可以呼吸的新鲜空气。

红尘如此，恋恋可否

黑胖子的小女友陪伴了他三年，他才向她告白。黑胖子说，有些爱情说着说着就假了，可有些爱情说着说着就真了。

灌顶经常约我出去吃饭，我也习惯了和她一起吃饭。她是老板娘，每次掏腰包的都是她，我不羞愧，她也从不计较。

我的话题还是很少，可她的话题太多，除了天南海北这个特色之外，还什么都不挨着，常常让人听出好几重山水来。说起来，她也真是一个能聊的人，说企业，大小企业，国内国外，说事业，律师公务员，妇联会主任国务委员，说到人，黑心白肺的，红眼绿头的，说得头头是道。我常常以为她就身在其中，可回头把她对号入座，怎么找都找不出一个位置，就连旁观者，她都不合适。

吃完饭后，她常常喜欢到我家里来坐坐，我也不拦着。她自己买来水果做水果茶，我就任由她去弄，自己一个人躺在沙发上发呆。常常，我就那样躺着睡着了。而她悄声走的时候，我会马上醒来，回到床上，又是半天都无法入睡。

有一天，她已经做好了苹果橙子红茶，而我还直直地坐在沙发上。她看着我，有些兴奋，跑到厨房，很快又端了一杯牛奶出来，这一定是她买来的。我不记得买过这些东西。我很想喝她做的红茶，可她说，牛奶有助睡眠。我没有反抗，拿过杯子，一饮而尽。她笑得咯咯响，说："不管是什么，你都能喝出酒的豪气怪气，莫非你上辈子是刘伶?"

我看着她笑，没有话。她也笑着看我，忽然那表情就变了，那笑容不再圆润，嘴角抽动起来，好像要哭的样子。我不喜欢她这个样子，太不喜欢，她哭的时候，我的心如翻江倒海，尽管只有那么一次，可那一次就够了。

我连忙问她怎么了。灌顶一下凑到我的脸上，狠狠亲了我一下，又马上闪开，笑着说："我就是要和你谈恋爱，不管你愿意不愿意。"笑是笑着，可是眼泪扑簌簌流下来，有一滴滚到嘴角，她抿了一下嘴唇，把它吃掉了。

我不理她，只低头看我的杯子。有时候，或许，就是这个时候，我可以纵容一下灌顶。灌顶又说话了，声音极为低沉，她说："你知道吗，你刚才冲着我笑的时候，肌肉特别放松，那好像是你的真笑。我以前从来没有见过你的真笑。"

我的心一下子缩紧了，激灵灵打了一个冷战，不舒服极了。我站起来，手里还拿着那个杯子，但身体有点摇晃，可我紧绷着，不让自己的腿看起来在颤抖。我挺直着身子走进卧室，胳膊稳稳地端着那个杯子。

灌顶没有跟进来，我感觉好受多了。我悄声关上房门，这才踉踉跄跄走到床边，还没到床边，杯子就从我的手上掉了下去，哗啦啦一声脆响。我顾不得了，仓皇爬进被窝。我听到客厅里灌顶的脚步声，可是走到房门口，她又停下来。我双手紧握在胸口处，我不停地祈祷，不要让灌顶进来。我的祈祷灵验了，灌顶最终也没有进来。我躺在床上，许久许久，听见灌顶关门的声音。我确定她走了，才松了一口气，马上睡着了。

第二天下班的时候，我毫不迟疑地直奔灌顶的咖啡馆。可灌顶不在，一个新的帅气的大男生服务员对我说，他们老板娘出去采风了。呵呵，这样冷的天？我看看外面，外面其实不冷，太阳还高，这不是冬天，是天长夜短的盛夏，她是该光着两条美丽的长腿风采去了吧。我坐了很久，久到我疲惫了，回到家躺在床上就睡着了。

接下来的日子，我几乎每天都去灌顶的咖啡馆，可她也几乎每天都去采风，不是几乎，的确是每天，一天不落。我来了，只是来坐坐，坐到很晚。我不给她打电话，后来干脆也不再询问服务员。我看到，那个高大帅气的男生吸引来很多单纯单调的小女生。她们叽叽喳喳地躲在一个角落里，或干脆直率地直盯着他看，或羞答答地偶尔抬头瞥一眼。有时候，那个角落，就是我的固定座位，那个破旧的红沙发。

她们占了我的座位，我只好坐到别处。别处，都是热闹的，浸透了咖啡的味道。我不喜欢，也没有停留过，可我还是坐了下来，没有犹豫。墙壁上的画我看不懂，一堆绚烂的彩色条纹，纷乱地交织着，看不出规律，也找不到感觉。咖啡桌倒还好，实打实的木头，厚重的桌板，不规则的形状，桌面上还有推平木头而现出来的花纹，也是不规则的，但好看。桌子的一角，居然还有一小块香烟烧燎的痕迹，这几乎成了这张桌子的亮点。三四个单沙发椅，凌乱却又随和地围着咖啡桌。只是沙发椅的弹簧太硬了，也太直接了，就在你屁股底下较着劲，仿佛随时能把你弹出去一样。坐在这样的椅子上，我不由自主地要坐直身子，脚趾要紧紧抓在地上。这样坐了一会儿，就特别疲惫。坐在这样的地方，我通常都会走得很早。但回到家，依然睡得很香甜，甚至无梦。找不到灌顶的日子，我睡得香，睡得好，我到底并不是真心喜欢灌顶，她不过是让我踏实地感受到生命动力的另一个生命。

在灌顶的咖啡店里，我又见到过貔貅好几次。她还是打扮得十分妖娆，大檐软帽，夸张地伸出去老远，把自己一张脸紧紧缩在阴影中，只有口红浓艳的颜色还能让人恍然大悟那还有一张脸。高跟鞋一天高，一天低，走路的姿势也就一天一个变化，时而扭腰摆臀，荷叶风吹般，时而踢踏踢踏，小脚高跷似的。我不喜欢她，却极喜欢看她的这种表演。那，给我一种压抑的快感，就像要疯了之前，那憋在胸口里的那声呐喊。我没有疯过，但就是感觉发疯之前，胸口一定会有这样的一声呐喊。

貔貅大概也知道我不喜欢她，所以很少凑过来，有时候连招呼也不打，只是偷眼看看我，若正和我的眼神相撞，就尴尬地笑笑。她其实没有必要如此迁就我，我又不是什么她必须要迁就的人物。她完全可以狠狠瞪我一眼，那样对我来说，会更好些。

那天，貔貅通过那个高大帅气的男服务员，给我传来了一张纸条。白的纸，黑的字，本来干干净净，可却被她多处涂抹，变得凌乱肮脏。那字体也是不工不整，歪斜倒还不至于，就是看起来残缺不全似的。整张字条给我的感觉，就是她在试图或者已经隐瞒了一个天大的秘密。这当然只是我的感觉，她本身对我毫无意义，有没有秘密对我也就毫无意义。

她是在调侃我，她说："你真的喜欢上灌顶了吗?""真的"这两个字之前，是划掉的"不是"，"吗"之前，原来似乎是个"吧"。问号倒是画得很好，大张着嘴，像是一个吃惊的人。可后面紧跟着一个抽缩了的叹号，那感觉就像一下子从一个开放自由的世界进入一个高压的境地。这叹号还一路抽缩下去，一个叹号，是冷，再一个叹号，是风，又一个叹号，就是冷雨滴下来，滴答，滴答。最后，她说的"你不能"，也是涂抹之后的，原来是"她可能是你的姐姐"。

貔貅的所有涂抹，都不过是一条横线，一条竖线。字还是清晰地在，只不过打了封条，触目惊心。因此，这张字条看下来，我印象最深的，就是她认为灌顶是我的姐姐。这个比较好玩，灌顶曾经说过，现在的时尚就是，愿天下有情人终成兄妹。如果灌顶真的是我的姐姐，我会非常高兴。我想，我应该是高兴的。我的大脑是做了这样的判断的，可我想象不出来我的心境所谓的高兴到底会是什么样，像灌顶说的我的那个真实的笑容吗？我从来没有真笑过吗？我不知道，从我十五岁之后，我就害怕看我自己。

我是把自己包了个壳的，对世界，对我自己，所以，我到底是个什么，就连我自己也是不清不楚的。很多常识，很多人，很多事，近在眼前，切身之中，我还是有本事完全忽略，我想要成为空白，可我就是不能成为空白，所以，我每天做的，不过是与呼吸进行对抗。

我是在废话了，又在废话了。在争取空白的世界时，我经常会自己和自己说这样的废话。我想要掩盖，我能喜欢灌顶吗？我可以进行同性恋吗？这对我，算是挑战吗？我本来就是一个不正常的人，也许，我人生的轨迹，就该是各种各样的不正常。可同性恋到底是什么呢？我是说，那到底是一个什么样的感觉，才会让人去同性相恋？

貔貅在她的座位上朝我挤眉弄眼，我不去理她。不过，很感谢她说的，掩饰着说的，灌顶也许是我的姐姐。如果是姐姐，那爱，多爱，都该是没有关系的吧。可是我怎么爱灌顶呢？抚摸她，亲她吗？那太恶心了，那会让我的胃不停地泛酸的。可我怎么爱灌顶呢？

我有点累了，今天进来的时间还很短，我还没有喝完一杯红枣茶，可我太累了，我决定回家睡觉。

我朝门口走去，拐过那道弯，来到了阳光普照的地段。

咖啡厅的门开了，挂在那里的一串风铃嘀铃铃地脆响起来。灌顶张开胳膊朝我扑过来，一路号叫着。好新鲜的空气，迎面而来。好好听的声音，迎面而来。

杜鹃啼血，换不回一场春梦

黑胖子是一个脾气暴躁的家伙，他发起火来，他的小女友常常吓得浑身发抖、泪珠盈盈，饶是如此，他依然黑面黑心（当然，是生就的黑让他面不改色）不怜香、不惜玉。可大多数时候，浑身发抖的都不是黑胖子的小女友，而是黑胖子。

黑胖子说，我可以允许她不懂我，但我不能不试着去读懂她，即使百思不得其解。

黑胖子是一个谈恋爱的高手，有他的地方，就有女生的欢声笑语。可大多数时候，他既不高谈，也不阔论，只是躲在他小女友的身后，静默声息。

黑胖子说，恋爱，其实就是把自己交付给孤独，就像谈天，不过是把自己交付给孤独一样。人，越是在人群中，才越是能体会自己的孤独。

我恍然大悟，原来，世界是这样的，花红，月好，人孤单。

八千里路云和月

黑胖子喜欢旅游，可是他和灌顶一样，总是喜欢一个人去远方。他们俩说，走不出来的孤独，是最好的。走出来的孤独，才是无药可救的。

灌顶出去旅游了，这一次，她去了日本，她给我寄来一张又一张明信片，奈良的吉野山樱，熊本县笨拙的熊本熊，香川的金刀比罗宫，德岛的鸣门涡潮……有的是商品明信片，有的，则是她自己的画，就像熊本熊，就像山樱。

我最喜欢的是樱花，灌顶的画功，算不得好，线条凌乱且没有路数，可看着亲切，有贴近我的感觉。我不大喜欢日本这个国家，尽管我不怎么看电视剧，可还是知道几乎每天都有几个频道，是在播放抗日片子的。血肉模糊的样子，大概总是不能少的，还有那“死啦死啦”的语言，也完全是粗鲁野蛮的感觉，要是再有那明晃晃的刺刀在太阳光下，或者黑暗中倏地一闪，那更是会让人横生愤怒。就是后来知道了这日本刀其实传自唐朝中国的工艺，也还是不舒服。

可灌顶去日本了，我就只能开始关注日本。日本的古建筑保存得真好，日本的漫画想象力的确非同一般，日本的樱花，也果然，果然什么呢？铺天盖地！中国也是有樱花的，花瓣飞舞的时候，也是极美的，团团簇簇，紧致相拥，飘在身上，就是一件香衣。香气不大，衣也算不得，可花瓣在，衣服陡然生辉。这当然是中国樱花。

灌顶的明信片很少写字，最多，只是写上一个地址。灌顶的字很美，遒劲有力，一点都不像女子的字。可也不矛盾，她本人就是豪爽的、干脆的、坚定的，当然，除了在爱情面前犯贱的时候。爱情是说不清的，有时候不能算进性格内。

灌顶不写字，但会给我打电话，长途，短话，有时候只说一句，“不要想我啊”，就挂断电话。我不能适应，总以为这是我自己想出来的，她压根不曾给我打过电话。她是一个风一样的女子，我怎么能抓得住。不过，也说不好，我本身就是有胜于无，像风，像气，像不像人的一切。

灌顶又去了新加坡，这回没有明信片，全部是素描画，高楼，大厦和花，细细碎碎的花，大瓣铺展的花，翻卷着，弯曲着，带着充满探索力量东张西望的花蕊，带着斑斓灿烂的颜色。素描画里是没有颜色的，灌顶大概也不想上色，可那细碎的画法，那蜿蜒的曲线，还有那超凡的花蕊，就是让我感觉这花吞吐着万千颜色。这么浪费在画画上，她还有多少时间观光？不过这些素描画却比明信片好，比照片好。明信片和照片，只能告诉我，她去过哪里，可这素描，却能告诉我，这个地方给她的感觉，第一感觉，那是她要跟我倾诉的那种感觉。

除了花，还有塔寺，还有宗教特有的花纹，带着翅膀的人神，带着笑容的火焰，被卷在织物里的飞鱼，长发披肩的羊，开了屏的孔雀……

所有的，我都喜欢。我身在中国，却已经跟着她飞过了千山万水。不对，这样表达是不对的。我不想念灌顶，也不能算不想念，就是，就是觉得一切还好。她在外面，也好，我收到她寄来的明信片，也好，很安心，很舒适，没有骚扰感，也没有挂念的痛。

我自己，也还是有寂静的夜，适合孤单发酵悲伤；我自己，还是清冷的音，适合忧伤浸透骨髓。可我不忧伤，也不想悲痛。

十五岁之前，我是有环游世界的想法的，那时候，翅膀稍微硬气了，童心慢慢变野了，家附近的几座寺庙，几个建设了好几年还在建设的、说不上是公园还是什么的景点，还有那些黄土飞天的沙漠、岩石绝对遍地的高山，环佩不怎么叮咚的溪水，都已经看厌了。圈子就那么大，东到黄土地，西到黄土村。圈着我，裹着我，所有的一切都是在时间点上无限延长，没有尽头，也看不到结果，我只有厌倦。

通过方寸大小的电视屏幕，我管中窥豹地看了那么一点世界，那简直就不是一个精彩可以言喻的。那时候旅行还没有成为人们的必备饭菜，可世界各地的文化还是通过各种大的小的栏目、剧种进入我的世界。就连学生之间传递的美贴图、明星画，都能一下子让我感受到世界的美、世界的疯狂、世界的逍遥自在。我想到外面去，我想要到更广阔的地方一展拳脚。可事实是，我只能框在自己的小窝里，待在我们那只有黄瓜辣椒西红柿的院子里。外面的世界再热闹，那也是别人的热闹，和我隔着一个世界。

村子南，过了那条不流水的小溪，翻过几个没有树高的丘坝，有一座青石山。孩子们都说，过了那座山，就是一座城。城里，有车水马龙，城里，有祥云红雾，城里，应有尽有，美轮美奂。我想翻山，我想进城，可我没有任何理由。农村里的人，进一趟城，比现在人出一趟境更难。没钱，没有衣裳，还没有和城里人交往的具体的方法。农村人本身就是低人一等的。这话没有人说，可我早就知道。

邻居王叔家经常会来一个城里的妇人，打扮得光鲜靓丽，皮肤看着白嫩水灵。那时候我还不懂什么叫吹弹可破，我看着那女人，觉得她就像我攒了几年都没有攒到的那种金贵的糖纸，高贵，稀有，永不褪色，还被人争夺。

那女人来了的时候，王叔常会把我叫过去，他说家里来客人了，要做点好吃的，让小青也过来吃点吧。我的家教不严，但有一条却是逾越不得，那就是不要表现得贪婪。这话其实只有一层意思，那就是去别人家，正赶上饭点时，一定要快速离开，不要围着人家的桌子转，不要吃人家的饭。如果再附加一条的话，那就是看到别人穿了好衣服，用了好学习用具，不要眼馋。我一直做得很好。其实也不需要我付出多大努力，我家的饭菜，以我为标准，总是让我吃得特别香，特别满足，我的衣裤，都是我妈妈亲手设计的，别看她只是一个农民，可她的设计灵感并不比现在的服装设计师差。至于学习用具，我常常不会用最好的，因为我经常得奖，奖品是买不来的。我的学习用具，就是最差的，也常常是小伙伴们的羡慕对象。所以，按理说，我爸妈不会让我去王叔家。

我爸妈的脸色也的确有些别扭，可他们还是点头应允了。

我怕他们认为我表现得不够好，就安慰他们，说我是不会去的。我果然不去，可我也看不出我爸妈有什么喜色。我这样实践了十几年，直到我十三岁生日的时候，王叔又来说这样的话，我忽然就说，我想去。我爸妈互相对看了一眼，依然没有反对。

我就这样去和那个女人吃了一顿饭。王叔家的饭不好吃，肉是有的，可都是大块大块的，咬也咬不动，菜呢，被浸了厚重的盐，吃一口菜，要扒上好几口饭舌头才不至于难受。再加上那个女人始终用一种怪异的眼神看我，那个女人带来的女孩子和我差不多高，用更怪异的眼神看着我，仿佛我吃了她的饭菜。她左眼角内侧，有一个小小的痣，在她翻白眼的时候，才能看见。因为她一直朝我翻白眼，我就看得清清楚楚。

我快速吃了一小碗饭，就道一声歉退席走了。那个女人追上来，递给我一把糖。我很小的时候，在胡同里碰到她的时候，她从她女儿的手里夺过来一把糖给我。那个小女孩为此对我狠狠咬了咬牙，然后不停朝我翻白眼。我对此记忆犹新，那糖，我到底没要。今天，这糖，我还是没要。

回家后，我问我妈："城里到底有多好？为什么我从王叔家那个姨姨身上感觉不出来呢？长得好，干干净净的，就是好吧，不用钻到庄稼地里干活，就是好的吧？”

农忙的时候，我是要跟着我爸我妈钻到庄稼地里干活的。我们去给一人多高的玉米施肥。每个人挎着一个铺了袋子的竹篮，一手拿着小铲施肥。玉米高高的，垄头长长的，我们猫着腰走路，看不见天，看不见地。长长的玉米叶子，带着锋利的刺，一层层，一鳞鳞，一道道划过来，划得胳膊上全是红的血印子，饶是裹得严严实实，还是会受伤。可这还不是最难受的，空气在玉米叶子中间也凝滞了，被烤熟了，呼一口气，是热的，吸一口气，是更热的。我难过地走着，走出很远，朝前看，是玉米叶，回头看，是玉米叶，左看右看，到处都是横生出来的玉米叶。牵牵绊绊，没完没了。

我妈妈走出去很远，再回头过来接我，她在我的垄上施了肥，接到我后，我们俩可以直着腰走上一段，一直走到妈妈完成的那个地方。有时候还会更远，因为我爸爸会把我们俩都接上。直着腰走虽好，可玉米叶子的拦截会更加张狂，我的脸常常会被划伤。汗水渗进伤口，又疼又痒。

我是有这样的艰难的回忆的。痛苦倒不觉得，只是觉得艰难，永远做不到头的绝望。可我妈总是想办法让我过得好受一点，她会找一些野果实给我吃，她会给我讲笑话，说故事。

我跟我妈说：“想想咱们在玉米地里干活，那个城里的女人，会不会觉得很不屑，很瞧不起咱们。你看，咱们手脏脏的，吃着根本就不洗的野果实，这根本就是野蛮。而你讲的那些故事，也就是炕头烟囱这样的短浅见识，这根本就是孤陋。”

我妈妈眼圈一红，摸着我的脸说：“这些年，是不是跟着妈妈受苦了。”我有些不好意思，赶紧说：“那倒没有，我就是想要看看城里人到底是怎么样活着的。村里人都说做一个城里人太好，人家活得才是人样，我们活着，就像虫子。”

我爸爸正在旁边搓麻绳，他听我这样一说，很不高兴，说：“谁这样说，那他是不知道城里人到底怎么活着。城里人，为了一个指标，就可以争得头破血流。那个指标，也就是一天三顿饭这样的指标。那农村人不也是一天三顿饭吗？你看咱们可以用大碗吃饭，你看看城里人谁敢用大碗吃饭啊？吃饭都吃不痛快，活着，还有什么意思？”

我妈妈冲着我笑，说：“你爸原来就是城里人，可后来觉得不舒服，就把城市户口给换成农村户口了。”

我大吃一惊，我从来不知道我爸爸还是城里人，他只是个农村的木匠。看我爸爸的样子，从头到脚，都是带着土气的蓝。洗得发白的蓝帽子，肥得进风的蓝上衣，宽裆的蓝裤子，还有鞋边磨破了的蓝布鞋。我家的鞋都是我妈做的，我也跟着做过一回千层底，不是那么容易就能完成的。用煮得半熟的面把布一层一层地粘住，布罗稳妥了，锥子下去，扎都扎不透。我妈妈不让我动，我却偏喜欢动，常常咬牙切齿地锥，使出浑身解数，也还是无能为力。

在我的记忆里，似乎有城里人来找过我爸，可我爸总是不太热情。他跟城里人说话的时候，总是摸他的耳朵，他的耳朵后面，架的是一根铅笔。他是木匠，他用得着铅笔。

我很喜欢我爸妈，可是从王叔家见了那个姨姨后，回家再看他们，总是觉得有些难受，像是抓痒抓不到的那种感觉。抓上一把，挠上两下，好像痒又从别处来了。说不清为什么，我说不清。我妈妈看着我，忧心忡忡地，她喃喃地说："长大了，由不得娘了。长大了，由不得娘了。"

村里人都懂孝义，我不想做由不得娘的人。我只是想，如果娘和我也是一个心思，那我就不用由不得娘了。

那个晚上，有一个半圆的月亮很晚才出来，一直在我的窗口晃，晃得我睡不着。我一直在想象城里的生活。我以为那一定是好的，可想着想着，我就看到了那女人带来的女孩子的眼睛，带刺的眼睛，带刀的眼睛。城里人，都喜欢伤人吧？

放下了长发的姑娘

黑胖子喜欢钱钟书的《围城》。他说，不但婚姻是围城，整个人生都是一圈一圈的围城，年轻的时候，人们喜欢冲出城堡，去看看外面的世界，可中年以后，人们又会冲破围城，想要回到最初。

和那个女人吃了一顿饭后，我的心开始涨潮了。

孩子们越来越多的谈论外面的世界，村里那些鸡毛蒜皮，简直就被我们深恶痛绝。我更是如此。我有一种义无反顾地撕离生命的温暖根源的冲动，我当然知道，在这里肯定永远是安全的，出去就有可能遇到危险，可我就是按捺不住，我就是想要突破界限。这界限，目前我还看不见。

我写的文章发表在城里一张报纸上了。老师为此特意奖励了我一根铅笔。孩子们就说，我注定是个城里人，我将来一定会过上好日子。我有些得意，我甚至感觉我的脖子都扬了起来。我不是一个那么容易得意的人。我爸爸不让，我妈妈也不许。我拿了那么多奖状，我得了那么多奖品，可我从来不得意。我觉得一切都理所应该。可这回不同，我有可能要翻阅一座高山，我有可能要完成一场蜕变。

回家后，我把我的感想说给我妈听，我妈听了，只是叹息。她的眉锁得重重的，我很不理解，我生气地说："这么高兴的事，你为什么要叹息，为什么要皱眉？你不希望我飞得高高的，走得远远的吗？"我妈赶紧换上笑脸。可我看得出来，她的笑，也是心事重重的。我有些厌倦。她到底是农村人，见识没有那么长。

每年，我爸都要给我订很多杂志，杂志上有各种各样人的通信地址。我在所有的杂志上找和人通信的方式，我认识了气功师，我认识了一名记者，我认识了一个广播电台的人。对我来说，他们就不是人，他们是高高在上的神，不可接近的。可越是不可接近，我就越是想要抓住不放。我费尽心思和各种人沟通。我张牙舞爪甚至歇斯底里地去捕捉生命中虚幻的绚烂。

气功师给我发来一张闭着眼睛练气功的照片，还有大约五六张纸那么多的练习内容，然后给我要五十元钱，说是交学费。我爸我妈苦口婆心地告诉我，这是一个骗子。他们不答应，我就一直哭，一直哭，一边哭还一边说："你们一点也不像好父母。"

我从来没有表现得这样差过，我自己都感觉自己像是被恶灵附了体。我完全不敢看我爸妈的脸。哭声，也没有理直气壮，虚得连自己都感觉接不上溜儿。我爸妈那边一点动静都没有。我偷眼回头去看，我妈正手指颤抖着朝我伸过来，我狠狠甩甩肩，想要甩掉她的手，但实际上，我妈的手根本就没有伸过来。我爸爸的眉毛随着瞪起的眼睛立起来，他的脸涨得通红，他的大巴掌也伸出来，可是他站在离我很远的地方，巴掌扇了一下，就扇到了自己的脸上，"啪"的一声巨响。我吓得站起来，大声哭着喊："你们不是我爸妈。"这一回，我是理直气壮的，仿佛抓到了我爸妈的把柄。我妈妈哭起来，是那种撕心裂肺的哭，一边哭，一边说："你不能，你可不能……"

这话她重复了二十多遍，可不能什么，她到底也没有说出来。这五十元钱，我爸爸最后还是寄给了只有一封来信、只寄来一张闭着眼睛照片的气功大师。我完全没有去想，这五十元，几乎是这对老夫妻几个月的生活费。

直到后来，大概是在我快要进入十四岁的时候，有一个小伙伴忽然告诉我说，我其实是一个城里人，我是被我爸妈抱养的，我现在完全可以重新回到城里去。

我当时根本就没有去做什么判断，我只记得脑海中忽然一亮，忽然一暗，就像打了个惊天雷，又像乍寒还暖时忽然下了一场霜，死心塌地地死亡，我等待着一种重生，就像凤凰涅槃。没有惊诧，没有恐惧，只有欲望满满的期待。重新洗牌的时候，不是有很多的机会和运气降临的吗？我要的是机会，我要的是运气，我不要再重复这磨盘一样的厄运。

回到家里，我直截了当地问了这个问题，我是不是他们抱来的。我爸妈立刻就木在了当场，可很快又都恢复了平静。我爸递给我一个长长的钥匙，这是他自己打的，锁当然也是他自己设计的。这锁，锁着一个小小的木柜。我见过他翻看木柜，可他不让我近前，我就学会假装看不见。

现在，我爸说："你去打开那个小柜里，小柜里有一个铁盒子，铁盒子里，有一张地址，那地址，就是你亲生父母的地址。"

"抱养的"这三个字其实还在我的脑子里浑浊着，我完全不能理解我怎么会是抱养的，我爸妈怎么可能不是我的爸妈。我更多地倒是在想，原来我是有一个机会的。但我对一切都并不确定，直截了当地质问爸妈，也只是一种任性，一种没有机会的发泄罢了。我甚至做好了挨训的准备。按照我爸的脾气，他至少会给我讲出一个温和的故事，然后再让我妈给出一个简单而直截了当的结论。

我爸总是这样，他在跟我讲人不能骄傲的道理的时候，说的故事是：玉皇大帝做的年头太久了，就骄傲了，再看人间的时候，他就翻着眼睛看，斜着眼睛看，觑着眼睛看，反正就是不正眼看。然后他就看出了很多问题，他看到人都是懒的，他看到人都是蠢笨的。他雷霆大怒，降灾人间。天雷滚滚，土地翻腾，地上的人死伤无数。孙悟空被激怒了，拿着水火棍就打进了天庭，一棍子打在玉皇大帝的屁股上，结果打出一个屁来，那屁太臭，把天庭臭成了一个地狱。神仙们都搬到了地上生活。天宫里，只剩下玉皇大帝一个人。

我爸讲这个故事的时候，我还小，我哈哈大笑，说我爸胡说，因为我看过《西游记》，《西游记》里不是这样讲的。我爸并不改口，我妈就在旁边解释说："那是吴承恩的说法，这，是你爸的说法，你爸的意思，就是天王老子，如果看别人都是笨蛋，或者根本看不到别人，那么最后也没有好下场。"

我爸如此善于讲故事，可他现在不讲，就连事实都不讲。他只是给我一个地址，然后让我去寻找我的亲生父母。我有些恼，心里隐约觉得捅破了一层窗户纸，不，是拉断了一根线，破坏了最牢固的关系。我爸肯定是不想要我了。我去看我妈，我妈的泪水已经流得老长，她也不擦，只是朝我点头，说："听你爸的，听你爸的，我们早就做好了这一天的准备了。这些年，我们一直让村里人替我们瞒着，不为别的，就是怕你心里难受。可现在瞒不住了，也就不瞒了。好在你长大了，我们把你养得还算好。"

这一回，我才真的懵了，我原来真的不是他们的亲生女儿，我原来真的是一个弃儿，我原来真的是被城里人扫出来的渣滓。一瞬间，只是一瞬间，我就感觉我的父母已经不是我的父母了，世界，一下子就从我身边退出去，退到很远很远的地方。我愣怔着问，怎么会这样？怎么会这样？

我爸不回答，我就催促着我妈说。我妈抹了一把泪，说："你亲生爸妈的事情，我知道得少，你爸也只有一个地址。当年，你叔叔带着一个男的过来找你爸爸，说要让你爸爸领养你。我们没有孩子，又很喜欢你，就把你留下了。"

我问道："那我亲生父母为什么会抛弃我？"这是我关心的问题。纵然有了地址又怎样，当年我被抛弃，今天，我就能被接收了吗？从城里到农村很容易，可从农村到城里，可就难了。

我妈皱着眉头想了一下，然后又去看我爸。我爸看看我，问道：“你想去看看他们吗？不管能不能留下？”我犹豫着，还是点了头。我知道我点这个头肯定会让我的爸妈痛苦，可关于出生的秘密，关于城里的样子，对我，还是有满满的诱惑。

我爸说：“那就好，我找你叔叔，就是当年送你来的那个人，让他带你去你爸妈家看看。你们自己商量，看看你能不能留下来，好不好？”

我只能点头，没有其他的话可以说。

逃离了命，逃不了运

黑胖子说，命运最大的好处，就是让你看到自己的极限。黑胖子还说，命运最大的坏处，就是让你看到自己的极限。黑胖子这话太矛盾，可似乎又不矛盾。

我爸妈给了我亲生父母的地址，他们甚至给我准备了回到亲生父母身边的钱财物资，他们把我放在一匹高头大马上，嘱咐一个脸皮刮得青青的中年男子和一个手指甲用夹竹桃花染得粉嫩粉嫩的女人，让他们一定要把我送回家。

我爸说，这个男子是我的一个叔叔，在城里和农村之间来回跑，做点小生意。我还有点懵懵懂懂的，可就像刀架在脖子上一样，要杀要剐，我只能随他们。

我未必是不欢喜的。进城，这是一个太美好的想象。可现在它一下子变成了真的，我居然怨恨起我的爸妈来。他们怎么可以这么痛快就让我走？

村里有一家人，从小就把闺女送到城里给人做了养女。那闺女十五岁的时候，回来看她的亲生爸妈，一切都别别扭扭的。我看过那闺女和她亲爸妈说话，客客气气的，靠不得近的。那闺女在城里的时候，每天都得洗澡。可农村人是没有这样的讲究的。为了照顾她这个习惯，那闺女的亲生父母特意找我爸过去，用木头给她临时做了一个洗澡棚。我爸回来的时候，气愤地直骂娘，说，什么狗屁习惯，一天不洗澡会死吗？十五年了，回来看看老爹老娘，哪里是尽孝，分明是来折腾来了。

骑在高头大马上，我在想，我到底和我爸妈近呢，还是和我亲生爸妈近一些？看在城里人的身份上，我会和我亲生爸妈近一些吗？我真是个白眼狼。我是不是该拒绝一下？就像我当初拒绝和王叔家那个城里女人一起吃饭一样。可我都骑在高头大马上了，我还怎么拒绝。我回头看，我爸妈还站在村口。隐隐约约的，我妈的袖子在脸上闪着，她一定是哭了吧。

和我一起走的两个人好奇怪。这男人我是见过的，是来找过我爸的城里人，不过他每次来，都是为了要一点好处。我爸不太喜欢他。这女人我也见过，是隔壁村子里的，性子很野，据说，她野到可以跟人钻高粱地。

这女人是不安分的，那男人也不正经，一路上打打闹闹，偶尔还有飞石飞脚、电眼凝眉，好在他们走在地上，而我骑在马上，我假装看不见，我只急着赶路，翻过这座山，前面，是不是就是一座城，这座城里是不是住着我的亲生父母？

前面没有城，前面也没有山，只是有一栋栋的楼，也还不高，土黄色的，夹杂着砖的一点几乎褪尽的红。排列倒是很整齐，高矮却大不相同，在楼和楼的中间，还有一些连缀着、拖拉着的小矮房，披着破烂的草顶，大概是枯黄了的爬山虎，密密层层地联排下去，一点空间也不剩。

我有点喘不过气来。我的高头大马也噗嗒噗嗒地打着响鼻，踢踏踢踏地抬高了脚走路。男子是早就规矩了的，女人还带着一点娇羞的嗲气，可也不大说话。我忽然意识到，这是一个严肃的地方。

当我的马来到一个小草棚子旁边时，男人仔细又仔细地看了看地址，又回头看了看我，然后和女人嘀咕着，两人犹疑着，终于决定叫门。我的心咚咚狂跳着，我希望，他们只是问路。

门打开了，一个白发乱披到肩上的老太太，拄着一个不明物，咔哧咔哧地走过来。当她站在阳光下时，她把手抬起来搭在眼眉上，那垂下来一直乱抖着的下巴终于也停下来。她看了一眼男人和女人，骂了一句“干守儿”（很邋遢很土的意思），又狠狠把那不明物杵在地上，说道：“问路，一毛钱，打听事，两块。”

这是我妈？这是我奶奶？还是我的姑姑？我的老姨？我的脊背忽然一阵发冷。男人刚才堆起的笑不见了，女人的眼眉也立起来了。他们毫不客气地异口同声地说：“送人！”说完，男人过来把我从马上拉下来，女人则把马背上的一些物品扯下来。男人指着我说：“这是你家抛弃的那个孩子，我现在给你送回来了。”

我害怕极了，紧紧抓住女人的衣袖，我不想让她走。可她使劲地把我的手撕开，说：“早就知道你亲妈是一个狠毒的人物，没想到是这样的狠毒。”

女人说完，两个人牵着马走了。我哭喊着追出去，男人停下来，右手狠狠从空中劈下来，眼睛瞪得溜圆，嘴角都喷着怒气。我只好停在那里，可怜巴巴地说：“不是说，你是我的叔叔吗？那这个出来的人是谁？你和她不认识吗？”

男人冷哼一声，说：“我是你叔叔没错，可我是你养父的弟弟，不是你亲生父亲的弟弟。现在，你都不顾十几年的养育之恩，非得要找你的亲生父母，我对你还讲什么亲情啊？这人是谁我不知道，我只知道每年你爸，你养父，都得往这人这里汇钱。他亲弟弟他都不多给一分，却每年都得给这么个老不正经寄钱。”说完，他也斜着瞅了一眼那个老妇人，然后拉着高头大马，拉着那个姑娘，头也不回地走了。一边走，他们还唱着听不出腔调的歌。很快，他们就拐了弯，很快，就再也听不见他们的声音。城市的视觉，是这么短，这么窄，胡同里，可见的，只是寸方，胡同外的声音，也是被各种机器的轰鸣吞噬了的。

我呆了，木了，以为我到了世界结束的地方。就在这时，只听身后咔哧一声响，回头看，老太太下巴上松弛的肉又抖了起来，她搭在眼眉上的手已经放下了，露出了一双鹰一样的眼睛，内眼角钩子一样滑下来。她恶狠狠地说：“从哪里来给我滚哪里去，我家里没有什么抛弃了的人，滚，给我滚，再不滚，我就打死你。”说完，她抬起手中的那个不明物，朝我打过来。不明物还没有过来，一团棉絮一样的东西先飞了过来，打在我的脸上，我吓得撒腿就跑。

我不敢回头，只是一路向前走，追赶那高头大马，追赶那一对打骂着的男女，追赶那不着调的山歌。路忽然多了起来，有千条，有万条，到处是岔路，一个胡同接着一个胡同。我只好停下来，仔细回忆来时的路。

我站在高处，寻找那座山。山还是那座山，前方，却不再是确定的前方。来的时候，是没打算回去的。回去了，又哪里回得去？这就是我曾经向往的外面的世界，这就是我撕破了十几年养育之情而要奔向的世界？

我不停地哭，哭到嘴角都要裂开了，眼泪混浊了脚下飞起来的泥土，被风吹干，最后固着在我的脸上。我不停地跑，一条路跑到尽头，没有山，就再转向，一条路，又一条路。泪是没有了，也分不了心去哭。脸上痒痒的，我用手抓挠一把，脚下却不能停步。

山在不停地转，路又在脚下曲曲折折。可找到山，就找到了路，山顶，就是回去的路的开始。翻过去，那一面，就是有再多的路，也迷惑不了我。太阳压低了帽檐，星星露出脸，就连月亮，也扁着身子一步步挪上了天，路，还有很远，很远。来的时候，不记得有这样远。大概是走得岔路太多了吧。

不知道是山风，还是白天没有见过的山鸟，发出奇怪的声音，就响在耳边。我紧紧攥着拳头，想要跑得更快。可山石缝里伸出来一株半株小树，挥舞着干枝，挡住去路。好在和它拼上一回，绝望和恐惧就减少一点。我唱着我妈妈教给我的歌，“你是大灰狼，我就是猎枪，你是小白兔，我就是胡萝卜……”这是我妈妈自创的歌，我妈妈，我妈妈，我怎么会轻易地就认为这不是我的亲妈妈？我的脸又开始发痒，我用手挠了一下，触碰到了泥污，触碰到了湿。我有资格哭吗？

我实在太累了，就躺在一块还算平整的岩石上，眼睛望着月亮，温柔地穿进一朵淡云中，就像是穿上了一件蒙头斗篷。我小时候，我妈妈也是给我做过斗篷的，那时候，整个世界还没有多少人穿新衣服，而我穿带着绣花的斗篷。我的斗篷胸襟上，有一朵大大的牡丹花，那是我妈妈给我绣的。我妈妈说，我是富贵的牡丹。

月亮还在走，像眼睛，一眨一眨的，忽悠一下，整个世界一下子变得沉寂了。我睡着了，等我再醒来的时候，忽然发现有个人坐在我身边哭泣。我“啊”一声大叫，感觉头发都立了起来。我清楚地记得这是山，这是我逃亡回来的山路。

那个人柔声说：“是妈妈，是爸爸，你别怕，我们接你回家。”我定睛一看，坐在我面前哭的，果然是我妈妈。我身后，也转出来我的爸爸。我放声大哭，我发誓，我赌咒，我说："我再也不相信别人说我是捡来的话了，我只是我爸妈的孩子。"那个白头发的老太太吓坏了我。

我不停地哭，一边哭，一边断断续续把进城的经过讲给我爸妈听。我爸爸气得直跺脚，狠狠地骂着那个被称为叔叔的人。我妈一直抱着我哭。哭累了，我这才问他们怎么在这里。我妈说："你走了，我们哪里放心得下。我就埋怨你爸，我说让你爸送你吧，你爸这个倔老头，说什么看不得城里人的样子。我要送你吧，我又找不到。可你走了，又是被一个不靠谱的人领着，你说我能放下吗，我们俩就这么跟来了。"你爸说："明天早晨大概能到你爸妈那里了。到时候看看你，你要是愿意留下来，就留下来。你要是不愿意留下来，就跟着我们再回来。"

我有些心疼，他们是做了走夜路的打算的，可我妈妈的腿有严重的风湿，我爸爸有夜盲症。他们到底是疼我的。可为什么不给我一个我亲生父母的准确地址呢？是他们，不想让我离开，还是，我的亲生父母，根本就不想要见我？

我更倾向于后一种想法。他们能抛弃我一次，就能抛弃我第二次。十几年的时间，不会把那个抛弃的理由也修正过来。说抛弃，是有点好听了，实际上，他们是卖了我。我爸爸不是每年都往那个地址寄钱吗？可那个老太太到底是谁呢？

我告诉我爸，以后不要往那里寄钱了。我爸愣了一下，说："又是你叔叔胡说的吧？这些事情你就不要瞎想了。过两天我去城里看看，找找他们，然后再给你一个说法。"我坚决拒绝。海子有一句诗这样说：远方，除了遥远，一无所有。我那时候还不知道海子，也没有读过多少诗，但是我在那时候就知道，外面的世界是空洞的，是让人恐惧的。

若真有一个亲生父母在城里，我也是不去的。

夜黑风高的窗外有一个少年

黑胖子最张扬的人生观点就是，允许自己的儿子早恋，但决不允许女儿早恋。他说，男孩子只有在行动中才能发现现实世界的美，可女孩子能发现的世界的美，在想象中。

灌顶给我的明信片，我每天都要看一看。我现在就生活在远方，生活在空洞而充满恐惧的远方，我的心有一个大洞，有时候，我想用灌顶给我的明信片填满这个洞。

灌顶经常四处游走，就连思考都带着旅行的味道，以前她离开的时候，从来不和我联系，也没有只言片语。我们是坐标上的两个点。可现在，我们这两个点却有了联系。我也许可以作为原点，她是以我为中心向世界辐射，是这样吗？我不知道我为什么会这样想。

已经是秋天了，夜来得特别早，早晨来得也特别的早。天还不亮，闹钟就已经开始叫嚣了。我在床上翻了几个身，才勉强起来。我刚起来，就听有人敲门。这是谁呢？

我小心翼翼地打开门，灌顶带着冷风进来了，她一边拖着箱子咔哒咔哒地走着，一边说了一段话："秋夜的风恼人，小心翼翼地敲打着窗子，温柔，却极为暧昧，带了一点冷，沾了一点心酸。躺在白色床单白色被褥中的秋子，蓦然醒来，看着窗帘外面几只树枝疏影横斜，凌乱跳跃，心也跟着狂跳起来。"

我的心忽然一震，我长出了一口气。可我马上意识到，我还要上班，这是一个紧张而慌乱的早晨。每个早晨，我留给梳洗打扮的时间，大概只有十分钟，可现在灌顶的出现，已经浪费了我大约三分钟。我就要迟到了。我快速地冲进洗手间，呼隆呼隆一通忙活，然后飞奔到卧室，拿起昨天就放好的外套和背包，慌慌张张地说了句："我走了，回来再说。"我看不见灌顶在哪里，我也没有心思去发现她到底在哪里，我只是习惯着我的习惯。

我正在上下左右翻飞着穿衣服、穿鞋子、理头发，同时还飞着背包。灌顶忽然就从后面把我抱住了。我的心一下子感觉到肿胀一般地痛，酸痛。灌顶已经甜腻腻地说开了："你没见我刚下车就直奔这里来吗？你怎么可以如此对我视而不见？我们不是说好要交往的吗？"

我用攥着外套的手去掰她放在我腰上的手，我的心是不痛了，可胃已经开始翻腾了。我冷冷地说："你要不想我现在吐你身上，就赶紧放开我的手。"

灌顶迅速把手拿开了，但人却跳到我的面前，横眉怒目地说："你明明已经有和我交往的意思了，你明明每天都在想着我，你明明已经放不下我，为什么还假装矜持？我是一个女生，你都在矜持，更别说男生了，也难怪你连一个男朋友都交不上！我告诉你，醍醐，我已经跟你们老板请假了，你知道你们老板说你什么吗？老板说你该休个假了，再不休个假就崩溃了。"

我有些气结，我要是能休假，我还用得着她给我休假吗？

我要是想谈恋爱，我用得着和她一个女生先来这一场风不是风雨不是雨的练习吗？她一点都不理解我的世界，可却总是想要横插进我的世界。

我把她推开，用了很大的力气，我想把她推到我看不见的地方。可她像生了根，紧紧定在原地，眼睛瞪得溜圆，气鼓鼓而又挑衅地看着我。我的那种生了根的习惯忽然就松垮了下来，我感觉很疲惫，我打了一个呵欠，把背包放在椅子上，穿着半个没有套上袖的上衣躺回床上。

灌顶咯咯地笑起来，我从来没有听过她这样笑，她对我的笑从来都是疯狂的，没有这样假惺惺的甜蜜味道。我感觉很不舒服，就说："你别过来，就站在那里就好。"灌顶哪里肯听，已经一个箭步窜上了床，还扑到了我的身上。我腾地一个翻身站起来，可那穿了一只袖子的外套却被她抓住了。我只好一转身，把外套脱下来。

灌顶坐在床上狂笑起来，笑到弯了腰，笑到流了泪，笑到喘不过气来，可是换口气，又是一浪高声大笑，又是一轮弯腰，又是一轮流泪，又是一轮喘不过气。她终于停下来，可眼泪却止不住，泪珠滚滚而下，仿佛要流成江河。她扭过头去不看我，只是用手掌狠劲地擦眼泪，一边擦一边骂："他妈的，我又没有什么事，至于要在你面前哭吗？"

灌顶可不止一次在我面前哭，见惯了她的失色花容，我倒也不觉得怎样。可最近，她为什么总是这样莫名其妙地哭，不是呜咽着哭到抽搐，就是说笑间忽然流下泪来。我是有点心疼，可就因为这心疼，让我不由得嘴狠起来，我说："你是不是因为这次旅途没有艳遇，觉得亏大了?"

灌顶从床上跃下来，笑着说："可不嘛！帅哥处处有，就是不随心啊。秋风夜半敲窗的时候，我还以为是哪个邻家少年，趁着不明不暗的月色，爬上了窗口的树呢？暮然醒来，才发现自己一个人在外面流浪。"

灌顶这样说着的时候，声音忽然低沉下来，她的头也低下来，很像一个真正动了感情的人。她还真是按照交往的规律，每天都在给我刷新一个对她的认识。我愕然，问她："你为什么那么喜欢一个人去旅行？就是因为孤单可以制造艳遇吗?"

灌顶的朋友很多，她虽然不像貔貅那样夸张地在咖啡馆里就把一干朋友的身份都暴露出来，可她的朋友也毫不逊色。富贵的、贫贱的、时尚的、朴素的、艺术的、流俗的、长大的、未成熟的，各色人等，一应俱全。能够通心通肺的，我知道的就不下十个。这十个，自然是灌顶常跟我说的。而像貔貅这样不冷不热的，更是数不胜数。她有一次给我看了她的电话簿，那人名单简直比我公司150个人一个月的账单还要多。

可她每次旅行，都一定一个人走，我曾经听她说有人想要和她结伴，但都被她冷冷拒绝。她是喜欢孤独，还是和我一样，只是习惯寂寞?

灌顶折叠着我的外套，说："一个人走在陌生的地方，更容易迎面找到自己。"

我问她："你把自己丢了吗?"灌顶不说话，只是抬头看着我，眼睛闪烁着，眼角的泪是早干了，可瞳孔似乎还沾有哭泣的味道。

我更加心疼，就走过去坐在她身边。她顺势倒在我的肩膀上。我居然纵容她，让她把依靠我当成了一种习惯。我没有动。

我的呼吸变得沉重起来，因为空气已经变得滞重。灌顶不说话，我的肩膀很快就变成了一块铅块，硬挺挺的，却也沉甸甸的。

灌顶终于挪开身子，坐到床边她扔在那里的皮箱上。她说："我这次出去旅行格外想你。这么多年来，我一直练习一个人，可却在和你谈了这样一个不正经的交往话题后，一下子崩溃了。我经常会在半夜醒来，因为每个夜晚都有风，每个窗子前都有敲窗的枝条，它们像极了一个调皮的孩子，躁动着，矫情着，一下，一下，直到把我敲醒。醒来后，我常想，如果我能在你身边醒来该多好。”

她直直地看着我，眼神里没有那种油腻腻的热切。她的声音是淡的，冷的，她的话本来是在抒情，可听起来，就像一个不懂诗的学生，正在无感情地朗诵诗篇。

我也看着她，说：“你从来没有和我一起睡过，我不习惯身边有人，你似乎也不习惯有人在你身边的时候，尤其是女人。你怎么知道在我身边醒来是个什么滋味?”

灌顶叹了口气，说：“所以，我奇怪，我希望我不会爱上你，我当然也不可能爱上你。我想，我可能只是累了，可能对男人又太失望了。”我反驳说：“男人自古如此，你有什么可失望的？生活自古如此，你有什么可失望的？见多了，经历得多了，形式雷同，就腻了吗?”

灌顶不再说话，反而脱掉了外套，从另一侧上了床，掩上了被子，说：“谁知道呢，也许，我们该试试，试试看看会不会有激情。”

我也钻进了被窝，刚离开的被窝，还有着一夜留存的温暖，可也有一夜积存的旧气。我掀开被子，跳起来，说：“和我换了被褥再睡。”灌顶马上起来，和我在床的两侧扯着，把被子脱了旧皮，换了新单。新的被单床单都是草绿色的，中间带着大大的太阳花，明晃晃的，一朵一朵，摧枯拉朽地亮下去。有没有一点可以亮进我的心里，我不知道。我希望如此。

单子换完，我俩都躺到床上。我侧着身子，背对着灌顶，我听得见灌顶的呼吸，隔着我很远，她也侧着身子，背对着我。我们到底在做什么？是游戏，还是什么呢？应该没有什么“还是”，我是没有“还是”的，灌顶，也没有“还是”。

今天又是一个风天，我的窗子前，也偏偏有那么一两枝树枝，可离窗子还远，只是偶尔风大了，才恍惚看得见一个摇晃的、细嫩的影子一闪而去。

每个人，都有一个邻家少年的梦吗？

风声起，枝条摇，一晃一晃又一宵，昨天梦的是心碎，今朝醒来太阳高。太阳能高得起来吗？

难说，因为难说，我睡着了。

花不飞花雾是雾

黑胖子很喜欢农村，他说，哪怕是黄土飞扬的地方，哪怕是破砖烂瓦的地方，都住着美丽的自然精灵。他这样说，是因为他没有去过黄土飞扬的地方，他没有住过破砖烂瓦的自建房。

梦里，灌顶在给我讲故事，那故事，分明是我的故事，可那经历又不是我的经历。

灌顶出生在北方，一个离海无限遥远的地方，山林，是饱饱地看了个够的，至于水榭嘛，就只限于耳闻了。小学的课本里大概是有那么几篇的，电视也会播放篁竹隔水叮咚叮、放眼波涛楚江阔的画面。

灌顶是一个想象力最不靠谱的人，常常做梦都飞过了云海，越过了楚江，然后穿亭过阁，在雕梁画栋里吃一颗滚烫的山药蛋。醒来后，还会觉得身子骨很痛，仿佛是在穿墙凿壁的时候，因功夫不到家，落下了一身的后遗症。

想多了，便忍不住自造一个。水的条件是足够的，前后两院都有汲水井，把长长的井把压下去，白花花的水就会无限欢跳着奔涌而出，心甘情愿的。亭的原材料也不少，黄杨木、红木这些贵木是不见的，可破柴烂垛却多了去了，还带着热腾腾诡异的原始记忆。就是门前杨树下那堆，就有一千零一个天方夜谭也说不定。据灌顶奶奶说，那堆柴垛已经经历了几十年，却一直也没有见底，因为柴垛底部，住着一家小狐狸。

小狐狸的故事先不去说它，灌顶那时候是对乡村野岭厌烦透了的，一心想着进入一个水灵灵的境界，因此，就连很喜欢的小狐狸的故事，也觉得多了几分土气，生生地想要压制住。

灌顶用了两天的时间，坐在大柴垛上找到了几个还算像模像样的枝杈。然后把这些枝杈架在水井前面，尽力排摆出房屋建筑的样子。还用上了爷爷用过的泥抹子、勾芡刀，用泥水把建筑稳固地牢牢的，然后汲水。可水蔓延而来，那几根枝枝杈杈，就哗啦啦，摧枯拉朽，一路坍塌而下。灌顶沮丧不已。那时候她就想，她注定一生混泥为土，混土为泥。

大概是对水的极度向往，灌顶认识周扬时，对她就有一种格外亲切，不，格外艳羡的感觉。周扬是浙江人，灌顶还在黄土飞扬的地方硬啃读《游雁荡山记》的时候，她已经和小伙伴们结伴而往。

灌顶和周扬两人的相识，算是有一点神奇色彩。灌顶的同桌接到那种不回多少封信就会有噩耗的环球信，马上把信转给了灌顶。灌顶虽然不喜欢这种不回信就有厄运的传说，可还是给几个人写了信。这样经过了几个辗转，就认识了周扬，一个生活在水天一色地方的小姑娘。正是我有情，天有意，灌顶自然不会就此错过。

灌顶很会讲故事，我听得津津有味。原来，灌顶和我一样，从小就有一个远方的梦。原来，灌顶和我一样，从小就有一个外乡的笔友。原来，灌顶和我一样，都喜欢水城。而且，原来，灌顶居然和我一样，都生活在黄土飞扬的北方。北方很大，可黄土飞扬的地方不多，我认亲那一夜走过的山是石头山，可却很喜欢黄土飞扬。在山上种树是活不了的，只有它自己有了耐性，长出来那么一棵两棵，才会活得稳妥些。

不说我，接着说灌顶。有意思的是，灌顶对水乡一片痴情，而周扬对旱地却格外神往。她说她做梦都想看看蒙古包，骑骑蒙古马，喝口套马杆。蒙古包，灌顶是不住的，蒙古马，灌顶也没骑过。

我也没有住过蒙古包，也没有见过蒙古马。如果蒙古马的定义不那么狭隘的话，我家算是有一匹，不是那种一蹄子就能踢碎狐狼脑袋的马，它没有那样的机会，我也没有那样的辨认机会。它只是我家的马，温顺的，低矮的，看见我，有时候，我是说有时候，会凑过脑袋来，在我的衣襟上蹭一蹭。我去城里认亲时，它没有送我。我骑的那匹高头大马是那个叔叔的。我有时候想，我要是骑着我自己家的马，我可能早就回了家，一切可能又不一样。

尽管没有住过蒙古包，没有骑过蒙古马，可灌顶对周扬的理想却十分不屑，住久了大山土村，连骨子里都浸满了妖狐鬼怪的邪气。她用惊悚的笔调，给周扬讲述家乡的故事，讲述她家柴堆里住着的那家小狐狸。

灌顶说，谁也没有见过这家小狐狸，只是因为这柴垛永远没有拆尽的那一天，老人们就传言，这里住着狐仙。直到有一天，那是初秋的一个中午，太阳扫射着黄黄的树叶，乍冷还暖，几个孩子们在柴垛上玩耍。忽然有一个小孩子喊了一声，小狐狸，你们看小狐狸。孩子顺着声音去看，果然，这个传说中的小狐狸真的现了身。

一只白毛狐狸站在柴垛下面、院墙旁边，小脸尖尖的，窄窄的，眼睛和鼻头都是黑的，在雪白的身体上格外显眼些。

它抬头看着所有的孩子们，然后张开嘴，那表情，像是在笑，胡须煞有介事地朝四外张着，黑丝一线，又是黑丝一线。

孩子们看得呆了，都不敢出声，生怕惊动了这个小家伙。它算不得小，至少对于刚刚几岁的灌顶来说，算不得小。她看着那小狐狸，那小狐狸居然也看着她。她家的柴狗也看过她，可那眼神完全不同，柴狗的眼神，有谄媚，有乞怜，可这小狐狸的眼神，只是好奇，只是好笑。它的嘴是早就闭上了，可那眼神看起来还像是在笑。灌顶也嘿嘿笑了，那小狐狸就又张了嘴，伸了伸舌头，那笑意就更浓些。

就在这时，有个大一点的男孩子捂着鼻子说道："这小狐狸喝酒了，满嘴的酒气，我们可以趁着这节骨眼抓住它。"他说完，就跳下了柴垛，有几个粗壮的男孩子也随着他跳了下去。咚咚几声，小狐狸吓了一跳，朝后面躲了躲，可身子一摇晃，却坐在了地上，它用力想要支撑起后腿，可那小腿却怎么也支撑不起来。它也不慌张，只是抬头看着这些孩子，又张开嘴，笑了。

那个领头的男孩子慢慢靠近小狐狸，然后一下子扑过去，整个身子压住了小狐狸。其他几个孩子立刻也扑过去，有的去抓爪子，有的去扯皮毛，还有一个，从领头男孩子的身底下，扯出了小狐狸的脑袋。

灌顶大声喊："不要动小狐狸。"可没有人听她的，她站在柴垛上跺着脚哭，她张着手呼叫，可她既招不来别人，也下不来柴垛。她只能站在柴垛上面看着，看着那些淘气的孩子们，用石头，用树杈，蹂躏着小狐狸。小狐狸的头被用一根丫字形树杈紧紧卡住，动弹不得，它的腿脚，也被拉扯到很远，在另几棵树杈上固定住。可它的眼睛却一直看着她，它的嘴也还在张着，那笑意是早就没有的了，只剩下怨恨。

灌顶一直在哭，哭到终于有人回来时，小狐狸已经断了气。大人们念着狐仙的传说，念念叨叨厚葬了小狐狸。

这就是灌顶的关于小狐狸的故事了。我家是没有什么柴垛的，可灌顶这个小狐狸的故事我却极其喜欢，我一下子清醒了。我问她，后来呢？就像当初我说张老三家盗墓时她问我一样。灌顶说："没有后来，后来，我离开了家，家被卖了，柴垛也被清了，柴垛底下，没有什么狐狸窝。可我奶奶说，那死的，是小狐狸的母亲，它会回来报仇的，它不报仇，它的孩子们也会回来报仇。"

我又问："有仇人来报仇吗？"灌顶说："有，这仇，报来报去，就报在我身上了，我一生结不得婚，我一生有不了我的孩子，我一生见不得我的亲人。"

我不解，问道："小狐狸又不是你打死的，再说了，你不结婚，不见你的父母，也赖不着小狐狸吧？”

灌顶说：“你不知道，周扬，就是那只小狐狸。”

我彻底醒了，可等我翻过身，灌顶已经发出了均匀的呼吸声。阳光轻轻浮在她的侧脸上，抚弄着一排轻软的绒毛。我很想去摸一摸那几颗可爱的绒毛，我伸出手去，可又停下了。这不该是我的行为。我重新躺下，这一回，我正对着灌顶，正对着她留给我的后背。

错过你，为遇见谁

黑胖子说，最简单的人才最容易恋爱，所以，我们常常怀念少年时光，怀念那一场初恋。这话灌顶深以为然，她说：“我自己太复杂，所以，我没法认真谈恋爱。”

我以为灌顶睡着了，可当我朝着她躺下的时候，她也麻利地翻了个身，脸朝着我，只是眼睛还是闭着的，呼吸是轻的，淡的。也好，真有故事的话，这样讲，会好一些。我闭上眼睛，准备再次做一个梦，我希望这回是好梦。

灌顶忽然伸出手指，压在我的眉心上。我吓了一跳，眨了一下眼睛，我恍惚看到她的脸似乎很凝重，我继续闭上眼睛。灌顶说：“我真喜欢你，你和我的心处处相通。你要是现在睁开了眼睛，我可能会很难过。”

我想了想，说：“活得长了，有时候就会给自己编个没有经历过的故事了，周扬，不管她是不是小狐狸，肯定都是你编出来的故事，不听也罢。”

灌顶放下了手指，说：“当年，小狐狸死的时候，我奶奶说，如果防止小狐狸没完没了地报仇，除非我找出一个给我施了咒语的人。你就是给我施了咒语的人。”

胡说八道！我骂了灌顶一句，可马上想起什么，我问道：“你是因为这个才要和我交往？可你又是怎么判断出来我是给你施了咒语的人呢？我脑门上又没有写着。咱们来的生命轨迹又有几处重合？依我看，像貔貅那样的人才有可能是给你施了咒语的人。”

灌顶哈哈大笑，说：“你说的没错，她的确是这样一个人。可她对我的咒语不灵。你对我的咒语才灵。”

我不愿意听她继续胡说八道，就转过身去。灌顶长叹了口气说：“最近总是想起以前，也不知道是怎么了？人都说人开始回忆了，就证明你老了。可我只有在见着你的时候，才那么喜欢回忆。”

我有些不高兴，反驳道：“你是说，我是一个能让人变老的人吗?”

灌顶轻笑了一下说：“那倒不是。现在想来，真的感谢那个年代的水火不通，我今天踏遍天下的感觉，和那时候那种走不出大山的感觉，差得太远了。走的路越多，我反而越喜欢当初那种在山村里走不出来的感觉。”

灌顶说的没错，处处阻隔时，会让所有的不可触碰，都蒙上了一层神秘而高贵的天外之色。想想，如果你还有一个神幻想，这日子总是好的。看不到，憋着，反而有很多美丽。

如果我没有翻山越岭去寻双亲的经历，灌顶的话，我不会懂。如果我没有在那个胆战心惊的夜晚听到我妈妈温柔的声音，灌顶的话，我也不会懂。那以后我懂了，可懂了并不意味着命运可以忽略掉我曾经造反的痕迹。

从城里回来后，对农村，我有了一种安定于此千年的笃定。可我的心安定了，我的命运却从此开始了漂泊。我的爸爸妈妈，在我翻山寻母不久，就相继去世了。紧接着，我又见到了一个需要我为她咽下最后一口气的女人，我的亲生母亲。外面的世界，豁然在我面前敞开了，可我自此开始失眠，自此开始恐惧，自此开始怀疑所有。

如此说来，我和灌顶岂不是同类，我们都从农村走来，我们都走出了某个局限，可我们又走进了更大的局限，更多的束缚中。这局限，这束缚，还无可突破，以至于我们不得不靠回忆来弥补我们不能突破的遗憾。

灌顶又开始讲述她的周扬的故事。灌顶说："我的母校，我现在已经说不清是哪一个母校，我经历过太多的转学。有那么一座学校，校园中间，有一棵槐树，每到夏天，高考的时候，那棵槐树就会开出漂亮的黄花，香的，美的，甜的，浪漫的。淡黄的小花撒了一地，铺铺展展，向整个世界漾开，就像是飞出去的海浪，消了音，定了型。你说，槐树好看吗？"

我没有说话。槐树其实真没什么看的，现在，马路旁边，小区里面，除了泡桐，就是这种槐树，没到开花的时候，你只看到枯黄的干枝，开了花，也不好看，团团营营的飞虫，纠结在树枝下面，偶尔还会有那么一两条上吊虫，拉着长线，扑地一下出现在你眼前，就像一个隔世的鬼，跳出来，想要翻一翻历史。这，是我记忆里的槐树，不美，因为记忆很近。灌顶记忆里的槐树，那么美，大概是太久了。

灌顶继续讲下去。她给周扬送槐花，周扬就给灌顶寄桂花。那随意夹在印花纸巾上的桂花，一点都不香，可千里而来，压覆而住，灌顶以为，那不过是一个上了冻的香气，暖了，就香气扑鼻。灌顶学校的槐花，好虽然是好，可是伴着紧张的，压抑着高考，总不肯放纵，也就没有随喜。她喜欢槐花，可更喜欢桂花。

信通得多了，两个人自然熟悉起来，千里不得见的阻力，反而成了隐藏秘密的定力。灌顶不由自主地把她一生而来的所有秘密都告诉了周扬。她告诉周扬，她有一个异父异母的妹妹，她们生活在同一个屋檐下，她们的父母以夫妻相称。大人们是甜蜜的生活着的，可她和那个妹妹，却是不动声色的战斗，她们争物质，争父母之爱，还争户口，争户口上那些配给的物质，还有接班权利。

偶然的一个机会，灌顶听说了她妹妹和学校里的校草在交往。她于是给那个校草寄信，信里没有字，只有照片，一张一张，全都是她妹妹在家里的丑态。她用被角擦嘴，她舔着菜盘，她用手抠脚，她还蓬乱着头发坐在马桶上，裤子，一路推到脚踝处……

她妹妹发了疯，她却每天都能笑醒。笑着醒来时，听到妹妹的床上还发出一声声的气哼哼。离开了农村的家，世界就变窄了，她和妹妹的床，相隔不到一步，她伸出胳膊就能搭到她的床边。她的妹妹，因此，在夜里总是以翻身为理由将她踹醒，然后自己打着呼睡去。

灌顶这样跟周扬讲着故事，可周扬却把这个故事讲给了那个校草听。她说，灌顶之所以如此糟践自己的妹妹，是因为她本人暗恋他。周扬还苦口婆心地对校草说，在爱情面前，灌顶的付出更多，她才应该得到校草之爱。

校草拿着这信去找灌顶，可灌顶不承认，校草一气之下，就把信给灌顶的妹妹看了。灌顶的妹妹更不是省油的灯，她拿着这封信，到灌顶的班级，公开了灌顶的行为。在大庭广众面前，灌顶的妹妹指着灌顶的鼻子说："你出生之前到底有没有长好那颗人心啊?"

同学们倒还都算善良，在这声质问下，所有人都静默着，没有人指责，可也没有人插话。那个质问后的空隙，就被无限拉长，灌顶的面前，只有静默，沉默，还有她妹妹脸上掩饰不住的笑意，从嘴角漾开，流到脖子，流到手臂，流到脚趾上，她穿着一双粉红色的凉鞋，露在外面的脚趾一上一下地打着拍子。

我听得出来，讲这些故事时，灌顶的声音里有些空洞，无喜无悲，没有仇恨，当然也没有惭愧忏悔。我睁开眼睛，发现她也睁着眼睛，她看着我，眼睛也是空洞的。我说：

“虽然周扬这么做不对，可起因还是你。”

我本不是这样严酷的人，对于别人的事对错我都不大关心。我还知道这句话对灌顶来说有点残忍，可我一睁开眼睛就想说这句话，我只是想，这残忍也许是好的。

灌顶那空洞的眼神终于有了神主，她笑了，说：“谁说不是呢，可那时我不懂，我写信去骂周扬，我说我要和她断交。她马上来了信，用槐花做了一个小人儿，用桂花做了小人儿的心，那心是棱形的。她说，她不稀罕和我做朋友，她已经成了我妹妹的朋友。”

灌顶的声音渐渐轻下去，说完，她还闭上了眼睛。一段难堪的历史，走过去多久，再回首，那疼痛，也还是能看得见，也许不疼，但能看得见。我不敢说话，只是看着她，等着她，把这一口不顺的气慢慢吐出来。

很久，我才问她：“你就是因为这个不和你父母来往吗?”灌顶睁开眼睛说：“不是，我和我父母很好，他们现在老了，太需要我了。我还和我这个妹妹很好，她现在过得特别舒服，可心里就是充满惭愧。她的惭愧，不是对我，是对她的亲生妹妹。”

“她还有亲生妹妹？也和你们一起生活？”我脱口而出。灌顶苦笑了一下说：“没有，她说她妹妹死了，就是因为家里穷，只能养活一个人，家里只好舍弃她妹妹而留了她。”

这实在是残酷，可不关我们的事，不说也罢。我拍了拍灌顶的肩膀，说：“我们起来做饭吧，我早饭还没有吃，你刚下车，大概也没有吃东西。”灌顶欢呼一声，拉扯着我从床上跑到了厨房。我的厨房很小，我的冰箱也很小，可冰箱里愣是塞不满东西，一格一格都是空的。

灌顶皱着眉抱怨了一句，又跑回卧室，从她的行李箱里，拿出来一包又一包吃的，在眼花缭乱的小吃中，有两个白色的纸袋特别显眼，这是烧饼。我拿过来，烧饼还带着温热。我咬了一口，是豆沙馅的，我喜欢。看到灌顶舒眉展眼，我不由得想要取笑她一下，我问她：“你是不是真的喜欢校草啊？”

灌顶正在吃一个小笼包，牙齿咬下去了，收不回来，虽然松了口，小笼包里的汁水都流出来，可愣是放不进嘴里，她恨恨地瞪我一眼，说：“哪壶不开提哪壶！”

我吓了一跳，我以为，她把大好的青春年华都赋予了姐妹争斗中，原来还不止，还有姐妹情仇。难道就因为校草，灌顶才一直不婚？校草，就是貔貅说的那个初恋？

灌顶看我发愣，把包子放在桌子上，说：“看你平时寡淡无味的，没想到你还看过不少狗血剧，不吃了，真没劲。”说是这样说着，可她在那一大堆零食中翻翻找找，终于拿起一个像酥饼一样的东西，放进嘴里。可放得不够利落，那酥饼有一大张掉下来，掉到她的前襟上，她偏偏穿的是带着许多饰品的半袖，那酥饼就掉在饰品的空隙里，大张变成小张，小张变成碎末，滴滴溜溜滴下来。碎了一胸口。

这，真不该是这样的吃法。

电到高潮是短路

黑胖子很胖，因为胖而喜欢猪，因为喜欢猪又喜欢狗，因为喜欢猪狗，又总是爱骂人猪狗不如。他说，吃饱了就睡，有个窝能守就行了。所以虽然黑胖子是恋爱高手，可他的女友却说他忠诚守信。

灌顶住到了我的家里，我虽然有诸多的不便，但并没有提出反对意见。天气越来越冷了，再加上无时不在的雾霾，阴气森森的日子，有这么一个人在屋子里，多少会暖和一些。

有时候，下班回家，刚走到楼梯口，就听见我那一层我那一间传来狼号一样的歌声，我会没来由地笑一下。我自认为是苦笑，可想想也未必。

我把钥匙插进锁孔的时候，灌顶如果在，不管在哪里，不管穿成什么样，不管手里拿着什么，她都会风一样冲到门口，唱一首南腔北调的《夫妻双双把家还》。有一次，她左手拿着刀，右手拿着一颗半裸的葱头，端着架子站在门口唱，我一进门，洋葱的辛辣就把我熏了个涕泪横流。而她还是端着架子，顺势用袖子抹抹眼泪。

灌顶做饭很好吃，尤其是意大利面条，色香味俱全。我常常吃得意犹未尽，看着盘子里剩下的汤汁，忍不住凝视很久。此时，灌顶就笑着给我加油，说："加油，把它也吃了吧，舔着吃，我跟你说，意大利面刚出现的时候，还没有刀叉，人们就用手指抓着吃，吃完了盘子里的，就舔手指上的。"我往往要斗争上一会儿，舌头和肠胃是早就听了她的话，可大脑还是放不下。到最后，我会一甩手，离饭桌远远地，离盘子远远地，当然，也就离洗碗池远远的。灌顶不叫我做饭，也不要求我刷碗。

我没有生活的概念，也没有生活的计划，一天，只是过成一天，如此而已。过去，在我的意识里了断，未来，在我的头脑中未生。

灌顶来了，我的没有计划就被打乱了，我的生活中被添加进各种概念。她说，要吃好，要喝好，要睡好，要心情好。每天晚上临睡前，她都要啰嗦一下第二天的规划，吃的，喝的，玩的，还有购物消费计划。吃什么我绝对没有意见，喝什么我也能随意随喜，可玩什么，这有点强人所难，购物消费，对我又是另一层的干扰。

我唯一的喜好就是谱曲，是所谓的谱曲。我根本没有乐感，我只是喜欢在白纸上写下各种音符，从 1 到 7，分小节，有高低。写完，未必用得上，只是跟着感觉去打拍子、去哼唱。

我喜欢的消费方式，是在节日促销中在网络商店里买上那么一两件必需品。就像盛意大利面条的盘子，我家是没有的。我的碗，是中规中矩的饭碗，圆的，瓷的，没花，碗边已经有很多个破碎点，我的菜盘，一水的白瓷盆，大小一致，高低相同，唯一的不同，就是磕碰的程度，有的可能在盆口掉了白瓷，有的可能是在盆底。那意大利面底下的盘子，我不知道灌顶是从她家里拿来的，还是临时在超市里购买的。当我对着那些残汁咽口水的时候，我同时也对着那盘底上的梅花图案咽口水。梅花的花枝单薄，可花瓣却极其肥润，粉红色的花瓣上还浸着一点清雪，纵是压在杂色汤汁下，也还是有一种横扫世界的清流。

灌顶拿来的这个盘子，我喜欢，可我不喜欢她带着我去逛街，我也不喜欢她和我一起去美容、去健身，去 K 歌，去跳舞，去参加各种各样的活动。死乞白赖地强迫了我几次后，灌顶终于明白，她无法改变我，也就作罢。有好几个晚上，她不再聊第二天的计划，也不再跟我谈什么美好的生活，她只是沉默地躺着，有时候朝着我，有时候背对着我。

我一个人的时候，再无声些，房子里还是有我的心跳，有我的呼吸。可我们两个人在，她沉默了，我就感受不到我的心跳，我也感受不到我的呼吸。时间被稀释成无限的空间，空白，空白，空白，连空白也空白得空白。

我知道灌顶肯定不习惯我的习惯，可我真不知道该怎么去和她沟通、融合。我在心里叹了口气，开始计算灌顶离开我的日子。没有人喜欢我这样无趣的人，何况火一样热的灌顶。

我坐在窗边的桌子写从 1 到 7 的数字，我匆匆写就，然后开始哼唱：水云望山高，层峦俯下头，看不透天高地厚，说不清明朝是否有酒。如果我在这里醉了，你是否能和我一起怒吼？我的舌头跳起来，我的热血涌上来，我的心飞起来。从这里走，就是没有尽头……

我今天没有任何伤心事，可我就是想哭，为醉而哭，为飞而哭，为没有尽头而哭。世界从来就没有进入我的胸怀，我理应不会如此肝肠寸断，可我哭到泣不成声。我真是一个莫名其妙的人，我想，灌顶肯定马上就摔门而去了吧。

我回头，我去搜寻灌顶。灌顶面朝我躺着，脸上是亮晶晶的泪。她看我看她，勉强挤了个笑容，吸了一下鼻子，说："我们大概是进入更年期了，就你这破歌，南腔北调的，居然让我特别想哭。"说到这里，她腾一下从床上跳起来，几步跨到我身边，挑起眉毛问我："这歌是你自己写的?"

我擦了一下眼睛，低下头敲打着那张纸，说："我哪里会写什么歌，不过是写几个数字罢了。我唯一能玩的就是这个，我，我，我其实想留住你，可我知道这也留不住你。你就像一个自由的精灵，那些优秀的男人都留不住你，我又算得了什么?!"

灌顶一把抱住我，亲了我的脸一下，大声说："我还担心你会赶我走呢，我这可是入侵你的小窝啊。这些天我总是想改变你，其实经历过那么多的恋爱，我早该知道，想要改变对方最终会导致感情破裂，可我还是会不由自主。看来，我注定不能和人共同生活。不过，你不会真的爱上我吧。那可不行啊，我可受不了同性恋。我说，你不会真的是同性恋吧?"

灌顶用双手搬着我的脑袋，眼睛直看到我的眼睛里，脸上说不清是惊异的扭曲，还是故意幽默地做着鬼脸。不管怎样，我都喜欢。我笑着回答："放心吧，如果我真的爱上你的话，我会把你变成男性。"灌顶刷地撤回手，用手捂住自己的胸口，想想，又去遮挡自己的下体。我看得出，她是故意慌乱，她是想要跟我开个轻松的玩笑。我哈哈大笑，大概是声音太大了，她吓了一跳，我也吓了一跳。我忽然想起灌顶以前说过，有一次我笑得特别真，特别舒心。我这笑是真的吗？我舒心了吗？

灌顶搂住我的脖子，亲了我的脸一下，说："你应该把这歌词这么改：如果我在这里醉了，你是否能和我拥吻？"我点点头表示同意，然后又低下头改了几个数字，她把我的这张纸扯开，说："你想不想和我喝点酒？"

我不想，我虽然酒量很大，可平时很少喝，主要是因为怕睡不着。而灌顶呢，基本不喝，酒驾发生之前不怎么喝，酒驾发生之后，她依然不怎么喝。

可我看着灌顶殷切的眼神，却点了个头，嘴里嘟囔了一句，连我自己都听不清我说的是什么，我自己也不知道我在说什么。就像嘴瓢了一样，偶尔露了一句没有意义的话，或者说是一句可以随便更改意义的话。

灌顶已经跑出去翻找我的厨房了，我的话，她没有听到。

我松了一口气，我的厨房，用风清月明形容最好，少油盐，少烟火，就更别提什么红酒。

可在啪啪几个橱柜门的脆响之后，灌顶已经拿着两个高脚杯一瓶红酒出现在卧室门口。她笑吟吟地说："有我在，世界就是应有尽有。"我耸了耸肩，应有尽有，这感觉，也好，也不好。没有的时候，我不必想着如何拒绝。

灌顶迅速地开了瓶，倒了酒。她连开瓶器都有，真可谓应有尽有。我苦笑了一下，端起杯子，一饮而尽。她在旁边着急地嚷着："等等我，等等我，咱俩喝交杯酒，唉，你怎么都喝了？这是红酒，上好的红酒，你有点品好不好？"

"品？什么品？"我放下杯子，很无辜地看着她问道。她被气乐了，摇摇头，又给我的杯子倒了酒，这一回，她用手按住杯子，一边说："你又不是蒙古壮汉，喝套马杆，喝二锅头，一仰脖，就是一个春秋。慢慢喝，慢慢喝，喝出春花秋月来，喝出月下寻人来。"

我回头望望窗外，窗外，没有月亮，朦朦胧胧的，似乎有一个月的影子，可看不清大小，也感受不到光亮。窗下，有一些人模糊的影子，小区里散步的人很多，三三两两，嘁嘁喳喳，配合着夜色，说着一些悄悄话。暗的世界，在暧昧中循环而过。

灌顶自己端起来杯子，也让我端起杯子，她的胳膊要过来纠缠我的胳膊。我躲了一下，拿起杯子，又是一个仰脖，一饮而尽。不情愿，就是一个春秋。

灌顶气得拍了我肩膀一下，又开始喋喋不休起来："我见过土猪，没见过你这样没看过猪跑的土猪，你就不能浪漫一点喝红酒吗？我这颗心啊，真是被你伤得细碎细碎的。品，品，懂不，不懂就慢慢喝，一小口，一小口啜懂不？我就不明白了，你是害怕和我喝交杯酒啊，还是害怕你喝不醉啊？哦，我明白了，你这又是耍赖，自己喝醉了，什么责任都不负？我一直以为你就是一个没心没肺的木头，可没想到你还有这么多心机。"

我把杯子交给她，说："我是因为喝不醉才害怕。"其实，我的头皮开始有滞重的感觉了，我的腿脚慢慢热了起来，麻了起来。可我知道，我喝不醉。

那是多少年前了，那是我十五岁的时候了，我被送到一个荒凉的院子里，我的任务就是在这里睡觉。院子里的枯草在风中柔弱地打着晃，发出窸窣窸窣的声音，在厚墙厚窗的房间里，我是听不到这窸窣声的，可我脑子里始终响着这声音。

灯都被打开了，可我的眼前还是有很多黑暗，我把眼睛瞪得大些，再大些，桌子的影子暗了，柜子的影子暗了。我的眼睛一闪，柜子里有一瓶白酒，玻璃瓶，橡皮盖，我爸盛酒的那种瓶子，我快速走过去，打开，扑鼻的，果然是酒气。我仰脖而尽，咕咚，咕咚，咕咚……没有尽头，我的嗓子开始疼，我的肠胃开始热，就连腿脚都热了起来，麻了起来，可是那瓶酒还没有尽头，我放下瓶子，喘了口气，继续仰脖，咕咚，咕咚，咕咚……

他们说，死的人，和我不相关。他们是对的，死的那个人，是我的亲生母亲。这是我第一次见她。她不是城里那个拿着不明物拐杖出来的老太太，她是另一个老太太，是曾经来过邻居王叔家的一个城里的老太太。也不是老太太，她头发白了，可不老，皮肤还是嫩的，嘴唇还是红的。她的身边，有一个头发黑黑的老者，戴着眼镜，他一直握着她的手。那个对我充满敌意的小女孩，不在。

我不能喝酒，可灌顶让我喝，我就必须喝。如果只把喝酒转换成一个动作，这对我来说，接受起来就容易得多。动作越简单，接受就越容易。只重复一个强势而来的动作，心才能空，脑子才能静。下一杯，如果灌顶还倒，我就继续一饮而尽。

灌顶端详了我一会儿，居然也一仰脖，一饮而尽。我眼前一晃，那杯酒已经见了底。她把高脚杯倒过来朝我示意，然后反过来继续倒酒，给我倒酒，给她自己倒酒，她说："他妈的，品算什么，痛快才好，舒服才好，自由才好。不管了，喝醉了也不管了，酒在眼前，只能一饮而尽。"

我忽然问道："你为什么会酒驾？"

我想，喝了酒，如果不是为了撒酒疯，那该是为了讲故事。灌顶的平时作为，就是一种疯狂的状态，那么喝酒，一定是为了讲故事了。

我和她的绝对领域

黑胖子说，所有的故事，只有在结束之后，才有更多的意义。因为结束，人们才有回忆，因为回忆，才有错觉，因为错觉，才有醒悟，因为醒悟，才有更多。

我能一饮而尽，可我不想灌顶也陪着我对着红酒瓶吹。灌顶喝不了酒，她的那一点酒气，不过是小资的情调，美酒加咖啡，一杯就会醉，不是因为人易醉，而是因为心已碎。也不是心已碎，只是人在多愁善感中，飘然意识，醉而重生。

我的意识是直接指向死亡的，决断而没有回响。而她的意识，则是在生生死死间循环。安然平静时，一定要闹出一场事故悲剧，给自己一个蜷缩哭泣自毁的理由，直到奄奄一息，然后再重整旗鼓，再奔河山。其他的事情我不知道，就我知道的她的恋爱，就是这样一部生死死生手册。就像荆棘鸟，明知道荆棘致死，还是会把喉咙对准它，可荆棘鸟到底还有一部绝唱，而灌顶的每一次死生，只是死生而已。

两杯过后，灌顶的小脸已经红了起来，我赶紧夺过她的杯子，说："你忘了你人生中第一次被拘禁了，酒，对你是毒药，不喝了。"

灌顶想要过来夺我的杯子，可她的手软绵绵的，眼睛似乎也失去了瞄准的功能，她徒然在我的手臂四周乱抓了一气，喷了一口恶气，放下了手臂。她说："你就是一个笨蛋，永远都是哪壶不开提哪壶。不过话说回来，你又没见过那壶已经开的，你怎么会提起来呢?"

灌顶真醉了，我赶紧扶她上床。她推开我，一定要自己走路，她用力摆弄着自己的腿脚，强迫着自己的身体，力图让自己看起来不摇晃。我只好跟在她身后，双手虚扶着她。

灌顶坐在床上，顺势把我也拉坐到旁边，她的脸更红了，白白的皮肤，被这红染透了，就连眼圈都有点发红。她咯咯笑了，难得的轻软的咯咯声，她说："你知道我人生第一次拘禁吗，那时候我还不到十七岁吧，我被我妈妈用手铐锁在拘留所的一把椅子上。那是我人生的第一次拘禁。我妈妈说，我弟弟都死了，我哪里还有心活着。我妈妈要我也死，尽管只有几分钟，可那恐惧，到现在还没有消除。"

灌顶说着，居然激灵灵打了个冷战。我紧紧挨着她坐着，我的胳膊紧贴着她的胳膊，她的冷战让我的皮肤也瞬间起了一层寒意的电。我是内心有痛的人，所有的人都能看到。可我没有想到，在灌顶的心里，也有这样一个不能安宁的关于父母的印记。

我伸手搂住她的肩膀，她扭头看我，红红的小脸就在我的脸旁，我甚至能感受到那股热气，她还是那样笑着，大眼睛弯弯的，十分妩媚。我抬起另一只手拍拍她的小脸，悄声说："睡觉吧，不想那些乱七八糟的事了，编故事也不要在这个时候编。"

她软软地挣扎了一下，急切地说："你不知道，你什么都不知道，你就是个傻子，还是一个让别人也变成傻子的傻子。你根本不知道，我弟弟在我十七岁那年上吊死了，他把自己吊死在一棵树上，一棵歪脖子的榆树。他正是花一样的年纪，可他却选择了却自己的生命。她是我妈唯一的工具，他死了，我妈能不伤心吗?”

我心内一惊，不是因为灌顶说的弟弟是妈妈的工具，她喝多了，胡言乱语自是有的，我，只是想起了我的那个同桌，那个在早晨做了一个激励人心的国旗下的演讲后，又在晚上把自己吊死在后山树上的一个人。我不知道他选择的，是不是一棵歪脖子树，我去的时候，他已经躺在一辆平板车上。我看到的，只是一张青紫色的脸，一张干裂的嘴唇，青白色的裂口。

我问道，你弟弟叫什么名字？灌顶的脸已经贴在了我的胸口上，她几次抬头，都又十分吃力地垂下，红酒已经让她失去了力量。我扶着她躺下，她躺下后，把身体蜷在一起，就像未出母胎的婴儿。她已经快睡着了，可嘴里还是喃喃地回答了我的问话：“我弟弟叫盛婉青。告诉你，你的那首歌不要再唱了，那旋律太像我弟弟盛婉青的歌了。”

我又是一惊，我写的那首歌，我从来没有听别人唱过，那只是从我的心里流出来的一首歌。我的同桌，叫什么，我已经记不得，可一定不是盛婉青。盛婉青，这名字太清秀，第一遍就可以让人记住，而且难忘。也许，只是巧合。可这巧合，让人太不舒服。

我安顿好灌顶，又回到窗前，我的那首歌，还摆在桌子上，红酒瓶就贴着它，高脚杯夹着它，可没有谁侵占它的地盘，它安安稳稳地躺在桌子上，就像一个无辜的眼神。我把它拿起来，撕成了碎片。像这样的歌曲，在以前，我写过很多，从来没有留存下来过。因为，这实在也算不得歌曲吧。

碎片挤挤挨挨，塞满了我的手心，顶着，拱着，像是要破土而出的小苗，或者是破壳而出的小鸡小鸭。可它到底不是生命，我迅速走到厨房，把它混进了那里的垃圾桶。卧室不是没有垃圾桶，可卧室的垃圾桶太干净，没有油污，没有各种调料，有的，只是尘土、碎屑。

我把红酒塞上塞子，却不知道该把它放到哪里。我想了想，只是拿了两只杯子，到厨房冲洗完毕，又拎回来，倒扣着放在桌子上。它们的最终处置权，应该属于灌顶。

这样忙活了一会儿，我也累了，我关了灯，摸着黑躺到床上。灌顶就睡在我身侧，和这几天的夜晚一样。她那均匀的呼吸，常常让我感到安心，让我有一种踏实的感觉。我很想伸过手去抱住她，我抬起手，可又放下了。

我独享的夜晚，我喜欢关着灯躺着。我的眼睛早就适应了黑暗，我看得到门后的挂钩，挂钩上有我的衣服，我看得清窗帘旁边的一颗钉子，那是以前住户留下的，很长的一颗大钉子，我拔不起来，只好任由它在那里突兀地立着。就像我，突兀地躺在这个房间里，试图和整个屋子融为一体。这不是我的房子，以我的那点工资，我还买不起它。它不是我的，我就无权装修，无权与它融合。我都已经住在了这里，可我还是与它格格不入。

我怪不得别人，我的心不在这里，我想回到那个黄土飞扬的乡村，我想要爬上那座青石突起的山，我想放牧我的那匹马，我想要饲养一圈羊。可我回不去，别说我的父母不在了，就是村里的老老少少，几乎都离开了。我回去，只能守着一座空城，一座座已经装修得非常干净漂亮的房子，一重重干净而又整齐的院子。我的房间，条件再不好，墙上，一定不会有这样一颗突兀的钉。不是没有钉，而是有很多钉，它们像亲兄弟，融合，安好。

城都空了，人都散了，我还能回去放羊吗？也许，也许，只要我还有这份饲养的耐性。我忽然想起我的那个同桌曾经说过这样一句话，“毕业后，我要去放羊，你愿意和我一起去吗”？

我那个小同桌，说过很多疯话。是疯话，不是那些可以在国旗下侃侃而谈的激励人的话。他说：“人活着，其实是为了死去，可是活久了，我们就都忘了这个最终目的，以为可以活到永远。”

他的疯话只说给我听，大概我那时候也是一个喜欢说疯话的人。在他说这话之前，我曾经说过：“人到了最后关头，什么都拿不走，什么都改变不了，会忽然恍然大悟。所以，人生从一开始，就不应该是拼命攫取，而是被掠夺，被夺到一丝不剩，一无所有，然后才会醒悟，醒悟着活透人生。”我觉得我是醒悟着的，所以，我总是显得无欲无求。可真是这样吗？

我是说过生死的疯话的，更确切地说，我是写过生死的疯话的，写在我的一本练习本上。写好了，又把它撕了，折叠着横插进练习本。我是想，练习本到底不是写这些东西的地方。可因为是横插进来的单页，却更容易被人发现。他是看到了，才说了那样一番话。他很喜欢看我的练习本，抢着看，偷着看，我后来是习惯了的。可我写这话的时候，他和我还是刚认识，我刚回到学校，我们刚刚成为同桌。

我父母死后，他们留给我的学费和生活费，被我那个骑高头大马的叔叔吞了，致使我无法上学。我只好待在家里。邻居王叔知道后，马上找到那个叔叔，硬逼着他给我拿上学费，我这才重新回到学校。回来之前，王叔又交给我一封信，信是我父母写的。信上交代了他们留给我的钱的数目，留给叔叔的方式以及邻居监督的方法。他们仓皇病逝，却早就为我拟订了一份活到长长久久的保障计划。

看了那些话后，小同桌问我："我听说你父母去世了，他们是怎么去世的?"我真恨他，恨他问这样的话，怎么去世的？因为我去世的！

我从山那边回来后，那个泄露给我秘密的小伙伴又告诉我，是我爸妈告诉他不用守着这个秘密了，她才对我说的。为了这句话，整个人变得极为暴躁阴郁，我常常几天都不和我爸妈说话。他们说给我的话，我也很少做出回答。即使他们告诉我，那个王叔家里常来的女人，就是我的亲生母亲，我一样没有反应。我不是不想反应，我是实在不知道该怎么反应。

寻找父母，一开始是和我少年对外界的好奇黏附在一起的，因此，那时候，我的大脑充满了疑问，我的欲望被慢慢打开，向整个外界扩散。可我那个对外界的好奇，被那个白发苍苍的老太太吓走了，我的头脑里，只剩下了一个父母的概念。

父母，到底是什么？如果是我的亲生父母，他们为什么要抛弃我？既然抛弃了我，为啥还要随时来看我？既然来看我，还又不能认我？人生，需要这样虚伪地掩饰着过吗？我不想听任何人给我解释，一方面，解释都是他们的，他们只是想要把事情粉饰得更好一点。另一方面，我无法估测这解释（我是认定它一定是粉饰，或者是掩饰的）到底能扯到多远，能扯多大，有多让我难以承受。

可没有明确的解释，我就变成了一个莫名其妙的物件，不知道从哪里来，不知道怎样被标价，也不知道要被怎样对待。

标价，的确，我是这样想了。我爱我的爸妈，他们怎样养我，我的感受是不会骗我的。可我还是害怕，我会不会是一个标的物，在我的养父母和亲生父母之间的标的物。不是说，我爸妈每年都给我的亲生父母寄钱的吗？不是说，他们说不用守住我不是他们女儿的秘密了吗？

我变得特别茫然，特别恐惧，特别魂不守舍。有一个晚上，我忽然被惊醒，我的妈妈，她正坐在我旁边哭泣，我跳起来，说："你是在诅咒我去死吗？"

这话说完，我自己也吓了一跳。我这是对我妈说的话吗？我怎么可以这样说话呢？我连忙道歉。我妈却没有惊讶，更没有生气，她只是一下子搂住我，哭起来，一边哭一边说："妈知道你心里难受，你肯定觉得整个世界都塌了，是不是？你肯定觉得我们也不是原来那个样子了！你相信妈，不管怎样，爸妈都最疼你，也一定尽最大的能力保护你。”

我爸爸也过来了，他握住我的手，说：“爸爸虽然老了，可还是能保护你的。”

我看着我的爸爸妈妈，佝偻着腰的爸爸，白发苍苍的妈妈，我的恐惧慢慢开始消散。十几年来，我从来没有怀疑过他们，这以后，我也不能怀疑他们。他们，曾经那样以我为命，我也可以，不，是必须，以他们为命。

我重新恢复了快乐，可这快乐多少有点违心。我总是为了父母而快乐，而这样的快乐，他们却不需要。我，开始用一种特殊的眼光衡量我的父母，衡量他们的道德，衡量他们的行为，衡量他们的语言，把所有的都计算出意义，在这意义中称量出自己到底有多重。我的人生之重，只在他们这里，才真正有意义。

那段时间，我爸爸经常出门，我不知道他去哪里，也不知道他去干什么，我妈妈有时候也不在家。王叔说，他们是去和我的亲生父母交涉去了，不是我爸不送我去我父母那，是我父母那里没我的地方。

我不想听、不敢听的解释，终于这样堂而皇之的来了。是了，怎么会有我的地方呢？可这解释还算好，我是有了死心塌地的准备了，我已经用行为在表达和爸妈言归于好了，我给自己准备了一条退路。我一再告诉我爸妈，只有这里，才是我的家，只有你们，才是我的爸妈。我信誓旦旦，可越是如此，我越是觉得，这话太违心，这话带着惊恐，带着心机。我到底是不能安心的。

这面是我，正在计算着我的退路，那面是我的爸妈，义无反顾地为了我付出所有。我的爸爸在如此日夜奔波中，首先躺倒了，脑溢血，迅速死亡，都不给我说最后一句话的机会。他躺倒的地方，不是我生活了那么久的那个家，而是山的那一边，我不知道是什么地方的地方。我看到他的时候，他已经被王叔和那个有高头大马那个叔叔运回来了。那个叔叔恨恨地看着我，说："就知道你不是什么省油的灯，和你那个爹那个妈一样。你到底把我哥哥给折腾死了。"

我看着我的爸爸，他的脸是青灰的、冷硬的，他的鼻子是冷硬的、青灰的，就连他的嘴唇也是生硬的、青灰的。我忽然发现他的眉毛稀疏到我看不见，他的头发乱糟糟地扑搭在脸庞四周，挡住了眼眉，挡住了眼睛，甚至挡住了整张脸。那样疲惫，那样糟糕，可又那样清清静静。我跟着他生活了这么多年，我头一次从我爸爸的容貌中读出一种心酸。那是关于我的心酸，是为着我的心酸。

我一下子懵了，连哭都不会了。我站在那里，只是站在那里。没有天旋地转，也没有痛彻心扉。我就像一个被抽走灵魂的人，眼睛是能看，耳朵是能听，心，也还在跳着，大脑，还在思考，可我就是不会哭，不会痛。

王叔推推我说：“你这孩子，你都不知道你爸爸有多疼你。你那个亲生爹妈，你爸都磨破了嘴皮了，他们连见你一面都不想。真不是人啊。”

养父母都以我为命了，我为什么还是不能安心？为什么要去找什么亲生父母？亲生父母到底有多重要？我是已经后悔了，我是已经开始忏悔了，可后悔有什么用呢？谁能用我的后悔救我，用我的后悔让我的爸爸重新活过来？

我的心终于痛上来。我仰天狂叫一声，一口鲜血喷出来。我踉踉跄跄地扑到爸爸的身上，我还是没有泪，只是嚎哭，声嘶力竭。我的耳朵里，听出了声嘶力竭。世界，该是从此苍远了吧。

我的妈妈冷静地过来，抱着我，摸着我的头，说：“不要伤心，你能明白我们的心，你爸爸死也瞑目了。不是我们不想守这秘密，是觉得你大了，该知道了。”原来，我的计算，我的装出来的信任，爸妈都知道。我浑身开始颤抖，我的声带也在颤抖，发出一种咔哒咔哒的声音。我控制不住我的颤抖，控制不住这种不该发出的声音。我整个身子都在抽搐，这抽搐让我哭不出来，让我无法说话。可我就是能说话，我能说什么呢。

我爸爸的丧礼刚办完，我妈妈就病逝了，一样的快，一样的不给我机会。那个早晨，办丧事的人都已经散去了，我和妈妈坐在桌前吃早餐，我哪里吃得下去，我妈妈也吃不下去，她只是看着我，说："小青，如果妈妈也不在了，你可不能哭，你得好好活下去。不要再找你父母了，我们去过很多次，他们有他们的难处。你都这么大了，其实已经不需要他们了，也不需要我们了。"我妈妈说完这话，就闭上眼睛，趴在了桌子上。

我还以为她只是累了，等我过去扶起她，我才发现，她也走了，一点累赘都不给我添，一点尽孝的机会也不给我留。有那么一刹那，我有一种错觉，只要我闭上眼睛，或者趴在桌子上，就会和我妈妈一样，真的死去。我贴着我妈妈趴着，可我的脉搏活蹦乱跳的，我的心脏张牙舞爪的。我用一把剪刀狠狠地戳向我的手腕，我回头又用它狠狠地戳我的心脏。我感受不到痛，手腕上一个又一个白点处慢慢殷出来一点血，我胸口的衣服撕烂了，可我的心脏，还是咚咚在跳。我死不了，我也不能死，我得为我妈妈安葬。死了，总还好，一切都可以用悔字来结束，活着，才难，同样一个悔字，只是揭开了自焚的序幕，这出戏，还得继续唱下去，唱到地老天荒。

我恨我的小同桌，我恨他，他是哪壶不开提哪壶。可这样才对，他不提，我就开始用空洞来填补那段疼痛。有痛的时候，总是好的。我不理他，只是轻轻哼一首歌。

哼一首歌？对，不是哼，只是在心里有一个调子。那个调子，开头，的确和我现在写的这首歌相同，都是一个雄心勃勃的开始，只是我的词是这样的：秋影荡金波，嫦娥舞裙正婆娑。低头看人间，人间烟火色，转身望月宫，月宫冷清秋……

我的爸妈，是飞天了吧，他们会嫌天上冷清吗？有我这样的女儿，养女，到底是这对老夫妻的痛。掏了心，给了肺，我也还是会怀疑他们的亲情。他们是太纯粹的人，受不了这种虚情假意。所以，他们才那么干脆地选择了那种断然的死法。不给我解释，也不给我掩饰的机会。他们不希望我变成一个一辈子圆一个谎言的人。

可这歌，我只是在心里哼，哼给我的父母听。唱给我的小同桌，似乎还没有过。我很少和他说话，也就不会给他唱歌，还唱这首歌。可我的这首歌应该是写在我的练习本里的。我的练习本，他总是能看到的。

我的练习本上，有从 1 到 7 这几个数字的反复排列。小同桌看我的那些疯话，也看我这些胡乱排着的数字。

有一段时间，小同桌喜欢吹笛子，他刚开始学，底气不足，笛子常发出凄厉的尖叫，惹得周围很多女生发笑。他却不脸红，还是继续吹，终于能吹出一支曲子，那曲子怪怪的，又似乎很熟悉。

当散乱的音符变成一首完整悠扬的曲子，女生们的态度也变了，她们总是用奇怪的眼神看着他，很热情地询问这是一首什么曲子。我同桌说："我不知道，这是我同桌写的。"女生们于是用更加异样的眼神看着我。那时候，我才知道，那是我写在纸上的那些数字。那些数字毫无意义，可被他用笛子吹出来，就变成了黄河之水天上来的那种感觉，天籁之音，外加一点悲伤。

他真的是盛婉青？我和他同桌有两年多吧，我还记得他用橡皮泥捏过一个徽章，那样子像展翅飞翔的凤凰，长长的翅膀，伸出身体两侧。他说："这是毕业纪念，记住，我的名字叫……"叫什么，他分明说过，我皱着眉头去想，这名字慢慢地出现在我的脑海，他说："我的名字叫王青轩。"青字的确是有的，可不姓盛，也不叫盛婉青。

我长出了一口气，可心还是在一点点下坠。我回头看看灌顶，她已经睡得很甜了，偶尔，还有一个声音不大的小呼噜。总不会这么巧，我总不会是她的杀弟仇人。我自认为我不是那个罪魁祸首，可想想，我父母不就是因为我而结束生命的吗？因为我，死亡，在他们的心里，肯定是早于生理而成熟的了，否则，他们不会那么匆匆离去。我的同桌，会不会也因为我的抑郁阴暗而自杀？

我，真的是一个鬼魅吧。看着灌顶甜甜地睡着，我忽然激灵灵打了一个冷战。

大风吹，吹走黎明，吹来黄昏

黑胖子最不喜欢和女友吵架，每当女友生气的时候，他最常见的表情就是慈眉善目，作菩萨相。他胖，菩萨做不来，总还做得了弥勒。他说，他只有在有灵感的时候才吵，他能说到山崩海啸，他能说到天地颠倒，可一般时候他都没有灵感。

我和灌顶踏踏实实过起了日子。至少，我是这样认为。我为她洗衣，她为我做饭。洗衣很容易，只是分批分量扔进洗衣机了，实在用不上洗衣机的，灌顶也不用我。做饭却麻烦，煎炒烹炸不说，洗洗切切就很费工夫，就更别说买菜了。我主动承担了买菜的任务，可我买回来的菜，灌顶用上的只是少数。

灌顶总是比我早到家，我进门的时候，房间里已经有了香气，菜的香气，她活动的香气。不知道是被灌顶说多了，还是我本人就有这方面的倾向，我越来越习惯把灌顶当成我交往的对象，我甚至主动对她说："有你的感觉，真好。"灌顶也不惊讶，反而呵呵笑，眯着眼睛看我，然后又给我抛了一个媚眼。我的鸡皮疙瘩又起来了，我想，我说的那句话太肉麻了。

我很想问灌顶，她到底为什么要和我交往，即使真的要玩一个同性恋的游戏，她身边优雅而注重生活质量的单身女子多了，也还轮不到我。可我不敢问，我怕问出一个淡如水的答案，"生活本来就是际遇"。既然她碰到了我，选择了我，那就让我接受吧。

周五的晚上，我把灌顶做好的饭菜都端到了桌子上，正等着她洗手来吃饭，灌顶的手机响了。灌顶看了看那个电话号码，皱了一下眉头，想了一会，还是接起了电话。她"嗯嗯"了两声，然后说："好吧，你来吧，我等你。"

说完，灌顶把手机撇到沙发上，手机在沙发上倏地一下栽进了一个角落里。我看着她，她的脸上并没有多大的变化。她扯下围裙，坐到了饭桌前，吃了一口菜，才说："一会貔貅要来。"

我有些不悦，问道："貔貅，她来干什么？"我不太喜欢她这个人。我说着坐下来，也开始吃饭。灌顶并不看我，扒了一口饭，说："貔貅是我妹妹。"饭堵在她嘴里，这让她有些口齿不清，可我还是听到了。"什么？"我惊得筷子差点掉了，我"嚯"的一下站起来，重复道："貔貅是你妹妹？"

灌顶还是不看我，继续往碗里夹菜，往嘴里扒饭。我急了，一把拉住她的手，问道："你再说一遍，貔貅是你的妹妹？是你那个异父异母的妹妹？所以貔貅才会知道我的电话，知道我的住所，还敢贸然闯到我家里来？"

灌顶终于抬头看我了，她的眼神从来没有这样怯过，她轻轻转了一下手腕，摆脱了我的手，把筷子放下，坐直了身子，说："我又没有欺骗你，你从来也没有问过关于我的事情。"

这倒是事实，我是不关心这些事情的，可我不喜欢貔貅，而我现在，有点喜欢灌顶。我气愤愤的，却又找不到气愤的理由，只好坐下，看着灌顶。灌顶的神情很紧张，她想笑，可是轻轻一咧嘴，又感觉不对，只好立刻绷紧了脸。

我想想，其实也无关紧要，就端起饭碗，说："她是你的妹妹也罢，是其他人也罢，我只是不喜欢她，以后不要让她到家里来了。"

灌顶似乎松了一口气，探着身子说："我就知道你心眼好，她其实只是过来看看你。她知道我们俩住在了一起。"

我皱了一下眉头，我想起貔貅说的我和灌顶交往的话，她该是那种看笑话的人。我和灌顶的生活方式没有什么不对，可她肯定会有莫名其妙的想法。不过，也随她，我又不是在乎她眼光的人。

貔貅其实是一个不相干的人，可她要来，我和灌顶的这顿饭，居然无法再吃出以往的安稳和平和。我不说话，灌顶也不说话，我沉默，是因为不悦，她沉默，也是因为我的不悦。她到底是很看重我的感受。我终于放松下来，称赞她做的汤好喝。我说，史无前例地好喝。她笑了，大眼睛弯弯的。就在这时，门铃响了。

貔貅来了，还带来了一个年轻的男人，这个年轻的男人上上下下几趟，将吃的用的很多东西塞满了我的房间。我的眉头又皱起来了。貔貅还在喋喋不休地指挥那个年轻男人："小心点，那是瓷器，我送给石榴盛菜的盘子。"

年轻男人放下了一个纸盒子，貔貅过去打开，小心翼翼地扯去上面的塑料泡沫，露出了一个圆圆的菜盘。菜盘上，有一朵干枝梅花，大而红润的花瓣上，飘着一层清雪。我咬了一下嘴唇，走回卧室，关上了门。

莫名其妙地来访，莫名其妙地送礼。纵然她是灌顶的妹妹，可也还是没有血缘的妹妹，纵然她和灌顶已经尽释前嫌，可也还是互不相干。以前，她们俩，在我面前，就像两个陌生的人，现在，她们俩，在我的房间外面，在干什么？交涉？算账？沟通亲情？我在我卧室里来回转着，我的气是早就消了，随之而来的，是慌乱。这算什么呢？承认我和灌顶的交往，让我们走向结婚？我还要面见父母？就像正常的男女那样？我和灌顶正常吗？我和灌顶不正常吗？我们，到底是在干什么呢？这游戏，还要继续下去吗？

很久，很久，大门咣当一声响，我听见灌顶踢踢踏踏地朝卧室走来。她是一个干脆的人，就是穿着拖鞋，也从来没有发出这样拖拖踏踏的声音。我想，有些话，她也是难以说清的吧。或者，她反正是一个无心无肺的人，对男人尚且如此，何况对我这样一个算不得朋友的女人。我们，曾经做过朋友吗？我们，按照交往那个玩笑开始，是不是有点太荒诞了些？

灌顶走进了卧室，我回头看她，她也看我。她的神情还像刚才那样紧张，她舔了一下嘴唇，活动了一下面孔肌肉，咧着嘴笑了，笑得还是不自然，她马上收住笑容，说："挺好，省得咱们花钱了。我们以前打得死去活来，她现在还能如此，我也算是修成正果了。"

我神情一冷，问她："什么修成正果，你想要什么样的正果？"她哈哈笑起来，朝我摆摆手，说："你看你看，你干吗这么严肃，没见过你这样的，给你送东西你还不高兴。"

我马上说："我当然不高兴，因为我和她并不认识。而你和她，也算不得朋友。你对她，至今也未必没有心结。你难道忘了那个校草？"

灌顶收敛了笑容，她脸上也现出了冷酷的神情，她说："你从来就没有关心过我，你能知道我多少，就凭我说过的只言片语，你就可以如此轻易给我下结论？我就是要收下她送给我的礼物，就算报了仇。"

我几乎气结，灌顶还从来没有这样和我说过话，她以前是生过气的，可都是无理取闹式的，可都是虚张声势的。这次，也是无理取闹，可她理直气壮，仿佛理由十分充分。我脱口而出："你要收，回你家里去收，不要在我这收。你不要忘了，你是住在我家。"

这话说完，我自己的心一下子凉了。我闭上了眼睛，紧紧咬住嘴唇。我不该说这话，我不想灌顶离开。这已经不再是我一个人的家，是我和灌顶两个人的家。

我听得拖鞋啪嗒啪嗒地响了几声，然后就是大门哐当一声巨响。我睁开眼睛，灌顶走了。我跑到门口，看到灌顶的高跟皮靴还放在鞋架上，我松了一口气。我站在那里犹豫了半天，我不知道我该不该出去追，怎么追，就像男女谈恋爱时那种追，道歉，然后是甜蜜的和好。我打了一个冷战，也许，我走得太远了。对灌顶，我只是觉得很温暖，很温暖，如此而已，她不是一个男人。可我喜欢男人吗？我喜欢过人吗？自从我的父母离世，直到灌顶，至少灌顶，我是喜欢的。

我在门口站了很久，我穿了鞋子，又脱下鞋子，我脱下鞋子，又穿上鞋子。我的鞋子，是小一码的号，穿上，脱下，都很费劲，可这费劲，今天居然这样爽利、踏实。

门铃嘀铃铃一下炸响，我穿着半只鞋扑过去开门，灌顶打了一个哆嗦冲进来。她笑眯眯的，一冲进来，就抱住我，吸着气，说："真冷，真冷，太他妈冷了。"随着她而来的，果然是一股巨大的冷气，可她抱着我，我的心一下子热起来。我的鼻子一酸，忽然落下泪来。

不管怎样，回来就好。不用我再去做决定，到底是不是该追出去。

灌顶只拥抱我一下，就绕过我，啪嗒啪嗒跑进卧室。我回头看，穿过客厅，穿过卧室的门，我看到她一头扑到了床上，大声叫着，还是被窝温暖。

这小女子，是欠揍了。我笑了，我怔住了，我明白，我这笑，是真实的笑。

从前，有一只小狐狸

黑胖子说，狐狸天天有，可不招不上门。黑胖子还有一句同类的话：“我家的猪圈门总是关得死死的。”我知道这话不对，黑胖子家的猪是撒开了养的，只是这头撒开了养的猪，总是跟随着一个养猪人。

灌顶是回来了，我们也表现得更加默契，可我的内心却越来越不踏实。就像我越过高山去寻亲生父母无果后，再回头看我的养父母，就开始怀疑亲情。对灌顶，我居然也产生了怀疑，怀疑这份热情。

我想快点结束这种关系，这种关系太不正常。我们两个是说说笑笑闹闹而已，可别人，别人怎么想呢？我自感我们俩的关系若是正常的，那就一定是自欺欺人了。可我，又实在害怕结束这种关系，有些习惯我已经为灌顶改过来了，就像吃好的，就像有个人在身边，睡眠变得特别安然。我能再改回去吗？

下班后，我经常是着急忙慌地往家赶，想要确认一个悲剧——灌顶离开的悲剧，就像我爸妈那样迅速离开的悲剧。可我每次看到的，都是灌顶的笑容和饭菜……

我很想问问灌顶，她到底是怎么看我们俩这种生活的，可我不知道该怎么和灌顶沟通，她不是我的爸妈，她不一定愿意为我承担一切。何况这交往也不过是一个游戏而已。

有一次晚饭后，灌顶坐在卧室的窗前织毛巾，大粗棒针，织的也是大窟窿小眼睛的围巾，挡不得风，反而招风。她说是为我织的，我表示不喜欢，劝她不要再浪费时间。她有些不高兴，问我是不是有什么其他的打算。我能有什么打算，我不过是把所有的坚强都调动起来，想要在她离开的那一刹那，进行自我安抚。

我没有说话的打算。她停在那里，一直看着我，似乎在等着我说话。我一时口不择言，一张嘴居然问了一句：“你是怎么看待爱情的?”

灌顶哈哈大笑，身子歪到了一边，棒针上的毛线掉了好几个扣儿。她看到了，也顾不得，只是笑。这笑，笑得我浑身不自在，就像有人戳穿了我的一个秘密一样尴尬。好半天，她才勉强忍住笑，颤抖着手把那几个掉了的扣儿放回棒针上，然后说：“我可跟你说好了，你不能对我产生爱情，这是不对的，是不符合咱俩的生理规律的。”

我感觉别扭极了，也有点气急败坏，就又说：“我是没有谈过恋爱，我哪里知道什么叫恋爱，还不是你跟我说，你恋爱了多少次，你的初恋怎么怎么样，你的后来者怎么怎么不好，我才问出这样的问题来的?”

灌顶的余笑戛然而止，脸瞬间严肃起来。她说：“你想听听我初恋的故事吗?”我当然想，可灌顶能说吗?貔貅不是说，她在拘留所里见到了她的初恋吗?一个瞬间，我脑子里问出了很多问题，可我没有说话。我不敢逼灌顶。灌顶却笑了，放下毛巾，说：“很小的时候，我就懂得了爱情就是一把剑，有爱的人，可以随意挥舞着剑，把挡住自己爱情的人砍个人仰马翻，还毫不愧疚。我有这样的见识，还多亏我爸妈离婚的那场世纪之战。”说到这里，灌顶给我讲起她爸妈的故事来。

灌顶爸爸在城里工作，她妈妈在农村种地。她和小弟弟本来都生活在农村，生活在有小狐狸的柴垛的院子里。可妈妈说，爸爸那里也有小狐狸，这小狐狸，也是藏着躲着，专门破坏人家家庭的。

那时候，爸爸提出来要离婚，妈妈像变了一个人一样，红着眼睛，披头散发，每天天不亮就往城里奔。她从来不一个人去，她要带着灌顶和她的弟弟盛婉青。

到了灌顶爸爸的单位，妈妈把头发弄得更乱，把衣襟也扯得乱七八糟，然后滚在地上，大哭大号。灌顶和弟弟吓傻了，两个人都撇着嘴，可不敢哭。她妈妈看到他们这样，就喝道："你们不哭等什么呢?"说着就踢了她一脚，又捶了她弟弟一拳。两个孩子"哇"一声哭起来。

灌顶的妈妈一边哭，一边数落灌顶爸爸的罪过。第一宗罪，就是在外面养破鞋，有小狐狸精勾着魂，他是早就鬼迷心窍了。第二宗罪，就是忘了本，他忘了她是怎么进的这个家，是怎么着把父母养老送终的了，是怎么把他送进城里，让他成了一名正式职工。第三宗罪，他根本就没有尽过当父亲的责任，看看两个孩子长这么大了，他抱过几回。他每天想着的，就是怎么样抱着小狐狸精了。

灌顶叹息着对我说："我都想象不到，我妈妈的嗓门那么尖，嘴皮子那么溜。她在村里时，说话都是绵软的，还有点笨嘴拙舌的。看来，她是被逼急了，被逼到死路上了。所以，不管我妈妈做了什么，我都能理解她。一个好女人，瞬间就被一个男人逼走了人性。”

灌顶这样评价她妈妈，我有点惊诧。再怎么说，这是一个弱势女子的反击。这是那个时代女人对付男人最好的招数了。男人，面对女人的哭诉，多少有点招架不住。我反驳说：“怎么能说是没了人性呢?”灌顶摇摇头，继续讲下去。

女人最厉害的一招，对灌顶的爸爸却毫无用处。第一，他是一个领导，领导不用怕别人说自己行为不正，因为领导本身就是楷模。第二，他有更好的借口。灌顶的妈妈闹得越是疯狂，灌顶的爸爸反而越是有了口实。这样一个粗鲁无知的女人，我又如何能和她生活在一起呢?

一个农村妇女，面对一个城里职工，几乎一点牵制力都没有，哭闹上吊，简直就是自寻死路。灌顶的妈妈是没有路可走了，她答应了离婚的要求，但有个条件，儿子归她，女儿他带。他们两家，老死不相往来，她不去看女儿，他也不许来看儿子。在那个时候，男孩子到底还是一家的希望。灌顶的妈妈，是用儿子挟制老子。可这招，对灌顶的爸爸，依然不管用。他干脆利落地答应了灌顶妈妈的条件，还郑重地重复道："我不去看儿子，你也别再想着来找我闹事。"

灌顶说："一个家，瞬间就被分成了两半儿。我，被送进了一个陌生而又让她心生恐惧的那一半儿中，那不是这个家的那一半，从一开始就不是。那，不过是另外节生出来的。"

我看到，灌顶的眼睛里满是恐惧。这恐惧，我太熟悉，太熟悉，那是我十四五岁时经常有的一种感觉。我一阵心疼，可我又不知道如何安慰灌顶，反而对她说的话有些不解，就问她："家就是家，怎么是节生出来的呢?"

灌顶又摇摇头，说："这自然有因缘。我爸很少回家，即使回来，也会和妈妈吵个没完。吵得翻天覆地，吵得伤筋动骨。吵得多了，我妈终于多了心，领着我偷着去了城里，结果就看到了灌顶的爸爸和一个女人出双入对。经过打听，两人入的，居然是单位分的房。而这房，已经分了两年了。我永远记得我妈妈那时候的样子。她拉着我的手瞬间就软了，像是没有知觉了。她的眼睛瞪得大大的，她的呼吸变得特别急促，她的额头上还冒出汗来。我吓坏了，拽着她的衣角喊她，我还说，我去找爸爸来。我妈妈这时候一下子拽住我的手，她的眼睛红红的，嘴角抽动着，说：'不要去，不要去，你给妈妈捶捶背。'我妈妈蹲下来，她手捂着胸口在那里大口喘着气，我就转到她的身后，给她捶背。"

说到这里，灌顶的眼圈又变得红红的，她皱着鼻子，不想让泪水流下来。我却一不留神，一滴泪滴下来。灌顶看着我笑，说："关你什么事，你哭什么？"我赶紧抹掉泪水，说："你那么小，就受了这么大的伤。我虽然过得也不好，可直到十四岁，我都不知道这世界上还有恶事。如果那个小狐狸精就是貔貅的妈妈，那我也同意你恶对貔貅。"灌顶上下左右的打量了我好一通儿，神秘莫测地笑了一下，嘟囔着："你要是我的，不是她的就好了。"我没有听明白，可还来不及问，她却掩饰着继续讲她的身世了。

灌顶的妈妈并没有去找她的爸爸理论，反而是直接回了家。回家后，她就找来了几个亲戚，分头去打听那个小狐狸精的情况。很快，就有了结果。

那个女人的丈夫是一个修理工，技术不好，脾气不好，在单位里把人都得罪了，最后就被打发去锅炉房烧锅炉。这女人也只是一个临时工，什么保障都没有。不过好在长得漂亮，嘴又甜，和很多有门有路的人有着亲密的关系。就连灌顶的爸爸也拜在了她的石榴裙下。

我听到这里，不由得感慨："人活着，为什么不知道依靠自己呢？其实每一个来到这个世界上的人，上天都会带给她能活下去的潜能。"

灌顶又是上下左右地打量了我一通，这眼光太过异样，让我觉得我说错了话。果然，她说："未必是，也未必不是。"

我说："真是莫名其妙的话，难道你不认为这个女人有点可耻？活下去不容易的人多了，可有几个人是像她这样活下去呢？"

灌顶说："我没有想到，你，居然有这样激烈的评论，这有点不像你，你平时可不声不响的。你不知道，这样的人，她的潜意识里，只有这样不守规则，才是活下去的方法。现在这样的人比比皆是，你看看，他们哪一个不是活得理直气壮的。因为他们不会用道德去衡量自己的行为，他们用活下去的质量来衡量自己的人生价值。"

这倒是有意思的评价，我不再继续和灌顶理论，催着她继续把故事讲下去。

了解到这个情况后，灌顶的妈妈出手了，她直接找到了那个女人的丈夫，把事情原原本本地告诉了那个男人。让她没有想到的是，那个男人不惊不怒，反而斜着眼睛说："你这是管不好你的丈夫，让我来管好我的媳妇，是不？我告诉你，老子就没那个管媳妇的心思。那个娼妇再怎么不好，可记得给我往回拿钱。她给我往回拿钱，我才给她养别人的崽子。"

这一下，灌顶的妈妈一筹莫展了。可就在这个时候，灌顶的爸爸却提出了离婚。他说："反正你已经知道了，我也没心思和你绕弯子。和你一离，我们马上就结。"

我有点没听明白，问道："那，那个女人也离了？"

灌顶说："离了。那个女人的丈夫把我妈妈去找他的事情告诉了那个女人，那个女人就和我爸爸商量好了。我爸爸提出离婚前，那个女人都已经把离婚手续办妥了。当然了，给了那个男人一笔钱。那个男人呢，其实也有一个偷鸡摸狗混着的女人。所以，事情很容易就解决了。"

我有些愤然，说："真是什么人都有！那貔貅看来也好不到哪里去。我支持你，你怎么做，我都理解你。"

灌顶笑了，笑得有点无奈，可眼角，还是有少许的欢愉。有我的支持，她毕竟还是高兴的。不过灌顶说："那个女人早就死了，我还记恨她干啥？至于貔貅，我们也早就言归于好了。我们又不是非要在一个屋檐下生活不可，犯不着有多大的仇恨。能好言好语，就好言好语，这也是对得起自己。"

看来，灌顶也是一个悟透人生的人。在她面前，我从前所有的淡定，倒都变成了浅薄。

你，是我的菜单

黑胖子说，两个人的生活，常常被插进第三个人的故事，第四个人的传奇，所以，每一个人，在面对自己的爱人时，其实是在面对一个残缺而充满恶意的世界。

我向灌顶提议，正式邀请貔貅来家里做客。这个家，当然是我的家，我租住的房子。灌顶一直住在我这里，也为我的房间堆满了生活用品，可我还一直没有去过灌顶的家，我不止一次想象，在她的家里，她有另一套生活用品，另一种生活方式。

对于我的提议，灌顶似乎不惊也不喜。她考虑了半天，还是犹豫着说等等吧。看得出来，凡是关于貔貅，她说话总是会小心翼翼。她如此照顾我的情绪，倒使我更想，也更愿意去见见貔貅。

以前，我总有大把的时间，为了打发那些时间，我不得不躺在床上编各种各样的故事来娱乐自己。我的故事大多都是死亡之后的事情，我很向往死亡之后的时间。有一句话说得好：活着很短，死要死很久。

自从灌顶住到我家里来后，我的时间居然一下子变得紧张起来。我抽不出时间去灌顶的咖啡馆，我抽不出时间躺在床上继续编不靠谱的故事。自然，我也抽不出时间去见貔貅。有很多次，我甚至渴望在我上班或者下班的路上，能迎头撞见貔貅，就像以前她来见我一样。可貔貅却并不如我愿，并不出现。

我想起手机里可能有貔貅的电话，我翻找了半天，也没有那个陌生号码，一长串灌顶的拨打记录，已经把貔貅的号码，变成了悠久的历史而淹没了。我和灌顶打了这么多电话吗？我们有这么多话要说吗？仔细想想，又似乎什么都没有说，我还是不知道灌顶和貔貅到底是个什么状态，我也不知道灌顶的亲生父母现在在哪里。

我只是偶尔会猜测，我的那个小同桌，之所以会自杀，可能跟这样的家庭背景有关。我是认定那个小同桌就是盛婉青了，虽然没有根据。我替他难过，但我更替灌顶难过。难过之余，就更想对她好一点。我们都是活着不容易的人，能彼此安慰岂不是很好？

可我又沮丧，长久的封闭，让我成了一个废人，我几乎不知道怎么去和人亲密起来。我始终认为，我们到底不会长久。我始终恐惧着，恐惧她离开我，让我重新进入一个冰冷的黑暗。在那里待久了并不觉得怎样，可一旦出来换口气，再回去，就无比艰难。

有一个晚上，我鼓足勇气跟灌顶请假，我只说要晚一些回家，然后连解释也没有，就挂断了电话。我不会撒谎，也不想撒谎。我晚回家，是想要去灌顶的咖啡馆，我想，在那里，可能会看见貔貅吧，也许，灌顶的父母也在那里。只是我以前从来没有心思去注意这些。

我只是碰碰运气，但没有想到，就在去灌顶家咖啡馆的路上，还真看到了貔貅。她还是雍容华贵的样子，路灯下，耳朵上的玉坠闪着光，脖子上的金链耀人眼，只是身上的皮草却整个将她淹没掉了。

她正牵着一条白色的贵宾犬，一步三摇地走过来。散步？我真希望她能够活得自在些。我是说，有钱的时候能不被物质绑架，真的那么难吗？

我就站在离她几步远的地方等她过来，可她左顾右盼，竟然没有发现我。直到走到我跟前，才惊叫了一声，后退了一步，摸着胸口大喘着气，摆出一副花容失色的样子。可她的花容失不了色，浓浓的妆容，把眼睛、鼻子、眉毛深刻地刻好，摆好，动不得，变不得，表情出现了，表情也被这妆容掩盖掉了。贵宾犬见势，冲着我汪汪叫起来。她厉声呵斥了一句，然后转头堆着笑对我说："怎么是你？这么晚了你在这里干什么？"

我说："我在等你。"貔貅眨了眨眼睛，歪着头想了一下，然后目光炯炯地看着我说："你开玩笑呢吗？你怎么会找我？我去你家，你连看我都懒得看！"

我说："我想和你聊聊，你有空吗？我们去灌顶的咖啡馆好不好？"说完，我不等她回答，就朝灌顶的咖啡馆走去。

灌顶的咖啡馆离这里有一条街的距离，不近，可也不远。貔貅在这里遛狗，她肯定就住在这附近，难道说，灌顶也住在这附近？她们姐妹俩住在一起吗？应该不会，灌顶不是说她嫁了一个大龄权力者吗？

我径直走进灌顶的咖啡馆，在最外面的地方随便找了个位置坐下了。我不想和貔貅多谈，我们大概也没有那么多的可谈。身后，是风铃被门撞响的清脆声，貔貅悄无声息地走过来，贵宾犬趴在她的臂窝里，探着头，剑拔弩张地看着我。

"你穿了一双运动鞋？"我问道。貔貅低头看了看自己的运动鞋，点点头，说："嗯，怎么？有问题吗？"

能有什么问题，我只是好奇，因为貔貅似乎永远是高跟鞋加身的形象。在路灯下，她摇摇晃晃的，我以为她穿得该是高跟鞋。可她身高居然没有多大变化，这倒让人奇怪。我等她坐好，要了饮料，才继续问道："你住在这里？"

貔貅只是看着我，似乎不想回答。她好半天不开口，我就直愣愣看着她。服务员送来了饮料。貔貅朝着他妩媚地笑了一下，说："今天你当班啊？"那服务员也殷切地朝着貔貅笑了笑，说："请您慢用。"

我没有见过他，他不是以前的那个帅哥，他是另一个帅哥，身体更有型些，脸庞更冷酷些，就连放下饮料的手，也是铮铮铁骨的样子。

貔貅一直目送着他拐弯进了里面，才回头对我说："这是我的健身教练，我真喜欢他，看着他就要流口水。"

健身教练到这里端咖啡？这有点不符合求职市场的逻辑，可与我何干，我关心的，是这个咖啡馆貔貅到底参与了多少？我问她："这是你和灌顶一起开的咖啡馆？"

貔貅把贵宾犬放到旁边的椅子上，和她亲密地挨了挨脸，然后摆着姿势端起她的拿铁，微微啜了一口。我想起灌顶说的喝红酒要啜饮，不由得想笑。貔貅发现了，问道："你笑什么?”

我说：“我没有笑。我就想要问这是不是你和灌顶一起开的咖啡馆?”我这样说着的时候，极力严肃起我的面容，就像以往对貔貅一样。

貔貅努了一下嘴，耸耸肩，说：“是又怎样，不是又怎样？你什么时候开始关注起我来了？就因为我给你送了那么多东西？这人啊，还不都一样!”

我有些恼怒，可我认为严肃着面容就够了，不必挑眉瞪眼的。我不理她的话茬，也不想再继续问她。自从见到她，我已经问了好几个问题，她一个都没有回答。她不是一个我这样的人能对付得了的。

我不说话，貔貅倒开始回答了，她说：“盛婉璐肯定已经告诉你了，我是她的妹妹，异父异母。那么，你是想要和我亲近一些呢，还是想要继续和我疏远，来和我划清界限?”

这个问题我不好回答，因为我自己也不知道我要来干什么，我只是觉得这是灌顶的妹妹，就算异父异母，也应该见见。鉴于灌顶已经和她尽释前嫌。

貔貅继续喋喋不休：“我们虽然是姐妹，可你也知道，我们不可能亲近。她走的是阳关道，我走的是独木桥。早在十几年前，我们就已经分道扬镳。所以，我也不可能和你亲近。我只是对你比较好奇罢了。你简直不像是这个世界上的人。我也得告诫你，你离灌顶也远点，她和我一样，只是对你比较好奇。你都不知道这个世界上有多少阴谋诡计！”

我不想听她对灌顶的理解，正确与否我都不想听。她大概也看懂了我的心意，马上又转换了话题，说：“你别不同意，我告诉你，是我先提出和你交往的建议的，她那时候对你还完全没有感觉，可她却抢在了我的前头。你说说她这个人有多少心机吧?”

这话有些莫名其妙，尽管非常不情愿，我还是问出了心里的质疑：“你是说，和我交往，你和灌顶筹划过，为什么?”

我感觉我的声音有点发颤，我的心肯定也在抖着，我竭力保持镇静，就像刚才一样，保持着我严肃的面容。

貔貅点点头，说：“是，当然，和你交往，是我和灌顶商量后的结果。本来，应该是我和你交往，可她却愣要出这个风头。而且，我也是有老公的人了。但其实，这里面有她什么事啊？她不过是想要给我好看罢了！我太了解她的心思了。”

我的手也开始颤抖了，我把双手紧紧按在膝盖上。我得继续保持冷静。我直直地看着貔貅，问道：“为什么?”我感觉我的声音差了音，可还不是特别糟糕。

貔貅说："没有什么为什么，我说了，只是觉得你这个人很奇怪，对你感兴趣而已。"

"你混蛋。"我终于忍不住了，我站起来，骂了貔貅一句，在那里抖了几秒钟，终于想起，该转身走了。我迈步朝门外走去，脚底到底还是被椅子绊了一下，我朝前踉跄了好几步。斜刺里，有一个高大的身影冲过来，伸手稳住了我。我听见貔貅尖利的声音在后面说："小青，你的动作太帅了。"

我怒目转身，发现貔貅看着的，是我身边的人。我再回头，发现扶住我的，是那个健身教练。他正殷切地看着我，我问道："你叫小青？"他笑了，露出洁白的牙齿，说："不是，就是王紫晶这样叫我。"

王紫晶？这么说，貔貅叫王紫晶，和我同姓，我叫王小青，她叫王紫晶。这样一个我不喜欢的人，居然和我同姓！我忽然想起，我第一次见到貔貅的时候，她的眼角处，被金属挤出来一个痣，那是痣吗？我浑身一阵战栗。

我推开那个健身教练，强迫自己稳稳地走了出去。

既为精卫，何苦填海

黑胖子是一个乐观的人，他说，当你不幸的时候，你要想想，你的不幸可能正是别人幸福的一部分。黑胖子这话我总是弄不懂，因为我是自私的，我是不会把自己的不幸拿出来让大家笑一笑的。

我早就知道，灌顶带给我的温暖，是一种虚假的温暖，也是一场短暂的温暖。可我没有想到，它短到只有这么屈指可数的几天。我甚至来不及数清她臂膀上的痣到底有几颗。

她这样说过，她胳膊上有几颗痣，从手腕到肩膀，她听人家说，每颗痣都有不同的意义。其中有一颗痣，是表示她有亲密的姐妹。她想，那就是我。

灌顶说这个话的时候，正是躺在床上，我对着她，她对着我。我要看看她的胳膊，她反而紧紧抓住睡衣，说什么都不让我看，她说："还有一颗痣，是反目的痣，我想早点把它点掉，以免我们反目。"

灌顶安排了和我的一场交往，而命运早就预言了我们的反目。我们到底是不能亲热起来的关系。我，终究要走向一个人孤独致死的结局。

从灌顶的咖啡馆里出来，我一直在大街上徘徊。秋夜的寒，似乎比冬天的冷还要深上几分。路上的灯，也瑟缩着，偶尔，从树丛间闪出一只亮眼，又缩回去，把世界交给黑暗。前方的草丛，忽然响起一声虫鸣。只一声，然后就断了声响，等也等不来后续的。大概是临终前的最后挣扎吧。耳边只剩下机动车的轰鸣，轰隆隆一辆过去，飞奔远处，然后又是轰隆隆一辆，这回是从远处而来。

电话响了好几次，不用看也知道是灌顶。除了灌顶，没有人给我打电话。我害怕那响声，那声音一响起，我的头皮就一阵麻酥酥的，脚跟也是麻酥酥的。可我又盼望着那声音响起，我想要触摸灌顶的声音。

我该怎么回去，我还能回去吗？灌顶一定是等得焦急了吧？她那双大大的眼睛，该是眼泪汪汪的了吧？她是个不爱哭的女子，她没有为我哭过。

前面拐个弯就是我所住的那栋楼了。又是弯路，为什么一定要过了这个弯路呢？我站在路口，迟疑着迈不开步。忽然就听“吱”一声刺耳的刹车声，我被什么东西推着滴溜溜转了一个圈，扑倒在马路沿上。我的牙齿一阵剧痛，我的脸也有点麻木。

有一个人，匆忙忙跑过来，扶起我，掠开我的刘海看我，问话也问得急切：“摔痛了吧，我们上医院吧！”

我擦了擦嘴，勉强站稳脚板，才发现眼前站着的，居然是那个健身教练。前方，停着一辆摩托。真是一场糟糕的邂逅，就像见到貔貅一样。我推开他，想要走得远远地，可我迈开腿，却发现膝盖回不过弯来。

健身教练又扶住我，还是那样热切的话语，他说：“真对不起，我开得有点快了，前面就是社区诊所，如果你愿意，我带你到那里包扎一下。如果你想要去医院，拍片诊断，我也陪着你。”

我不愿意跟他说话，可我也不想回家，只好沉默着任由他扶着我，走向那个小诊所。我在这个小区住了有五年吧，我还不知道这里有这样一个诊所，社区诊所。诊所已经关了门，好在里面影影绰绰有一点亮。

健身教练按了铃，好久，里面才稀里哗啦响起来，门被敞开一条缝，一个戴着白帽子的女人露出半张脸。健身教练赶紧指着我说："摔倒了，要包扎一下。"那女人冷淡地说："看不见啊，早下班了，我给你拿点绷带和酒精吧，明天再来包扎，给我三十五块钱。"健身教练不假思索，递上钱。女人拿了钱，把门砰一声关上。健身教练拿出手机打电话，电话通了，他只说了一句，小青在小区诊所，快来，就挂断了。他似乎在说我，还是在说他自己？如果是说我，他怎么知道我的名字？貔貅对这个人无所不谈，还是灌顶对他无话不谈？

我的膝盖疼上来了，那里一定搓破了皮，裤子拉扯着肉，一点点，钝的痛。牙齿也痛，脸也开始痛，整个世界都在痛。这痛来得正好，扰得我没有心思去心痛。

就在我快站不稳的时候，身后传来灌顶的声音，她的声音充满了惊恐，她问道："怎么会撞上的？你就不能骑得慢一点吗？居然在小区里把人撞倒？"这些话还没有问完，她已经冲到了我身边，挤开健身教练，双手扶住我。

门诊的门又开了，那女人递过来一包纱布和一瓶酒精。健身教练赶紧接住。我转身往回走。可一屈腿，那种钝的痛就来了，那痛蔓延着，一直蔓延到胸口，蔓延到心脏。该来的，终于还是来了。

灌顶对那健身教练说："你，过来抱着她，我来拿那些东西。"健身教练二话不说，把那些东西递给灌顶，霍一下横着抱起了我。他的势头太快，我伸出去想要阻拦他，居然没有来得及。

没有人这样抱过我，没有人。除了我爸爸，我很小的时候，我爸爸喜欢这样抱住我，还左右摇晃着，他说："我们小青要坐船啦，坐船玩啦!"

我想要让他把我放下，可他健步如飞，已经走到了那个拐角，走到了我的楼前，走上了楼梯。灌顶在后面连跑带颠，气喘吁吁，还是跟不上我们。他真的是健身教练啊！不对，他还是侦探，他居然连我家在哪都知道！还是只知道这是灌顶临时住的家?

进了门，灌顶慢慢折起我的裤管，给我涂抹酒精。可擦伤的地方，密密层层地沾满了我裤子上搓下来的细小的毛线。红的血痕，黑的线，点点染染。灌顶要把伤口上的小毛线去除掉，可那酒精棉在我的腿上动一下，我就大叫一声。太疼了，真的是太疼了。

健身教练紧紧握着我的肩膀，安慰道："不怕，很快就好了。"灌顶横着眼波看了他一眼，继续为我清洗伤口。

终于包扎完毕，灌顶开始和健身教练算总账："你到底是干什么吃的？怎么会把一个走路的人撞成这样?"

再怎么问话，也不过是一种无谓的重复。怎么撞上的?

还不是我挡了他的路，或者说，他穿过了我正在走的路。同一时间同一个空间，只能留存一个人，否则就是车祸现场。我和灌顶你呢，我们是在同一时间同一空间里，相撞了吗？还是别的什么？

健身教练一直插手站着，像在比赛赛场，又像是面对黑社会老大的小弟，严肃而紧张。灌顶说一句，他点头道歉一句，灌顶骂一句，他就应承一句。她是他的老板，她说什么，大概他都得听着吧。

健身教练没有什么逆来之语，灌顶的训话自然很快就结束了。她收拾好药品，又问了一句："你住在这个小区？你是干什么的？你是想今天留下钱，还是明天一起去医院？"

我一愣，难道灌顶不知道这人在她的咖啡馆里打工？健身教练把手机和钱包都递给灌顶，说："我就住在这个小区，我今天在您的咖啡馆里做兼职。"

灌顶愣了一下，又横着眼波看了那个人一眼，这一眼，意味深长。可她马上就不再理他，而是低头打开他的钱包。钱是有几张，可都是花花绿绿的散碎小银，大概买个创可贴是够了。健身教练有些不好意思，挪动了一下双腿说："您说个数，我明天过来补。"灌顶把钱包扔给他，让他走了。

健身教练朝着我和灌顶鞠了一躬，走了。他关上门，灌顶这才说：“真是，什么人都有，风是风，火是火的。”我不吭声，我努力压制着内心的难过和怒火，可我终于忍耐不住，问道：“你为什么要和貔貅商量和我交往?”

灌顶听完，居然不动声色，很自然地笑起来，说：“貔貅跟你说了？真是，算了，不管了，反正我知道这个人也根本保守不了秘密。当时是她提出来要和你交往，我觉得她这个人太不靠谱，也不知道她到底要对你做什么？算是有点私心吧，我才在她和你认识之前就提出交往的。”

灌顶的态度让我惊讶，而她和貔貅的这种姐妹关系，一下子让我警觉起来，我和灌顶早就认识，可我们的性格兴趣里，任何一个地方都没有可以让相互之间的关系亲热起来的因素。如果她不是强行入住，我是不会对她有什么特别的看法的。

灌顶又说：“哎呀，没有什么大不了的，貔貅看见你，就说你跟她那个死去的妹妹长得很像，这让她一下子母性泛滥，然后胡说八道要和你交往。其实她也就是那样一说，我当时说和你交往，也是那样一说，你知道，咱们都不是同性恋，而作为朋友，咱俩早就在交往了。所以呀，其实都是玩笑话，你也犯不上当真。”

灌顶的话合情合理，不管是对貔貅的解释，还是对她自己的说明，都很到位。我应该立刻就捋出头绪才对，可我坐在那里，大脑越来越乱。我想起貔貅，想起王叔家来过的那个女孩，眼角都有一颗痣，可除此而外，她们没有一点相似之处。就连那痣，也是不同的。

我不说话，灌顶就变得更加紧张起来，眼神也是小心翼翼的，躲躲闪闪地偷着看我。我偶尔瞥过她，忽然就笑了。我说："你怎么那么怕我啊？我自己也知道，你搬进我家里住，其实是牺牲很多，又要添置物品，又要照顾我。而你和我交往又不是真的，你完全没有必要这样嘛。"

灌顶往后挺了挺腰杆儿，说："我干吗要怕你啊。唉，我也说不清，反正看着你，就是很心疼。这可能也是一种母性泛滥吧！"

灌顶把手放在我伤口的旁边，真是一副很心疼的样子，我咧了咧嘴，可是没有笑，我问她："你是把我当成貔貅的妹妹一样疼了吗？貔貅的妹妹是什么时候死的，怎么死的？你和她关系很好吗？"

灌顶说："我没有见过，貔貅和她妈妈来我家的时候，她的妹妹已经死了。说是生病死的。不过我看过她的照片，很小的时候的照片，每张照片上都是笑着，笑得特别甜，看着就让人喜欢。"

我忽然有些厌倦，关于貔貅妹妹这个话题，跟我实在是毫不相关。

我耐着性子，等灌顶讲完这句话，才说："灌顶，你还是回你自己的家吧，我们这样，到底不像话。你年轻又美丽，还有自己的事业，努力去谈恋爱，怎么着也会找到那对的一个吧。"

灌顶的脸一黑，说："咋啦？你觉得我是累赘啦？有史以来，我还没有在这么短的时间内被人甩掉呢！我对你尽心尽力了，你怎么着也表现得配合一点好不好，哪怕是假装的！"

我正色道："就因为是假装，所以才更不能配合。你也许感受不到，我就像是一个僵尸，或者说吸血鬼，我可能会吸你的血，慢慢恢复正常人的样子，可一旦吸了血，我就会一直要吸下去，因为做吸血鬼会比僵尸好受一些。"

灌顶嘟起了嘴，皱着眉认真地看了我，然后眉头一展，说："那又怎样？我的血足足的，足够你吸一辈子。"说着，她把胳膊伸到我的嘴下。

我赶紧说："我不是开玩笑，我是说，我是一个无爱的人，你在，我会假装变得有爱，可这爱，也是假装的。等你走了，我会一下子适应不了。"

灌顶说："那我就不走好了，我陪着你一辈子，有什么关系，我都可以和你结婚。只是中国现在好像还不允许同性恋结婚。"

灌顶的话说得有点太快了，我有点接不上茬。玩笑开大了，你就无法把它当成玩笑。可我宁愿把这当成玩笑。否则，我怎么向我的那颗心交代，我的心，正在狂跳不止。

也许，我该做一个春梦了！有男人装饰生活，女人看起来怎么都好。我周围没有人，就别说男人了，不过，梦里，可以有，随便有。我的梦，我做主。

可我做得了梦的主吗？

纸上风华，风来既碎

黑胖子说，他宁愿做一个风流倜傥的纸上书生，也不愿成为一个人见人爱的现实帅哥。虽然纸上风华，风来既碎，可碎的，到底不过是一纸他言，不伤肝不伤肺。

黑胖子说，在这种一切皆有可能的世界背景下，人们裤腰带上的道德准绳早就换到了鞋上，成了鞋带一副。谁知道我碰见的那一个，解开裤腰带的同时，会不会让我闻到一股臭脚丫子味？

我这才知道，如黑胖子这样的恋爱高手、这样的乐观人物，也还是害怕恋爱，害怕受伤。

难怪人们都说，还是包办婚姻好，至少有人找，长成土鳖样，洞房乐陶陶。

是要计划还是打破计划

黑胖子说，小鸡笨笨的，它睁开眼睛看到的第一个，不管那是鸭，还是鹅，还是其他的什么，它都会把其当成妈妈一样看待，并一直跟在它的后面。第一次动情的人也是笨笨的，谁送上门来就是谁。

我不敢撵灌顶走，而我更不敢面对灌顶。我唯一的选择，就是离家出走。可我对离家出走这个说法实在太敏感，当年骑着高头大马翻山越岭的事，始终是我内心的阴影。我害怕，去，无去处，回，又回不来。所以，我决定和灌顶商量休假去旅行。

我告诉灌顶，我想一个人出去旅行，然后我可以在世界的任何一个角落，给她写信，打电话。灌顶听我这样一说，居然很是兴奋，她说，这样最好，她很喜欢千里牵挂的感觉，思念拉长了才有美感。

灌顶替我收拾行李，衣食住行分门别类后，然后又翻箱倒柜，给我找出一页快要翻烂的纸，告诉我，这是独自旅行的注意事项。她把这个东西也放在我这里了？

我接过来一看，白纸黑字，夹杂着横七竖八的折痕和翻烂的毛边，有几处就连字都毛了，笔画掀起来，看着倒好玩。上面写的内容近似于唠叨，什么嘴巴甜，什么不惹事，有点自相矛盾，更有意思的是，在字里行间，有几处临时加的穿插之笔，上面写道：可以买点酒一个人在酒店喝，可以带泡面，体会身在家近处的感觉，可以听忧伤的歌，不过仅限于秋高气爽氛围好的时候，回忆青春，留恋往事还好，就是不能真的悲伤。

我看着这张提示的时候，灌顶还在忙里忙外的收拾，我只有一个很小的提箱，可看灌顶那架势，似乎要把整个房间都要装进去，还要把她自己也装进去。我不是说她想和我一起走，她没有这个想法，我能看出来，但她却想要把她自己的想法、做法，甚至性格习惯，都打包放进我的提箱内。

这算是更好地监督我，还是更好地照顾我？我们如果只是朋友，那么这有点太过让人感动。可如果我们不只是朋友呢？我对自己，真的迷惑了。我对自己，真的产生了恐惧。

灌顶风一样走过来，一把扯走了我手里的她的提示纸，说：“我给你放在随身包的夹层里，你可以随时翻出来看。”

一切收拾停当，我拿着包就走。我没有买票，我也不知道该去哪里。这么多年，我始终封闭在一个地方，就像一个凝固的点，就像灌顶胳膊上的一颗痣，固定在那里，表示一个固定的意义。可是今天，我要走了，我要离开这个意义，去寻找、修改或者来掩饰原来那个固定的意义。我一片茫然。可留下来，我会更茫然。

我去寻找这茫然的根源，我为什么会在十五岁之后，失去了对人生的所有乐趣？到底是爱，还是怀疑，抑或者是恐惧，把我打倒了。我是否还能重新站起来呢？

下楼的时候，太阳倒是难得的明亮，路边灰扑扑的树枝也有了一点神采，可到底是近冬天了，这神采还是接近于无精打采。我拎着提箱走着，灌顶没有下楼，但我知道她肯定在窗口看我，就像一个正在瞄准的箭，我一回头，我的心就会成为靶子。

我没有地方可去，所有的地方都太过陌生，就像黄土飞扬的青石山那一面，说不定哪个角落里，会突然闯出来一个白发苍苍的老太太。

当年，我若不是考上大学，恐怕我永远都离不开那个山村。可一旦我考上了那大学，我却再也回不了那山村了。不是我不想回，那里也还一直有我的院子我的房子，我爸妈留给我的院子房子一直在，只是，我回去能干什么呢？我是早就失去了能活在那个山村里的能力的了。

是从十五岁开始吗？我就变成了一个只有一条线活下去的人。做学生的时候，我的保护者就是学校。为了不让这保护失效，我就一直考最好的成绩，拿最有保障的奖项。学校失效前，我是经历了怎样惊慌失措的一年，翻阅一座一座山，找寻我的另一份保障，我的工作，我的工作单位。

我是一个惊弓之鸟，即使太阳当头照，花儿对我笑，丛林一直夸我好，我也还是不能安心，我的后背没有脊梁。纵然有了工作单位，有了铁饭碗一样的工作，我还是每天都会汲汲皇皇。

我一方面汲汲皇皇，要和世界有一线联系，另一方面却全面封闭，不让污浊甚至清新的空气进入我的空间。世界早就变到了没有铁饭碗的年代，我的工作单位也变得嘈乱不堪，甚至有那么几次，喧嚷着改革，明升暗降员工的工资，可我还是不舍得走，大概与我这种矛盾的人生筹划有极大的关系。

我一路走，一路思索。没有路走下去，该回家才是。嘈乱的地方，埋不了已经终老的错误，安静的地方，可以安葬寿终正寝的谬误。我想，我这回该大刀阔斧，该扬眉吐气了，我不能再活得这样灰灰土土。可我大刀阔斧干什么呢？有什么能让我扬眉吐气的呢？

这样胡思乱想着，我还是买了回老家的票，是最慢最慢的火车。我已经有近十年没有回家了，我一直不确定这个决定是否正确，如果错了，我随时可以在路上做更改。可火车哐啷哐啷地响着，我看着窗外青山绿水变成了白雪茫茫，日光由明变暗，我居然一直坐了下去。

火车的尽头，是汽车。汽车的尽头，才是家。可夜里的汽车是不开的，我就只好住在一个城市里，一个离我的小山村最近的城市，可对我却极为陌生而且曾经让我极为恐惧的城市。这城市里，曾经生活着生我的那个人，还有一个仇视我的小女孩。

这城市我住不得，这里有太多的恐惧。可这城市，我又非住不可。我家的那个小山村，因为大多数的人都远走高飞了，如今连班车都没了。私人轿车倒是多了去了，可夜里的私人轿车，不是更让人恐惧？

我在这城市里徘徊，想要找一个不大不小的旅馆。这街，灯火辉煌的样子，和我的工作地是没有什么差别的，人流熙攘，量上差了点，可质上，大概是没啥区别的，路灯下看见的脸，都是充满欲望的，都是张狂的，或者也有被潮流逼迫着而痛苦的。我呢？我是什么样的呢？我该是张皇的，这里不是我的家，我的工作地也没有我的家，而我的家里更是完全没有我的家。我是飘起来了，可我本该做蒲公英，走到哪里到哪里扎根，但我偏偏做了菟丝子，纠缠着一个太不像话的野草，固定在了某个最不适合我生存的地方。

街上，其实到处都有旅馆，还有为了招徕住宿而来做营销的男人女人，可是越是这样的，我反而越是不敢跟着走。有个十几岁的小女娃娃，拉着我的手，姐长妹短地说了一通甜蜜的话，从我的长相装扮到我的形容举止，甚至我的提箱背包，都大赞一番，然后说明，我这样的人就应该住在她那样的高级旅馆中。我本来对小女娃娃是没有什么戒心的，可听了那一通甜言蜜语，再看她，居然戴着一个染色的假发，穿着裙子长靴，露出一大截腿。那腿，冻得生了疮，那疮，被那靴子挤得歪着嘴，我还是吓住了，转身走人。我走的时候，小女娃娃小声地给了一句国骂，干脆而顺口。我听着不禁笑了，觉得这才正常。

走得累了，我坐在提箱上休息。随手翻出了灌顶给我的旅行指南。我一眼就看到了一句话，“一旦走出去了，就不要用在这里的思路来局限你”。我吓了一跳，这话仿佛是给我说的，可我看了看，这话在一大堆话的中间，既没有特指，也不是临时加上去的。这一定是灌顶的感悟了。

走出去，就不要用在这里的思路局限你？这话真有意思！她每次出去旅行，就是为了破除某个局限？可是回来呢，回来怎么解释呢？又回到这个局限中吗？是一个地方有一个地方的局限，还是生活久了，哪里都是局限？

对于我来说，人生就是赤裸裸的局限，所以我才活得捉襟见肘。我的人都是局限，走到哪里，我都脱不了束缚。除非我打破我自己。想到这里，我回头去找那个小女娃娃，她还在路边走着，拽着一个又一个孤单的拖着行李的人，说着一套又一套不走心的甜言蜜语。

有一个男人甜腻腻地看着她，说：“都包什么，包括你吗?”女孩变了脸，停下了脚步。男人走远了，可还不忘回头骂一句：“贱人，也敢抓我的衣袖!”灯光下，女孩的脸闪了一下，看不清那是什么表情，紧接着就是小声的咒骂，连珠炮一样，什么国骂、族骂、家骂、个人骂，荤的素的，一应俱全。

我笑着走过去，让她带我去她的旅馆。女孩的咒骂戛然而止，她一下子扑过来，挽住我的手臂，想想，又松手，帮我抬着提箱，她不说自己拿，大概也是怕客人多心。她的身上，有一股浓重的大葱味道，这烟火气息让我更放下心来，只是奇怪自己刚才为什么没有闻到。

女孩推荐的旅馆，是一个独立的三层小楼，平板而整齐的小楼，毫无特色，可还是灯光明亮、人影熙攘。老板娘则是肥肥的、白白的、油油的，说话的腔调很有点走南闯北的路人似的热情，看着比小女娃娃还不走心，可到底比新龙门客栈里的老板娘可靠些，当然，最主要的，是没有那个白发苍苍的老太太那种被生活逼急了的凶恶。

我决定住下了。

回到那回不到的过去

黑胖子说，世界上最美的路，就是疲惫时回家的那条路。黑胖子还说，如果你没有一个安稳温暖的家，你至少还可以回到童年。很多痛，在回到童年的一刹那，就烟消云散了。

第二天，我回了自己的家。我的家，邻居王叔在住着。

大门是早就换成了红漆大门，房子也做了修理，但不是装修。山墙全都是平整的白土，没有放瓷砖。最东边的墙面上，挂着一长串金黄的玉米，就像农家院里的装饰那样。院子里的那棵大杨树早就被砍了，可又从根部生出一丛来，七长八短地长着，最高的一棵笔直地朝天而去。那样子，居然和我小时候看到的那棵树一样。

院子里，是整整齐齐的畦，一垄一垄的蔬菜，嫩绿的叶，开着各色的花。黄瓜已经结了小纽儿，嫩嫩的，却底气十足，它知道自己能够长到多大。茄子刚刚开花，紫色的花看着有些旧，但被黑紫色的叶子一衬，倒也合理。西红柿被掐了头，一架一架的，中间有几个小黄花探出头来，有的花蔫了，悄悄圆了个果，还不大，裹在蔫的花下，惊恐，却又兴奋。

这，统统都是我的想象，近冬的季节了，哪里还有什么蔬菜。那些蔬菜，都是我爸妈曾经种过的蔬菜。我的心里很不是滋味，不管是这房，还是这院子，就连这棵树，都是我的，是我爸妈的。这里有我十几年的回忆，这里有我不懂颠沛的安然，却也有让我一夜之间就变成孤儿的恐惧。现在，我看着这些，熟悉的，也恍如隔世，甚至更确切点说，这里倒像一个梦境。是离开太久了吗？

我正在院子里徘徊。房门开了，王叔走出来。他用手搭着凉棚看我，他的头发和胡子都白了，脸上的皱纹深刻着，就是离得很远，也看得清清楚楚。我喊了一声叔叔，他一拍大手，说："唉，我看着就像你嘛，出去这么多年，我都不敢认了。快，快进屋。你婶刚还说，今早做饭的时候有喜鹊在房前叫，看看，这不是贵人来了吗?"

婶婶也出来了，王婶的苍老让我吓了一跳，头发是白的，乱的，眼睛是浑浊的，眼角浑浊着一汪泪，夹着眼屎。脸是黑黄色的，看不出来有多少皱纹，就是一整张的松弛着，像要是从脸上掉下来似的。

婶婶和叔叔一左一右把我拉进了屋子里。屋子里是做了更大的改动，里外间并成了一间，厨房则放在了后厦，看着就更宽敞也更整洁了。只是屋里的设备还依然很简单，柜子，桌子，椅子，大多都是我爸妈当年用过的东西。就连沙发，都是我小时候在上面跳着玩的沙发，至今仍然完好无损。那都是我爸爸做的，他的工匠活，到现在看着，也还是不错。

看到我爸做的家具，我才有了一种回家的感觉，我鼻子一酸，眼泪差点掉下来。婶子拉住我的手，直呆呆地看着我的脸，笑着的样子，也是痴呆呆的，有点谄媚，有点难受，有点，说不上来，那算什么呢？她看我看她，才呵呵笑出声来，迟疑着问道："这次回来，是不是不走了?"我一下子明白了她的心思，赶紧说：“我只是回来看看，不会在这里待下去的。”

婶婶笑了，拍着我的手背说：“小青这孩子心眼好，一直照顾你叔叔婶婶。唉，你那个不争气的哥哥娶了个虎狼一样的媳妇，我们要真跟她生活在一起，恐怕也早就见阎王了。”

叔叔嗔怪了她几句，让她去准备饭菜。婶婶讪讪地离开了。我看了看叔叔，他一点也不比婶婶舒服，他一直在偷偷审视我的脸，想要看出点什么。他似乎和我婶婶有着同样的担心。我很奇怪，农村不是有那么多空房吗，他还有什么可担心的呢？难道只是住惯了我爸爸建的房子？

我开门见山地说，我只是想和叔叔唠两句话，不是来收房子的。叔叔呵呵笑了，说：“你就是来收房子，也是应该的嘛，我都住了这么多年，也没给过你一分钱。”

叔叔是在逞强，可这逞强并不让我讨厌。他是我父母生前和临终时最仰仗的人，就连葬礼，也几乎都是他帮助我办理的。而且，要不是从那个骑高头大马的叔叔那里，追回我父母给我留下来的生活费，我现在还不知道在干什么呢。

婶婶虽然年纪大了，可动作非常麻利，很快就整了一桌菜上来。叔叔命令婶婶把好酒拿上来。我也不推辞，在婶婶摆上饭菜后，我就和叔叔喝起来。婶婶坐在我的身侧，一边用筷子往我碗里夹菜，一边劝着，多吃多喝。我给婶婶也倒了酒，她笑开了花，说："好好好，今天也沾着侄女的光喝点。"

有了酒的铺垫，说起话来似乎非常顺畅。我问王叔："你为什么要和我爸爸'拜把子'？"关于王叔和爸爸"拜把子"的事情，我不是没有听爸爸说过，我也听王叔说过。遇到爸爸心情不好的时候，我只要这样一问，我爸所有的不快立刻就会烟消云散，然后就打开话匣子，给我讲述他那个年代他那种人生。王叔也是如此。

听我这样问，王叔憨憨地笑了，大巴掌一拍大腿，说："你们现在的人啊，都不理解我们那时候的心了。我和你爸啊，是老战友。那时候我们俩刚到部队，部队是在山里。我们俩都是生瓜蛋儿，人生地不熟，仗着是一个省区的老乡，就结伴出去买东西。可遇到了大雪，怎么也找不到回来的路。那雪太大了，就像棉花套子似的。很快就铺了厚厚一层，我们俩深一脚浅一脚走着，可走一段，发现前后左右都一样，都是雪，是山，是树，再走一段，还是一样，都是雪，是山，是树。我当时特别绝望，也走不动了，就躺在雪窝子里等死。你爸也走不动了，也躺在雪窝子里，可他说：'这要是来一匹野狼，你觉得会怎么样?’我当时吓得一精灵，一下子就坐起来。你爸也爬起来，说：‘咱就当后面有野狼追着吧。’”

婶婶笑起来，说：“你爸聪明啊，城里人就是不一样。要不是你爸那句话，早就没有你王叔了。你王叔是个记恩的人，他这一辈子就愿意说他和你爸的事。你爸刚从城市里来到这里，人生地不熟，村长不给分田地。你王叔就和你爸跟村支书较了一月的劲儿，好的也说，歹的也说，一边帮村支书家干活，一边还讲户口讲政策啥的。村支书被磨得没了办法，到底给你家分了田地。等你来的时候，你爸和你王叔又找到书记要田地，书记二话没说就给批了，他说惹不起他们俩。那时候，村里没有田地的人有很多呢，有人娶了媳妇十几年了，都要不到土地。”

我看着王婶，她倒不是向我卖好。这故事，我早就听我爸说过，听王叔说过。现在王婶再说，不过是叙旧，一个老了的人和一个年轻人的叙旧。我再看王叔，他真是兴致勃勃的，说一句，眯着眼睛想一会儿，似乎沉浸在那段时光中。想想，又摇摇头，举起酒杯，一饮而尽。

我忽然心头一动，问道：“我爸这么好，为什么不让我给我亲妈送葬?”王叔一口酒刚入口，差点喷出来。他咳嗽了半天，脸都憋红了，那红压着皱纹，挤着皱纹，使得他更苍老了一些。他咳得流出了泪，勉强才止住。他用袖子抹抹眼睛，说：“你这孩子，心里的结，就一直没有解开过。可我就不明白，你到底还惦记你亲生父母什么呢？死都死了的人。你惦记也没用了。”

我说：“我不惦记他们，我只是想要问问。”

我婶婶似乎喝到正酣，放下酒杯，就骂了一句：“你那亲妈，就不是人，你要真是个懂礼的，也没必要去问。”

叔叔咳了一声，瞪了婶婶一眼，他又劝了我一杯，说：“不让你给你亲妈送葬的，是我，不是你爸。你要怪，就怪我。我那时候真是替你冤的慌，替你爸妈冤得慌。你爸妈把你养的这么好，孩子也大了，要和他们认个亲，可你爹推三阻四，你娘阻四推三。她要死了，却还捎信来，非要看看你。你说我能不气吗?”

我点点头，说：“我就知道是这样。我当时比你还气。可你拉着我去了，我就二话也没说，跟着你去了。你让我去那个大荒院子住，我就去那个荒院子住。我听你的话了。因为我把你当成我爸爸。”

王叔吸了一下鼻子，抹抹眼睛，说：“我知道，我知道，我知道，你是个孝顺孩子。我当时也真是左右为难，你爸爸临死之前托付我，你们家但凡有人来找，我就得带你去认亲。

你婶婶说得也没错。你妈那个人太自私了，就为了成为正式职工，为了好生活，一脚把你爹踹了不说，还把个亲闺女给撇下了。唉，这话我真不想说，你爸临走的时候，抓着我的手说，孩子要不问，就不要说。他是怕你受伤啊。你爸这个人啊，临死都替你着想。”

我低下头来，喝了一口闷酒，说：“我哪里不知道我爸妈的恩情呢，可是我到底算什么呢？既然不能相认，为啥还要让我去给她送上最后一程。”

婶婶说：“送她最后一程，那是你那个妈的意思，是你那个妈的后老伴儿的意思。他来找你叔叔，说她总是不闭眼，一定是惦记着你呢。你爸临终又嘱咐过，你叔叔心一软，就带你去了。去了之后看你不舒服，就又把你带走了。”

我内心一阵发疼，我想再喝一杯，可酒杯空了。婶婶已经拿着酒瓶过来给我满上了。她一边颤巍巍地倒酒，一边唠叨着：“你那个妈，每年都带着你姐姐来。你不是知道了吗？你那个姐姐呀，每回都气鼓鼓的，对你妈又踢又打。你妈怎么哄都哄不好。你妈就说：‘将来接班的人是你，又不是她，你还有啥不高兴的。’你那个姐姐啊，就老实了。唉，我这可能也是农村人见识短，我就不明白，为了什么职称，为了什么前途，就连孩子都不要了？”

婶婶说着，长吁短叹起来。一边叹气，一边端起酒杯抿了一口。我也跟着喝了一大口。我说："我不想认她，要不是因为她，我爸妈肯定也不会那么死去了。"

叔叔正吃着一口菜，他口齿不清地说："对了，对了。"然后快速嚼了两下，咕咚咽下去了，这才说，"你爸妈就说，别看你是那个女人的孩子，可你这个孩子善良。你能这么说，你爸妈也没有白疼你一场啊。那年，你闹着要去找你亲爹亲妈，你爸妈背后哭了多少场，可哭归哭，两个人呀，还是商量着怎么把你送回去。"

叔叔说到这里，又喝了一口酒，吧嗒了一下嘴，说："唉，过去这么多年，现在想想，还是心酸。那时候她们还不知道你亲爹亲妈离婚的事，你亲妈差不多每年都来，你爸妈又有一个他们的地址，他们以为你亲爹亲妈过得很好。可自从你找过去之后，才知道那个地址是假的，而你爸每年都给那个地址汇钱。你要认亲后，我跟着你爸去城里找过你亲爹几回。你亲爹都不说好话，一张嘴就把你爸给骂出来了，说什么你不是他亲闺女，是别人的野种。又收钱，又不认人，那真不是一个当爹的人啊。你爹又去找你妈，可你妈说得更狠，她说：'我要是今天收回来，我当年就不会送出去了。'你说，这叫人说的话吗？"

叔叔说到这里，忽然意识到什么，抬头看了我一眼。我苦涩地一笑，说："那也不是我的爸妈，我的爸妈从来都是在这个地方活着的。"

我们又喝了很久，叔叔和婶婶都有些醉了，豪爽地大骂着生我的那两个人。我心里是早就在大骂了，可是我不能张口，我怕我一张口就说不清。

叔叔和婶婶说的这些话，虽然凌乱，但却很好组织，从头到尾捋一遍，就什么都明白了。从那个陌生而荒凉的大院子里回来，我就常常组织关于我亲生父母的故事了。

我一个人躺在自己家的房子里，那时候，房间里没有床，只有一个连着窗子的大炕。炕没有烧火，就变得冰凉、潮湿，一些小虫爬出来，把我咬得遍体鳞伤。可这些伤，怎么也抵不过那个死去的女人给我的伤。我知道，她身边的男人不是我的亲生爸爸，我还知道，她咽气的那个地方，不会是她的家，因为那不是城市里，只是靠近城市的一个小村落。她死了，也还是不愿意让我知道她到底生活在哪里。我甚至没有看到她的女儿，她不愿意让我和她的那个女儿有任何牵连，她不愿意让我影响她的前途，更不愿意让我影响她女儿的前途。

现在，我又躺在这间房子里了，我还是在想着同样的事情，可我不用编故事了，我已经知道了事情真相。编故事的好处，就是你可以全部推翻，安慰自己，这是自己瞎想。知情，原来才是世界上最残酷的事。好在我现在躺在床上，酒气让我感觉非常温暖，被窝是暖的，房间也是暖的，就连我叔叔婶婶打出的酒嗝，都是温暖的。

不幸，亦是幸。我不过是有一棵根须烂了而已，而我的主根，我的其他的须根，还是好好地活着的，而且生命力极强。我完全可以肆无忌惮地向四面八方伸出我的根须，巩固我活下去的基础。

我想，这个晚上，我只想我的爸妈，我的养父母才是我的真爸妈，才是我的主根。

横生枝节的一个男人

黑胖子说，世界是残酷的，你要想看到彩虹，就一定要让天空下上一场大雨。可即使天空真的下了一场大雨，你也未必能够见到彩虹。

家虽然有了家的感觉，可到底还是王叔住着，我在这里，总感觉有点喧宾夺主。我住了两天，就决定走了。不为别的，只是不想让叔叔婶婶太麻烦。叔叔始终觉得住着我的房子，欠着我。而婶婶，则完全是虔诚地以一种卑微的心态来供着我。骂生我的那两个人，还是照旧骂着的，可对我，却还是掏心掏肝。婶婶是换着样地给我供上吃的，吃完了早饭，就是水果，然后是干果、零食，还有小酒。叔叔甚至想要拿出多年不用的气枪，到山上去打几只鸟给我吃。我哪里吃得下什么鸟，我也不是什么肚量大的人。可说又说不动他们，我只好一走了之。

走是一定要走的了，可是拿着提箱走到门口，回头看，又忍不住难受。说不清理由，就是迈不动脚。爸妈是不在了，可这里，到底是他们生活的地方。徘徊了半天，终于还是走了。这一走，又不知道何年何月再回来了。

我的假期还长着呢，跟灌顶约定的一周，也还远着呢，可我能去哪里呢？先回到那个城市再说，不管去哪，我都得从那里出发。

到了城里，我直接去了火车站。在售票处，我延挨着，不想靠近。终于不得不靠近时，我发现那个健身教练居然站在窗口，大声说出一个地址。我一愣，他在这个城市里？

他穿着一件棕色的绒衣，不知道是不是衣服的颜色衬的，他的脸发出青灰色的光，冷的色，却也不失酷的感觉。

他也看到了我，热情地和我打着招呼："小青，你这是回家了？你的伤口好了吧，那次之后，我也没有去看你，真抱歉啊。"说着他还朝我走过来，想要接下我的提箱。我的手拐了一个弯，避开他的手，然后问他："你怎么知道我回家了？灌顶跟你说的，还是貔貅跟你说的？"

健身教练一笑，说："嗨，她们谁也没跟我说，她们俩人说话的时候，我听到的。你家就在这啊？你看这事太巧了，巧得就像我跟踪你似的。我可是来看我朋友来的……"

我打断他说："我从来没跟灌顶说我要回家，更没跟貔貅说过什么话啊。你莫非真是跟踪我来的？"

他脸上一僵，但马上挑了挑眉毛，说："你可不能这么说。我和貔貅可是好朋友，灌顶还是我的老板。你不能让我丢了饭碗，再丢了朋友吧。其实呢，我就是瞎猜。我怎么知道这里是你的家？那你怎么这么快就走了，这回是去哪里？"

健身教练快速地转变了话题。我也实在无心追究，如果灌顶不是朋友，那么貔貅和健身教练，也就更加是陌生人了。不管是灌顶，还是貔貅，抑或者是健身教练，都不可能在我身上花跟踪这样的钱。可说到要去哪里，我要去哪里呢？我看了看他，反问他去哪。他说回老家。

我问道：“你老家在哪里？有好玩的地方吗？”

他眼睛问出一百八十个问题，可嘴角却绷得很紧。我笑了，说：“我想出去转转，可又不知道去哪里好，我只是随便问问。”

他说：“有什么啊，你要是没有地方去，去我家里也行啊，我家是在承德，那可是皇家避暑山庄，就是现在的时节不太好，有点冷。”

说话间，他的票已经被打印出来了，他收好票，继续问我：“你去吗？我可以当你导游。”我随口答道：“好。”他的神情一顿，完全没有想到我会如此回答，不过，他很快就回头对窗口报了一个地址。

我承认我有点卑鄙，我想，如果灌顶知道我和一个男人旅行，不，是到一个男人的家乡去玩，她一定会，一定会怎样呢？崩溃肯定是不至于的，可她肯定会有些想法的。不过，如果貔貅知道我和她的健身教练在一起，她是一定要崩溃的。看她那姿态可跟灌顶不同，灌顶即使身边有男人，也能看出她是独立于男人之外的，而貔貅就是独自一人，你也不由得要把她当成贵妇看。贵妇，一定是贵人的妇人，当然，可能还是有着小情人的贵妇。

我跟着这个貔貅的健身教练一起上了一辆草绿色的火车。他随身只有一个旅行包，我的提箱，自然就成了他当仁不让的责任。他的表情很诚恳，可我还是在猜测，他是不是真的愿意承担这责任。男人的脑子里，真的天生就印着“职责”二字吗？

他很健谈，我们找好位置，他就开始滔滔不绝。这很好，省得我胡思乱想。他说他很想做一名演员，或者做一名模特，他在横店住了三年，又在北京、广州、上海等地徘徊了近十年，可是除了四处打杂，他连演员和模特的边都沾不上。两年前，他终于碰到了一个机会，说好了可以在镜头前面待上三分钟，可是临上场，他偏又开始闹肚子，站都站不直，只好灰溜溜地逃走了，连个解释也来不及给。从此以后，他就断了出人头地的念头，一心只想赚点钱养个家。

他说得口沫横飞，我听得索然无味。他显然是一个被经历折磨而有些悟性的人，可也只不过如此。他的奋斗史，是他的心酸，不是我的心痛；他的乐观心态，是他的自我价值，不是我的衡量标准。

他终于停下来，说：“你看我，是不是有点太絮烦？我早就知道你是一个安静的人，可没想到你真是一句话都没有啊！”

他的这话，不只是评价，还有点抱怨的意味。我勉强笑了一下，说：“孤陋寡闻，性格木讷，不知道该怎么接话茬。”

他摆摆手说：“不要那么格式化，我是一个随便的人，你完全可以随便对待。”我笑了，因为我忽然想起我的同事们都在流传的那句话：我不是一个随便的人，随便起来不是人。

这个笑，来得恰到好处，瞬间化解了我们之间的那层隔膜。他的谈性更浓了，不过，这一回为了照顾我，他特意谈起了貔貅。

他说，貔貅是一个让人尊敬的女人。她虽然是个贵妇，可一点都没有架子，对人特别和气，他能做健身教练，全都得益于她的推荐。

貔貅其实是我更不感兴趣的话题。不管作为灌顶的姐妹，还是作为交友的始作俑者，我对她都只能漠视。可是看着健身教练十分期待我说话的样子，我也只好谈点什么。说什么呢？一张口，我居然还是来了个实话实说，我说，我和貔貅并不熟识。

健身教练点点头，说：“我知道，我知道，你和盛婉璐是好朋友，可貔貅是盛婉璐的妹妹，她们姐妹关系特别好。

依我看，貔貅比盛婉璐还关心你。”

我淡漠地问道：“为什么？”

他说：“什么为什么？貔貅其实比盛婉璐认识你更早，她说她知道你的来龙去脉。你是怎么样一个人，你是做什么工作的，你又是怎么对待人生的，她说她都知道。”

这倒像貔貅这个人的作为，有千里眼，有耳报神，能迅速将人分出三六九等，混熟个脸就能知道人的来龙去脉。

我正在叹息着貔貅的无所不能。健身教练又故作神秘地说：“我总感觉你和貔貅有点什么，否则貔貅才不会那么关注你！”

我问道：“为什么？”

“你为什么总是喜欢问为什么？具体的，我也不知道。我只是偶尔听她们姐妹俩说话的时候，有了这样的感觉。这两个人都很喜欢你，都说你像她们的小妹妹。你不会真的是她们的小妹妹吧。”

我“哈”了一声，似笑非笑，想这健身教练在貔貅身边，居然也练就了这察言观色的好本事，还能在聊天说话中察觉人的任何秘密。我更是感慨，不过只是在心里感慨，面对他，我只有沉默。

健身教练等了好久，等不来下文，只好自说自话：“我听说你是个孤儿，父母都死了，其实你认识这样两个姐姐也不错。她们都很有钱，也有权势，在哪里帮你一把都不赖。”

我贴着火车窗子看向窗外，天渐渐暗下来了，隐隐约约，有几盏灯，似亮非亮，凌乱的山层显得破碎不堪，起起伏伏，也毫无规律可言。呼隆一声，一切都变成墨色，仔细一看，原来火车进了隧道。隧道里的火车，哐啷哐啷的声音更甚，仿佛是受了黑暗的惊吓，发出急躁的呐喊。

健身教练终于沉默了。等火车过了隧道，我挺直了身子，从窗玻璃上，我看到健身教练的座位空了。我回过头，伸了伸脚，展了展手，觉得舒服极了。忽然，我听到脑后有个声音说：“对了，你还不知道我的名字呢?”我横伸出的脚一下子缩回来，浑身的肌肉也紧张起来。健身教练却紧挨着我坐下了。他说：“我叫张青。”

又是青？盛婉青，王小青，王青轩，张青。四青中有三个是男孩子，那我的父母为什么也给我取名叫青，为什么我叫王小青，是喜欢白蛇传里的小青，还是把我当成了男孩子?我的名字，真的是我的父母给我取的吗，还是生我的那个人给我取的?

算了，不想了，我才不想问我到底是谁这样愚蠢的问题呢。

赐旅行一场艳遇

黑胖子说，人在原地，欲望蠢蠢，走在旅途，思想清空。可黑胖子还说，没事别出去瞎溜达，你知道迎面会碰到啥？对这两种观点，灌顶都喜欢，灌顶的意见是，欲望满了，就出去走走，就是碰见乌龟和癞蛤蟆，至少让你有了一种见识。

路程并不远，我们很快就到站了。有车子来接张青，他没有坐，他跟那些人的解释是，他有朋友要照顾，今天就住承德了。

我站在他的旁边，看着他的朋友—— 一个高大健壮的汉子——以奇怪的眼神对着我看了又看，终于忍不住，把张青扯到一边。两人嘀咕了半天，那汉子狡黠地笑着，朝我瞄了一眼，又回头接着笑，笑到庞大的身躯都颤起来了。张青狠狠捶了他一下，这才转回来跟我说：“我大哥，没有见识，就会瞎想。”

汉子走了，张青拿起我的提箱，给我指点着旅馆。这本是一座陌生的城市，可无论如何对我来说，都不过是一座城市。乱糟糟的人群很快就在灯光下散了，朝东，朝西，朝南，朝北。不散的，就是司机和旅馆饭店的招待生了，他们站在路边，或男或女，都伸出手来，呼着白气，热情地问你去哪里，吃饭没有，要不要住宿。他们就是能管得了你去哪里的人啊！一样的城市，一样的生活，一样的热闹，可也有着一样的诡异，一样的神秘，还可能有着一样的骗局，一样的勾当。

一个中年妇女笃定地朝着我走来，一见面，就拉住我的手说：“是不是想要找旅馆？走吧，我带你去，又干净又便宜，二十四小时热水，还有……”我还没等听完她的还有，张青一把把她推开，顺势拉住我的手拐到了另一条街上。

我想要甩开张青的手，还没有一个男人这样抓过我的手。尽管张青曾经抱着我上楼，可我还是受不了这样的亲密，我胳膊上的汗毛已经立起来了，嗓子眼里有火一样的痰。张青却把我抓得紧紧的，我几乎是踉跄着被他拖着走，我着急了，喊着他停下，可话还没有开口，就被剧烈的咳嗽淹没了，我咳得缩起了身子。张青这才停下来，探头过来问我，怎么了？

探过来的问候，很温柔，很热情，带着一点点急切，有点像灌顶。我在家的时候，我摔倒的时候，我在路上碰到灌顶的时候，她也是这样探过头来，口气都可以呼到我的脸上，是清新的，是香甜的。

我贪婪地吸口气，说："你不要走那么快，我反正是要跟着你走的。"说的时候，我还没有意识到这话有什么问题，可听的时候，我却吓了一跳。我看了看张青，暮色中，张青的脸柔和多了，不再是冷峻的青灰色，染了一点淡黄，显得很温暖。他听我这样说，也笑了，露出整齐的白牙，但他很快挑起一道眉毛，狡黠地说："你真的愿意跟着我走吗？你不怕我是坏人？"我自己给自己挖了个陷阱。我不理他，先他一步顺着这条街道往前走。他马上抓住我的手，说："你又不知道去哪里，你怎么能先走？"

张青牢牢地抓住我的手，似乎害怕我再甩开他。但我无意甩开他。我并非不紧张，我的脚趾都有些痉挛，我不得不费劲地铺平脚掌，一步一步，可我却喜欢这样的紧张。我已经过了而立之年，不该算是一张白纸了，可在某些方面，我一无所知，我只是想，哪怕抹上点泥土也行吧，至少可以算是填补空白。我是有些自暴自弃的，所以，我的紧张实际上是有预谋的紧张。

张青用下巴指着一座灯火通明的大厦，说："我们去那，我已经订好了房间。"我跟着他走过去，可到了大厦，他却并不停下，反而绕过旁边的建筑，走进一条小巷。没有月光，没有灯光，只有附近的建筑物的小窗格中有几格闪出几道光亮，幽幽的，像是在说一个秘密。

我被张青抓着，深一脚浅一脚地走着。感觉不好，非常不好。可我却有点兴奋，为着这不好的感觉。

又转过一道小弯，路豁然宽敞起来，灯光迅速打过来，照亮了每一个地方，包括张青牵着我的手的手。他的手，是亮白亮白的，偶尔被他的身躯遮住后，才会暗下来，也才会真实起来。

张青终于停下来，回头对我说："你确定跟着我一起走吗?"他正对着我，背对着灯光，整个脸都是暗的，眼睫毛一闪一闪，有点鬼魅的味道。我不知道说什么，就只是那样僵直地站着。他说："你知道你最漂亮的地方是什么吗？是沉默。不管是什么话，只要你一沉默，就可以有很多个意思。"

我说："这不是漂亮的地方，这是有意思的地方。"张青又笑，说："对对，你谈不上漂亮，可要说你不漂亮，那又不对。你的脸庞是漂亮的，你的眼睛是漂亮的，你的鼻子是漂亮的，你的嘴也是漂亮的。"

张青这样说着，居然伸出手来，要抚摸我的脸，我赶紧躲开，朝着旁边迈了一大步。他还只是笑，手一个自然的弧度滑下来，咬了一下牙，说："等着，我不会放过你的。"

我嗓子里那口火一样的痰又在发作了，我又开始咳嗽，咳得嗓子都疼了。灌顶为什么连一个短信都不给我发？我离开她这么久了，她很高兴我离开吗？她很高兴我和一个男人在一起吗？

张青已经开好了房间，等到推开房间，打开灯，我才发现这是一间有着两个单人床铺的房间。我知道张青该是有所期盼的，我呢，未必没有一个模糊的想法，可眼看着一间房，虽是两张床，可恐惧还是来了。我在门口踌躇着，张青已经快速地把行李放好，打开了挂在墙壁上的电视。

我迟疑着，慢慢走进门，挨着靠近门口的床站着。张青几步走过来，砰一声把门关上，又一步跨到我身边，他忽然搂住了我，他的脸从我眼前一晃，搭在了我的肩膀上。不知道是不是看人的角度变了，我感觉他的脸有点不像话，歪扭着，眼角变了形，耷拉着，嘴角变了形，向上翘。他的脸是热的，像是火炉，炙烤着他自己，炙烤着我。我嗓子里的痰又刺痒起来，我极力忍住，几乎屏住呼吸。他的心脏，轰隆隆地跳着，就像是一台巨大的机器。

我的慌乱和迟疑一下子都没了，整个世界迅速冷掉，只剩下他的脸，在我的肩膀处，燃烧。我轻轻动了一下，让自己保持平衡，然后说：“你想要什么？你能站直和我说话吗？”

张青迅速退开，可退得并不远，他的手还搭在我的肩膀上。他偏着头问我：“你不喜欢这样吗？我要不要放慢速度？你要不要吃点东西，我去买点酒，你需要鲜花吗？我想吻你，我看着你的嘴唇，那么饱满，我有种想要吻你的冲动。”

他这样说着，迅速靠近我的嘴，一下子压上来。那也是炙烤的感觉，除此而外，还有口水的味道。我终于忍不住，一口痰咳上来。他吓了一跳，退开去，这回，他退得很远。

我看了看，床脚旁边有一个白色的垃圾桶，可里面没有套塑料袋。我卸下我的背包，从里面找出纸巾，把痰吐出后，包好，然后扔进垃圾桶。我并不是一个有洁癖的人，可是在这样的地方，面对这样的人，我忽然觉得一切都是肮脏的。我的心是脏的，我的手是脏的，床是脏的，对面那个人也是脏的。

背包里，灌顶放进去的那张纸掉了下来。那是一个人旅行的注意事项。我捡起来，想看看那上面有没有关于色狼的注意事项。可我只看到，“不要渴望艳遇”。艳遇，是可遇不可求的。灌顶，还真是运筹帷幄之中，决胜千里之外啊。每次，她的旅行计划都能在关键时刻，让我立刻有电光火石的感悟。

我干笑了一下，坐下来。张青对我来说，不是艳遇，也不是障碍，他只是一场雨，大雨，没有雨具时候遇到的大雨。瞬间把你浇个透心凉、湿漉漉，还有可能让你感冒，可最多也只是如此，冷一些。我太不喜欢他，不喜欢他背后的貔貅。

房间里好长时间没有动静。我看着那张纸，轻轻地用手指去抚摸那些折痕。我把一小段掀起的毛边扶贴到纸面上，那里忽然出现一行小字：“貔貅去死。”灌顶到底还是恨着貔貅的，纠缠了一整个童年少年，她怎么可能对她释怀！

大概是我表现得太过平淡了吧，张青终于按捺不住了，他大声质问道：“莫非你真是个同性恋？那你为什么还选择跟着我来？难道……难道……难道是觉得跟着一个男人比较安全？可你别忘了，我是男人。”

我抬起头来，他已经坐在了对面的那张床上，脸上也恢复了原来的样子，眼睛瞪得圆圆的，眼里喷着火，是怒火，这样子比较好看。我说：“我只是不知道你想要什么。”他现出一副难以理解的神情，说：“你真是一个莫名其妙的人。

你说我要什么，你难道不是想要才跟着我来的吗？你要不是同性恋，就别假装清高。我们年纪也都不小了，这事都是捅破的窗户纸了。”

他不再看我，转身去拿电视遥控器，啪啪来回转着台。画面一闪一闪，张着嘴的人，来不及说话，就被掩去了面容。翻篇，原来如此容易！

他不看我，我也不看他，我拿出手机，想要给灌顶打个电话。可电话拨过去，对方竟是没有信号。我继续拨，电话长时间的沉默后，继续重复着不在服务区的话，冷静，干脆，漠然。

张青把电视关了，躺在床上，一条腿跷到另一条腿上，摇晃着，说：“我还是平生第一次和一位‘女同’在一起住一个房间，这感觉还真不一般。不过，我很好奇，你们‘女同’被男人强奸会是什么感觉。”

他说着就坐起来。我不禁笑起来，说：“味同嚼蜡的滋味，像吃了个死苍蝇。”他也被逗乐了，重新又躺到床上，侧脸对着我，说：“还真是，还真是，我也不喜欢那感觉。我身边又不缺女人，我也犯不上找那感觉。”

我也躺下，也侧脸对着他。我们的床并不远，他的脸，就在我的头上方处，我需要稍稍仰一点头，可也不难受。我看着他说：“你长得还真是帅，难怪貔貅会喜欢你。”

他得意地笑了，说：“那是。你知道貔貅喜欢我？看你像个木头似的，还以为你什么都不懂。”我也表现出得意的样子，说：“我想知道的，就能知道，我不想知道的，就不去知道。”

他马上问道：“那你知道貔貅和我是什么关系吗？”我不正面回答，反问了一个问题：“貔貅有老公吗？”他点点头，眼神淡漠地晃了一下，不过马上又恢复了，他眯着眼睛，又是一副狡黠的样子看我，说：“你知道我和盛婉璐什么关系吗？盛婉璐，就是你说的灌顶。”

灌顶，这里还有灌顶的事吗？我有些吃惊，可假装着镇定地问了一句：“什么关系？”他说：“我是他的男友。”我噌的一下坐起来，大声问道：“你说什么？你是貔貅的情人，又是灌顶的男友，你就是这么玩弄她们姐妹的？”

对我的反应，张青显得心满意足，他哈哈笑了起来，看我完全没有平静的意思，反而不敢笑了，他正儿八经坐起来，说：“我不过是灌顶的前男友，前倒是确实的，可也算不得男友！”

我有些愤怒，说：“放屁，如果你是灌顶的前男友，那么灌顶怎么会不认识你？还让你去她的咖啡馆去打工？”

张青竖起大拇指，说："看你还真是十分关心灌顶。我告诉你吧，我们俩是在旅途中碰到的，就是人们常说的那种旅途艳遇。不过就那么一晚，她肯定是早把我忘了，可我还记得她，我喜欢她身体的味道。那味道，直到现在，我都很想念。"

他说到这里，低下头去，似乎陷入了回忆中。我有一种被侮辱的感觉，可我又说不清是哪里受了侮辱，我张了张嘴，发现无话可说，只好一翻身，背对着他躺下了。

我轻轻叹了口气，该来的总是要来，该走的，也总会是走。我既留不住该走的，也挡不住该来的。既然如此，我不如顺其自然。堵在我内心很多年的一个疙瘩忽然间就消散了，是消散，而不是沉没。我感觉心一宽，仿佛又回到了童年，回到了我爸妈身边。

很快，我居然睡着了。我本来是一个睡眠特别敏感的人，身边又有这样一个敏感物，可我就是睡着了。而且，一夜无话。

穿过骨头抚摸你

黑胖子说，人最不了解的其实是自己。我用了四十年的时间，读懂了世界，读懂了人生，可就是读不懂自己。因为没有读懂自己，所以我读懂的世界是错的，我读懂的人生也是歪的。

第二天早晨，我是在水滴的哗哗声中醒来的。我睁开眼睛，一时不知道自己身在何处，我东西南北瞅了瞅，看到了一扇红木门，看到了对面的单人床，白色的床单，白色的被窝，乱七八糟地堆着，白色的枕头，也是褶皱着。还有一个水蓝色的窗帘，透着晨光。窗帘下，是一个挂在墙壁上的电视。

我一下子想起张青，一下子想起这个盲目的旅行。他的床脚边，是一个小房间，水声就是从那里传来的。那是卫生间吧。

我正在努力滤清思虑，那小房间的门开了，张青裹着白浴巾滴着水就出来了。他看到我醒了，猛地一甩头，头发上的水珠立刻就四散开来，有几滴，甩到了我的脸上，冰凉凉的。他让我快点起来，说今天带我去四处转转。我马上说，我要去邮局，因为我要给灌顶寄明信片。他正低着头用毛巾抚弄他的头发，一听我这样说，一下子笑起来，说："还说你不是同性恋，你敢说你不是同性恋?"

我不理他，从床上爬起来，准备去卫生间。我有早晨起来上厕所的习惯。可就在与张青擦身而过的时候，他忽然一下又搂住我，脸一侧，就把嘴唇贴到了我的嘴上。他的唇是柔软的，嘴里有薄荷的凉气。

我有点不适应，摇着头想要甩开他。可他更紧地贴着我，吻得更凶了。我闭上了眼睛，虽然不适应，可这感觉也还不是特别坏。

好久，他才放开我，在一边大口大口地呼吸着，仿佛要窒息了一样。我有些愧疚，又有些难过，就转身进了卫生间。他在外面喊道："你洗个澡吧，洗澡水温度正好。"卫生间里还有一个玻璃房，寸方之地，应该是洗澡的地方。我打开玻璃门，热气扑面而来，湿漉漉的热气。

洗了澡出来，张青已经把窗帘打开了，阳光光明正大地晒进来，照在窗前桌上的两个白瓷碗上。这两个白瓷碗干净结实，和周围一片素白似乎要融为一体，可又要高贵得多，美丽得多。两个碗冒着热气，张青正在吹着碗，见我出来，就说，赶紧过来吃饭。他忘了刚才的一切，我也就不记得刚才的一切。

“这是一碗羊肉汤，羊汤配烧饼，最是对味。”张青介绍道。他一边说，一边把烧饼撕碎扔进羊汤里，烧饼变成了带着横茬的饼片，在羊汤上漂浮着。我吃了一口烧饼，很是筋道，看来揉面时狠下了一番功夫。我又喝了一口羊汤，胡椒粉的味道太浓了，不过，羊肉的鲜味却正好。汤在口里润了那劲道的饼，饼便融化了。

我吃得很美，完全没有注意到张青看我的神情，直到我喝光了那汤，吃光了那饼，抬头时，才发现张青下巴都快掉进碗里了。他眨了眨眼睛，说：“我听说过风卷残云，可还是头一次见。你是几天没吃饭了吗?”

我不好意思了，拿起手机给灌顶打电话。灌顶的电话依然打不通。我晃了晃手机，其实完全没必要，我的手机信号满格。

张青吃得其实更夸张，嘴里发出稀里呼噜杂乱的声音，还一边吃，一边用纸巾擦着汗，他的脑门上，鼻尖上，甚至脖子上，都冒出了细细密密的汗。他偶然抬头看了一眼我，就一下子停住了。他的嘴唇红红的，薄薄的，沾了汤水，又变成了热的、软的。

我一下子红了脸，低下头继续拨弄手机，可手机已经锁了屏，好半天，我竟想不起我设了什么样的密码。这是个疯狂的世界，不过，是带着鲜活的热气的世界。房间是热的，羊汤是热的，就连桌上方那方寸大小的窗子，也是热的，当然，张青也是热的。我是不是热的，我不知道，应该也是吧，我的脸是热的。

张青颇耐人询问地看着我，问道："你是不是没有机会印证你自己是同性恋。灌顶和貔貅可都想验证一下呢!"

我的心里快速地掠过一道凉气，我的脸也凉下来。我问道："你是说，灌顶和貔貅都叫你来试探我？那撞伤我也是你们的计划吗?"

我这是怎么了？怎么跟自己玩上了侦探剧。这十几年来，我生活得太寡淡了，从现在开始，我就要想尽一切办法让自己变得精彩吗？我问完这句话，觉得自己有些不可理喻，就笑了，摇头告诉张青不需要回答。

张青不置可否，说："是又怎样，不是又怎样？我不是她们俩任何人的奴隶！可话说回来，你自己不想知道吗？”

我摇摇头。我不是不想知道，因为我已经知道。我不再继续说话，张青气呼呼地，自己一个人出去了。

张青不知道从哪里借来了自行车，是二八带横梁的大自行车，高高的，轮子大大的，轮胎是细的，后座却宽宽的，那钢板一样的座位已经破旧了，可看着还是很稳妥。

张青先跨上了车，然后让我坐上去。座位很高，我的腿可以自由地伸直。灌顶也有一辆自行车，不过处处与此车相反，我坐了一回，大概只有短短的几十米，就受不了了，腿伸不开，屁股又不敢坐牢，受罪一样。

张青骑着车子，先是玩了几个花样，轮胎在地上画着花前进，我被晃来晃去，只好抓住他的衣服，身子也偏向他一点。腿则绷得直直的，准备随时跳下去。他忽然伸开双臂，身子一下子绷直了，我没来及反应，脸瞬间贴到了他的后背上。我吓了一跳，赶紧躲，车子剧烈地晃起来，我慌忙跳下来。

张青下了车，让我骑着试试。这里的阳光很好，这里的道路很宽，这里的行人很少，我想都没想，就接过自行车，跨了上去。高高大大的自行车，把人都挺了起来，我瞬间觉得自己高大了许多。我的心思一动，平时我是佝偻着肩膀的吗？

刚骑稳，张青就从后面跳了上来，他紧紧地搂住我的腰，脸也贴在我的背上。我的汗刷一下冒出来，我感觉我的手心都滑了。车子摇晃了一下，可还是稳稳地朝前走着。我并没有停下来。

这该是一条老街，四方形的水泥板铺就的路，有的水泥板已经露出里面粗糙的沙石，可还算平整。街道两边是青砖瓦房，高矮不等，新旧不同，甚至前后也有些差距，打着各式各样的广告牌，或者店名招牌，什么材料装饰，什么电脑公司，什么韩国小饰品，一条街似乎要说尽所有的商业乐趣。只是，街道静静的，不知道是人还没有醒来，还是原本就不繁华。

骑到尽头，就是一条宽宽的大马路，自行车、电动车和汽车一下子多了起来，机动车的声音互相叫嚣着，争吵着。我停了车，张青接过来，把车推到了一家杂货铺边放好，朝着里面喊了一声“我送回来了”，然后就拉着我走了。我回头看了看，那杂货铺里并没有人出来，车子不上锁可以吗？

张青带着我坐上了一辆小公共车。小公共里面和外面一样破旧，前面的玻璃上甚至没有写明路线。车开起来摇摇晃晃的，还发出咔嚓嚓的声音，不知道是哪里在擦碰着。我紧张地紧握住座椅扶手，生怕这车会歪向一边。可看了看张青，张青泰然自若，再看其他的人，一样的怡然自得。

有个农民打扮的人，正高亢地讲着一个什么关于和一个药材商斗智斗勇的话题。那声音干脆、洪亮，充满了力气。有几个人附和着他，随着他又说又笑。

张青似乎耐不住寂寞，也加入了话题。我完全想不到，张青居然也懂得种药材，他和那个农民交换着药商的电话。

下车的时候，我问张青，他们家是否也种药材，张青似乎还沉浸在刚才的话题里，显得很兴奋，他说："当然，我现在就有十几亩的药材田，药材丰收的时候，都要回来自己弄。以前，我们村里的药材都是我联系外商。不过，现在的农民信息能力比我还强，我的主业又不在这，所以，现在回来先要问老乡情况。好在农民虽然早就学着做生意了，可还不是那么奸猾，该共享的还是会共享。"

我一下子感觉他很亲切，他讲的药材的事情，就像灌顶讲的柴垛里的小狐狸一样有趣。张青也发现我紧绷的情绪缓和了，他马上拿起我的胳膊，跨在他的臂弯里，他说，跟他这样的帅哥一起走路，不会让我丢人的。

我没有抗拒，只是好奇地问他："这里是你的家吗？"他摇摇头，说："不过这里有药材田和果林，我们过去看看好不好?”他虽然是在问话，可其实并不期待我的回答，他已经抬脚朝前走了。他其实是一个很有主见的人吧，应该不会受貔貅那样的人左右的吧?

我看了看，这里大概是郊区，街道有点冷清，门楼和店铺更加古旧些，也更凌乱些。张青带我转过一个小水果店，眼前就出现了一个斜坡。坡上，的确有很多果树，可因为是冬天，果树都光秃秃的，有的还裹着脏的塑料布，塑料布被风吹成了一条一条的细条，细条继续在风中凌乱着。

而我们脚下，是一片黄土地，黄土松松地膨着，像是爆了的米花，这一堆，那一堆，有些细碎的根、叶，还有一片片被火烧的焦黑的痕迹，有的根须下面，存着一小堆草木灰，在风中，还没有完全成灰的草木摇摆着，和塑料条相互应和，一会朝东，一会朝西。身不由己的东西，却可以随时被撕扯着进入多个世界！东风，西风，只要不是恶风，大概都好吧。

张青说，这就是药材田，不过只是一小块，也是兴来之笔。主人都没有用塑料膜，所以土地才看着干净。

我们爬上小坡，张青在一棵枝杈都很粗壮的矮树前停下了，盯着一棵树的伤疤看。那伤疤并不深，且早就恢复了，可还是留着一个圆圆的印记。在这伤疤的旁边，还有一个圆圆的伤疤，大小近似于这个。印记中间，是一层圆，套着一层圆，乍看上去，竟然像眼睛。再看这两个圆的下方，竟然还有一个小椭圆和一个大椭圆。所有的伤痕放在一块，居然是一张脸。

张青摸了一下那个像眼睛一样的伤痕，说："这是我的初恋情人。"我忍不住笑起来，说："你喜欢树？"他严肃地看了我一眼，说："当然不是。"说着他指着我看到的第一只眼睛，说："只有这个眼睛是我做的，其他的，都是天然的。那时候，我正暗恋我们的校花，夜不能寐，日不能食，每天就跑到这个坡上叫喊发泄，然后我就发现了这棵树，然后我就补上了这只眼睛，然后我的暗恋就没有变成明目张胆和死皮赖脸。我真的感谢这棵树。现在，我是来怀念我的青春来了。"

话题很好，似乎应该伤感一些才对，张青就一直保持着严肃，可我还是忍不住笑。就像对一个讲大人话的孩子，话是对的，可是你听着就只剩下惊奇和搞笑的成分。我一直笑，张青也忍不住笑了，说："你好像没有青春似的，连我祭奠一下青春你都要笑。你是从青春那还没过来呢吧？"

我的笑卡住了，我咳了一下，可嗓子里没有痰，我咳得有点干。我没有青春吗？我没有过来吗？我不是铆足了劲朝前走的吗，我什么时候停下过呢？什么叫青春呢？没有过恋爱的青春，就不是青春吗？

辜负了这韶华日

黑胖子说，谁都不能把赌注放在青春上，因为，青春本来就是用来浪费的，用来折腾的。折腾得够了，回忆起来才有分量。灌顶问黑胖子："你的青春到底折腾啥了?"他说："我没有青春，我的青春是一张白纸。"原来如此！

张青问我："你做过校花吗?"

这个问题简直就像天方夜谭，什么是校花，我对校花的理解，不只是容貌上的概念，至少得是那种"那些年我们都追的女孩"那种感觉，才算是校花的吧。不管是站在学校的哪个角落里，都有无数双眼睛明里暗里看着，都有无数个心脏为了一个毫无意义的眼神或者动作而狂跳不已的吧。我是懂爱情的，不是吗?

张青见我不回答，只好继续说："我不知道你是不是校花，但我是校草。你知道做校草是一种什么感觉吗？就像人整个浮起来一样，走路都没有根。唉，我呀，要不是长得太好看了，肯定早就出头了，我又不比别人笨，又不比别人懒，也不至于被你看成小白脸啦。”

张青的唠叨来得自然而然，仿佛从我这里受到了很多的不公正。我不禁笑起来，问道：“我只是把你当成貔貅的小白脸，而且你自己好像也心甘情愿地扮演小白脸的角色，不是吗？”

张青又长吁短叹了一通，说：“我就告诉你一个秘密吧，反正这秘密，我就是不说，灌顶或者貔貅也会跟你说。”

我下意识地皱了一下眉，我敏感地觉察到，灌顶的没有电话，肯定和这有关。我不置可否。张青就问我貔貅和灌顶是否给我说过一个校草的故事。我疑惑地看着张青，莫非他就是那个校草，难道说灌顶和貔貅是和他在一个学校？可他不是说灌顶和他只是一夜之缘吗？我的心里满满的疑问，可我一句也问不出来。我不知道他这个人是否可信。貔貅是一定不可信的，然而她却也说真话，那么灌顶呢？灌顶跟我说的那些话，都是真的吗？

张青很坦率地说：“我收到过浙江的周扬的来信，那小丫头给我索要照片，还直言不讳问我到底有多帅气，怎么惹起了一场姐妹情仇。我这样说，你该信了吧？”

我说：“不信，你和貔貅都有着敏锐的观察力和探索力，谁知道你是不是又听了灌顶和貔貅的话？”

张青说：“你不想想，为什么灌顶和貔貅说的所有的话，我都知道？因为她们从来没有瞒我！我也是一个参与者。”

我忽然怒上来，问道：“你也是一个参与者，你们三个合伙来观察我、安排我的生活？把我当成楚门？”

张青居然没有否认，只是说：“我反正成了她们姐妹情仇的牺牲品，她们俩索性就用我来试探你，看你是否是同性恋，我参与的就是这个。但其实我看你跟着我来我家乡，我觉得你自己可能也需要验证一下自己，不是吗？”

我越发恼怒，冲上去扇了张青一个嘴巴。张青正站在那棵树前面，满脸深情地准备回忆往事，对我的巴掌，他猝不及防，他惊讶地瞪着眼看我。我打得有点太狠了，一会儿，他的脸上竟然有几个指头印浮上来。我还是不解恨，说：“你们，你们真的是没有考虑过我的感受吗？你们随意这样侵入别人的生活，自己躲在幕后做操纵者，觉得很舒心吗？”

我越说越气，但我最气的，不是貔貅，不是张青，而是灌顶。想起灌顶，想起灌顶对我的悉心照料，我眼泪流下来。原来，这一切都不过是一个把戏，一个耍猴的把戏。离开灌顶的时候，我是多不相信她接近我是一个计划啊。山坡虽然是朝阳面，可到底是冬天，冷风从四面八方包裹着我，眼泪刚流出来，就被风吹成了歪曲的一缕，在我脸上画着曲线。我狠狠地擦掉眼泪，扭头走下山坡。

张青追上来，拉住我，气急败坏地说："受伤的是我好不好？你还哭得这么伤心！她俩也是为了你好，一直想要给你找个对象。可你光想着你的感受，没有想过我这被打脸的感受吗？当初，我接到周扬的信时，一下子就懵了。可也就是从那时候开始关注灌顶，我发现她是一个特别有个性的女孩，聪明却总是不动声色。"

张青快速地翻动着舌头，想要把一个很古老的故事用几句话说完。他皱着眉，脸被风吹得更青白，那红印就更明显了。我一下子泄了气，想起灌顶对貔貅的泄密完全不当回事，反而一口承认，也许，她们就连这安排都不觉得有什么不妥。

我甩开张青抓住我的手，冷冷地问道："我就不明白了，你们当初就是这种三角恋，现在还继续维持这种三角恋，还乐此不疲，非得把我也拉进去？"

张青有些沮丧，他垂着头，说："我是喜欢灌顶的，我一直都喜欢灌顶。灌顶就是我说的校花。灌顶本来也该喜欢我，可现在她总是若即若离的，还假装不认识我。至于貔貅我们俩，其实就是互相利用，她知道，我也知道。”

张青说着，回头指着那棵树。我差点笑出来，那棵树，你可以说他是一张人脸，毕竟有鼻子有眼睛的，可灌顶的脸要是像这树一样，那灌顶估计就不能活了。可转念一想，如果灌顶真的是他的初恋，那他倒不愧为一个痴情的男人，这多少会激起我的好感的。可话说回来，如果他那么喜欢灌顶，却又对我如此，不是有点太龌龊了吗？

张青似乎明白了我的心思，他说：“我虽然吻过你，但这是经过灌顶同意的。我们仨唯一的希望，就是希望你不是同性恋。所以，才出此下策。”

我叹口气，对我，一切都是无所谓的，我从来就是边角料。只要她们，不，只要灌顶不觉得有什么难过，就好。我想了想问：“你和灌顶再次见面，是不是在她酒驾的那几日？”

张青低了头，说：“是，我说的一夜情那都是胡说的，就是想要看看你的反应。我们隔了十多年再次相见，一见面，我的心就像哗一下打开了一扇门一样，我觉得，她就是我的未来。我从她的眼神中也看出了同样的反应，她肯定也认为，我就是她的未来。我们俩喝了很多酒，本来我想让她在我那里睡下的。可是半夜，她悄悄开着车走了。结果就被拘留了。”

张青还在说着，我陷入了沉思，这么说，貔貅说的灌顶见到了自己的初恋，这是真的。而张青说的一夜情，也是真的。莫非对灌顶来说，这一夜情，倒毁了她和张青的感情？灌顶是否真的喜欢我呢？

张青的真正目标，不是貔貅，而是灌顶。他住在我住的小区，也是为了灌顶，他去接近貔貅，甚至接近我，也是为了灌顶。可是，貔貅就容忍他和灌顶如此亲密吗？貔貅，似乎不是那样的人。等等，我忽然想起貔貅说的话，我质问张青：“你分明是胡说。喝酒的时候，根本就不是你们两个人，貔貅当时也在场。”

张青说：“怎么可能？我们当时是在火车站遇见的。灌顶要出去旅行，而我正好从外面回来。我们俩在那里站了很久，火车都开了，人都散了，然后我就拉着她去喝酒了。我和貔貅见面，是因为我知道灌顶被拘留，就去找她帮忙了。”

张青说这话的时候，有些心急的样子，是极力在辩白。这么说，是貔貅撒谎了。

我问道：“你喜欢灌顶，你怎么和貔貅说？”

张青的眼睛躲闪着，说：“我答应了她的一个条件。不过，这个条件我不会和你说。其实我不说，你一回去，貔貅也会跟你说的。”

我想了想说：“这个条件就是玩弄我吗?”

张青还是不看我，顾左右而言他地说：“灌顶对你，的确十分关心，这让我感到害怕。你知道吗？你知道我为什么喜欢灌顶吗？你知道灌顶为什么喜欢你吗？你现在冰冷的样子，和灌顶当初的样子差不多。不过，灌顶是凶，你，只是冷。所以，我挺恨你的。”

我笑了起来。关于灌顶的故事，我有点抗拒，可也并不是十分的抗拒。我很想听听别人嘴里的灌顶，用此来判断灌顶嘴里的自己是否是真实的。可张青本来就和她们沆瀣一气，他嘴里的灌顶可信吗?

不过，听听也无妨。我现在不是十几岁的小孩子，不是离不开父母的小孩子了，即使身在疑云中，即使身份和命运都被人算计了，我也还是能够冷静对待。

想到这里，我精神一振，问道：“是灌顶的妈妈杀了她的弟弟，灌顶才变成这样吗?”

张青有些惊愕，问道：“你怎么知道？灌顶连这个也跟你说吗?”

我摇头，心里又开始心疼起灌顶来。张青眨巴着眼睛研究着我的表情，但他并没有停下讲故事。

张青之所以特别关注灌顶，一开始还不是因为周扬的信，而是因为貔貅的建议。貔貅找到他说：“你愿意做我男朋友吗？我想要让你看看人们眼中的校花是个什么样的人物。”这校花，当然就是灌顶。

灌顶长得漂亮，却冷得可怕，说话经常高门大嗓不说，对谁都是凶巴巴的。可她聪明，学习好，做事特别有条理。有一次班上有个女生失踪了，她坐在宿舍里，只是和几个女生做了十分钟的谈话，马上知道了那个女生的去向，那个女生是跟着一个自称为药材商的人走了。她立刻做了部署，谁去通知女生的家长，谁去通知班主任，灌顶则和认路的两个人去了车站。在老师和家长赶到之前，她就把那个女生给追回来了。

这本来是一件好事，老师只是简单说了两句，没敢深入批评。可灌顶却不依不饶，她当着那个女生父母的面，狠狠地骂了她一顿，说她是丧失自尊，说她是在埋没上天给她的天赋。然后她还冷笑着说：“你知道吗，我其实知道能在老师和家长赶来之前找到你，可我就是要通知老师和家长，我就是要把这件事闹大，因为不闹大，你根本就不知道这件事有多严重。你会觉得这只是思想上开了个小差。”

这句话，让本来做了好事的灌顶，成了恶人。不光那个女生仇恨上了她，其他的女生也都暗骂她阴毒。

也就是在这个时候，貔貅提出了这样的建议，张青当然很诧异，貔貅马上告诉他，灌顶是她的姐姐，她们异父异母，然后她还把和全家福拿出来给张青看。张青马上就答应了。他对灌顶实在感觉好奇。所有人都喜欢看他，喜欢和他说话，可只有灌顶，连好气都不给他一声。

貔貅和灌顶两人交往后，灌顶对张青的关注一下子变多了，但这些关注，更多的都是变成了呵斥和嘲讽。直到从周扬那里收到那封揭露灌顶秘密的信。

在貔貅知道之前，张青找了灌顶，把周扬那封信的大致内容给她复述了一遍。张青的意思，是想要抓住灌顶的把柄，从此乖乖对他俯首称臣。谁知灌顶仰着脖子，冷冷地对他说：“周扬说得没错，那又怎样？”张青一气之下，把信给了貔貅，才有了一出貔貅当众揭露灌顶丑行的戏。

这是灌顶给我讲述的故事了。如果灌顶说的是真的，那么貔貅和张青在这里都说了真话。可如果这本来又是三个人联合设下的圈套呢？

我脑子里乱糟糟的，就像在做一个条件复杂的逻辑题，怎么假设，都是漏洞。为什么？为什么这几个人对我这么感兴趣？难道，真的只是因为看着我奇怪？我不过是一个不动声色、对外界不感兴趣的人。可我这样的人，不是很多吗？她们为什么偏偏只看中了我？

这些杂乱的问题，倒也不忙着解决，毕竟张青还不是主谋。而且，其实解决也很容易，只要我和灌顶和貔貅彻底切断联系，一切就都不再是问题。只是，我想起一件事来，我问张青："你知道灌顶弟弟的事吗？"

张青嗫嚅了几句，最后终于还是痛痛快快地说："就是你那个同桌吧，我听说了。很多人都说，他之所以自杀，是因为她妈妈一直不开心，总是拉着他，想要报复她爸爸和貔貅的妈妈。她妈妈还一直给灌顶施加压力，所以她在十八岁的时候差点自杀，不过也是差点。"

我问道："你确定我那个同桌就是灌顶的亲弟弟？是灌顶说的？"

张青犹豫着，可还是点了点头。

我心下释然，也许，这就是问题的关键了。灌顶接近我，是有这样一个目的的，可她是要报复吗？

不管怎么样，我还是喜欢灌顶的。

飘飘好梦随落花

黑胖子说，有些美，只适合记忆，不适合拥有。灌顶不以为然，她说：“所有的不美，一旦拥有，我都会让他变美。”黑胖子看看自己可爱的小女友，笑笑，说：“你说得对。”他的女友白了他一眼，说：“我不是你的拥有，你充其量不过是我的工具。”黑胖子又笑笑，说：“对。”

几天里，张青带着我转了几个地方，可没有名胜古迹，也没有公园建筑，只是野外，荒郊，人少，风大。我并不缺荒郊野外的记忆，就连生命最痛的那个记忆都是关于荒郊野外的，可我还是感觉很不错。干枯的树枝有着等待春天的忍耐和欲望，荒凉的土地也是踏实而安分的，就连北风吹过来，不柔，却也实实在在，有一种迎面而来的力量感，由不得你不振奋起来。遇到行人的时候，就格外亲切，哪怕是陌生得连服饰都感觉带着生冷感。

我们还去了长城，这里的长城似乎也不同些，有一段坡度几乎呈直角，从下面走上去，简直像步入云端，从上面走下来，又像是踏进人世。一段青城，两种世界。

几天里，我居然说了很多话，大多都是疯话，为了应景，却又应不了景，常常让张青感觉大煞风景。不过，一日一日过去，他也习惯了，我再说些不着调的话，他居然也只是一笑，有时候还点点头，表示同意。比如我说，这自然界必有凶恶的北风，自然才能成为自然。他点头，然后诙谐地说，对，就像苍蝇必须要叮有缝的蛋一样。

我唯一一次去城区，是给灌顶寄明信片。我们终须要做个了断的。我不确定她在和我接触的这段时间里得到了什么，我，是一定得到了什么的。至于什么，我又说不清。寄明信片的时候，我想了半天，愣是想不出来要说什么，只好方方正正写上地址，然后写上我的名字。张青在我的名字旁边画了一颗心。

虽然只是一条曲折的线，可我还是觉得有点突兀，害怕灌顶一眼就能看出这是外人的笔体，是张青的笔体。用他的心意表达我的心意，还是用我的心意表达他的心意？不管怎么样，我们俩的一举两得，灌顶是看不到的。我现在在千里之外，也就暂时用不着担心和灌顶相互之间的情感折磨。千里之外，原来还有这样一个意义？难怪灌顶总喜欢一个人到千里之外去，可千里之外的那一方，却一定要有一个牵挂，这样，这个意义才能圆满。

张青不提回家的事，我当然无意去他家拜访，这几天我们已经成了很好的玩伴，可我们中间还是有一道陌生人的防线。他，再熟悉些，也不过是一个策划人，还可能，是一个阴谋陷阱。

我是如此，张青也早就参悟了这格局，他说，我们就像围棋的黑白子，一直在步步紧逼，最终肯定会刀枪相见，只不过现在还在互相围堵中，安然无恙。我不同意，我和他是连一个棋盘都上不了的，我想，他说的可能是灌顶和貔貅，那，就与我无关。

我告诉张青，我要回去了，让他也赶紧回家看看吧。张青一下子沉默了，他跑到外面买了一包烟回来，点着了，可却不抽，他说他不会抽烟，抽烟会影响身体健康，可他现在就想看着烟燃烧起来，最好长长的烟蒂一直快要烧到手指，就像电视里看到的那样。我不以为然，低着头收拾自己的行李。

行李其实很好收拾，灌顶分门别类的方法实在太好，以至于我的东西永远不会混乱。加之我没有买任何纪念品之类的物品，也就没有增加的负担。

张青一直看着我收拾，然后问我："回去后，你会来找我吗？你，会通过灌顶貔貅打听我的事情吗？"我鼻子里哼了一声，我本来是想笑，可他说的话太幼稚，以至于我用了一个很独特的发音。他忽然就爆发了，嘶吼着："你就不能爱我吗？你就不能看看我吗？"他的声音有些颤抖，以至于我不得不抬头看了看他，他的头发本来是三七分的，可此时七分的那缕儿居然叛了乱，支棱着架在三分那一面，这使得他的脸看着有点凌乱。

我忍俊不禁，笑起来，说："你不是说你喜欢灌顶吗？这话要说，也得在灌顶面前说啊。"

他指着我的鼻子说："不许笑。我和你待了这么久，我依然不确定你是不是同性恋。灌顶和你待了那么久，自己差点就成了同性恋。你到底是什么呀？"

我吓了一跳，沉下脸来，我把他的手指打到一边，不耐烦地说："我早就走出剧情了，你怎么还沉浸在里面出不来？什么情啊，爱啊，我不是灌顶，也不是貔貅，你知道，我这人就没有感情。你连情色都用上了，对我还不是不管用。我自己都放弃了，你又何必来碰壁？"

张青泄了气，马上转换话题，笑嘻嘻地问我："那你说我能追到灌顶吗?"

我冷笑一声："那就看你们怎么安排剧情了！这个，擅长的是你们，又不是我!"

张青咬咬牙，说："其实我们也就是对你好奇点，那灌顶提出和你交往，那也是公开的，没有强迫你做什么呀。我看你这几天和我玩得挺好，我以为咱们至少也是朋友了呢，没有想到，你还是翻脸就不认人。"

我不说话，张青却忍不住寂寞，他有点难为情地说："我喜欢灌顶，这是真的，我和貔貅是不敢说的，她这人好虽好，可就是感觉和我不是一路人，但我看着你和灌顶很相像，这才和你说，也想请你帮我出个主意。"

我漫不经心地说："要不，咱俩也策划一下，回头用你做诱饵，来引诱、安排一下她们姐妹俩的生活?"

张青当了真，兴高采烈地说："那太好了。如果是演戏的话，那我愿意做一个主动追求者，我要追求灌顶。我是真的太喜欢灌顶了。"

说到灌顶，他信誓旦旦，可我一点都看不出爱情的诚意，或者，我自己根本就不懂爱情的诚意。我说："为什么一定要演戏，你才敢主动？灌顶现在不知道你的心意吗?"

张青低了头，说："唉，我现在越来越弄不懂灌顶了。灌顶曾经跟我说，她想要找一个农民，过一个农家乐式的生活。"

我忽然想起我脑海里的一个故事，我把那个少妇的初恋的故事讲给张青听，张青一拍手说："这就是灌顶的理想啊。"我有些惊讶，重复道："这是灌顶说的？那她的理想对象，岂不就是你？你不是说你是农民吗？"

张青点点头，说："是，我就是个农民，可我已经离开农村几十年了，再让我回农村，我未必能应付得了。"

我说："我也是从农村走进城市的。农民刚一进城的时候，受到很多歧视，福利完全没有，只有奋斗和挫折，可这反而使农村人主动付出更多的努力，还会形成一种自我激励的催眠方式。所有这些都好，可有时候，我们只顾努力，只顾赌气，有时候就忘了自己的初衷。我到城里来到底是干吗来的？我不是为了生活得更好吗？"

张青撇撇嘴，说："我们在说灌顶，你怎么扯这么远。再说了，那你到城里是去干什么的？据我所知，你可是个和尚一样的人。你回农村也是可以的，你肯定能应付那种无聊的日子。"

张青用了"和尚"这个词，这让我笑起来，我并不排斥把自己当成一个男人来看，可是说我像和尚，我还是觉得有点过了，就像我本来是腊肠，可把我当成蜡烛来点燃那样。我说：“要不，我回农村做那个农民，然后让灌顶嫁给我？”

张青急了，打了我胳膊一下，说：“我虽然没有能用我自己验证一下你是否是同性恋，可我还是觉得你不是同性恋。你怎么能这么吓唬我呢？算了，我不管了。不管怎么说，对于你这个人，我是真的感兴趣了。希望我们回城后还能成为朋友。也许，以后，我会成为你的姐夫也说不定。”说到这里，他的脸一暗，说：“也许，你会成为我的姐夫，这也说不定。”

我又笑起来。我和张青，是可以言归于好了。我们反正没有多少牵绊，不管交往还是断绝往来，都坦然顺畅得多。

我感谢他的好意，又告诉他，我们可以做朋友，真正的那种朋友。我强调了“真正”这两个字，可强调完之后，又觉得有点过了，没有人能说得清什么是真正的朋友。

张青伸出手，要和我握手。我也伸出手，和他握手。他的手宽大而有力，他攥得太紧，我无法感受到那温暖了。我有些后悔，我一向没有什么朋友，如此草率地交友会不会有什么后遗症，我不想我宁静的生活被打破，我觉得我自己承受不了吵闹和破碎。可我到底是在外面，在外面的时候，就连这后悔也特别容易消失。

临走前，张青递给我几页纸，长短不齐、颜色各异的几张纸，有的是香烟包纸，有的是宣传单，还有长城的门票，还有车票，等等，每页纸上，他都写了字。他说："回家再看，把它当成锦囊吧，想我的时候，就拿出来看看，你会有很大的收获的，因为我在写这些东西的时候就受益匪浅。"

我看了一眼，类似于灌顶的旅行计划，其中也不乏亮点，比如，活得无知点，未必不是好事！又如，把自己屏蔽在世界之外，居然这么美！我不知道他是不是专指我，也不知道这是讽刺还是觉悟。我是有这样觉悟的。我随手把这些纸装进了我背包的外层，就是灌顶放她的旅行注意事项的地方。张青看我的动作太过随便，有些难过，他讪讪地笑了笑，终于转身而去。

我们俩分道扬镳，他回家，我，也回家，回我租住的房子。我真该长舒一口气才是。可我没有太多的感觉，我既不觉得他是负担，也不觉得他多么让我依赖。我走出了很远，张青又跑回来抱抱我，我也不觉得突兀，可也不像他那样难过。他，已经开始抽动鼻子了。灌顶送我走的时候，是连个伤感的叹息都没有发出的。我觉得，那才是真的，我是说，她站在阳台上，偷着看我走远。可她真的站在阳台上看我了吗？

在我的感觉里，张青到底不如灌顶。我在人群中显得太特别了，尽管这“特别”有点鬼，可毕竟是特别，于是，张青便想做第一个把我拉进普通人群里的人。灌顶和貔貅不也是这种想法吗？她们接近我，无非就是想让我变成和她们一样的人。关于灌顶，我的情感还是矛盾着的，一会儿是信任，一会儿又是怀疑。

我的大脑瞬间冷了下来，我推开张青，头也不回地走了。可让我感觉可恨的是，这一幕肯定会显得很酷。我的本意，不是想要做一个酷酷的人，我说过，我只是一个没心没肺的人，我只是一个等待死亡的人，我只是一个不想和这个世界产生过多纠葛的人。灌顶对我的改造，已经让我有了重回人间的感觉。可灌顶对我做的，不过是一个尝试，这尝试又让我反感，反而刺激我重新回到我习惯的生活状态中。我矛盾了！

世界太过复杂，我多一根触须，就会多一点累赘，多一点伤痛。我太累了。人生，还是没有朋友的好！这干脆，这清爽，别人体会不了。

也许，回家后我和灌顶是无须再见面的了。我的心里，已经暗生了来自于她的触角。我得慢慢地，慢慢地把它拔掉，才不会惊动她，也不会影响我。

车票很好买，售票厅里甚至没有人排队。这难得的幽静，这难得的无人。灌顶来电话了，这是这么多天来，她第一次给我打电话。铃声响了许久，我才接起来，可我说不了话，我的嗓子一下子被什么黏住了。灌顶的声音还是那样，甜的，美的，有点豪爽，有点温暖。她说："我知道你要回来了，你回来后，还打算和我一起生活吗?"我没有回答，挂断了电话。

等在候车室里，灌顶再也没有打过电话来。她不用给我打电话，她根本就知道我在干什么。

梦中又说人间梦

黑胖子最喜欢贬低现代人，他说，以前的人做梦，梦的是一个清风明月，现在的人做梦，梦的是一个鬼神狼藉。做官的，总是想要做个贪官的梦；唱戏的，总是想要做个绯闻的梦。我问他："那你做个什么梦?"他说："我做一个无耻的梦。"

我到站的时候，灌顶和貔貅都等在站台上。貔貅穿着一条薄薄的皮裙，高跟鞋几乎和皮裙无缝对接，如果不是颜色不同，你会以为那是一件带鞋子的衣服。而灌顶，则穿着一件抓绒衣，头发也是随意一绾，有几缕碎发甚至从耳朵后直戳出来，愣愣的，像不懂规矩的小孩子。

貔貅首先上前来拥抱我，和张青一样，她的拥抱对我来说也是多余的。她的鼻头红红的，她的眼睛泪盈盈的，我只怀疑她的泪是风流泪。她抱着我时说："我的好妹妹，我终于找到你了。你知道我这段时间为什么一直在你身边徘徊吗？就是因为我觉得你是我妹妹，现在，所有的调查都证实了，你就是我的亲妹妹。"我像推开张青一样推开她，说："你亲妹妹不是死了吗？"

灌顶在距我一尺远的地方站着，她推了推眼镜，我这才发现，她戴着一副红框眼镜，红红的眼镜框让一双眼睛也变得亮起来。她说："她说的没错，我们一直怀疑你是她妹妹，所以，我们才有了那个和你交往的计划。现在，我们已经证实了，你就是她的亲妹妹。"

我是貔貅的亲妹妹？我也是那个狐狸精的女儿？貔貅是我的亲姐姐？貔貅就是经常来王叔家的那个小女孩？我仔细看看貔貅，眼睛鼻子嘴，我没有看出一点点端倪来。我一把扒开她的眼角，那里，有一颗痣。鼻子眼睛什么的，都不重要了吧？这个年头，什么不能整呢？可她整的时候，为啥不把这颗痣也整掉呢？

我再看灌顶，她不像要走过来的意思，我就自己拎着包走了。貔貅踏着高跟鞋哒哒地紧追着我，还几次要夺过我手里的提箱，可她太娇弱了，既无法追上我，又无法拿过提箱。我很快就走出车站，貔貅快跑两步，拉住我的手，指着一辆停在路边的红色轿车，说："走，坐我的车，我给你看亲缘关系鉴定结果。"

我继续甩开她，朝着地铁门口走去。灌顶一直没有追上来，我很想回头看看她在干什么，可又觉得没有必要。剧目结束了，我和导演，也就不用再继续讨论剧情了。

我不是不关心貔貅和我的亲缘关系。对于我的出身，我曾经多么渴望弄明白。可过去了那么久，这中间，还让我最亲爱的父母为此命丧黄泉，弄明白又有什么意义呢？就像被关进瓶子里的魔鬼一样，第一个百年，我祈祷着，给我打开封印的人，我会给予他什么，可第二个百年，第三个百年都过去了，我的祈祷就变成了，一旦有人打开我的封印，我就会毁掉那个给我打开封印的人。我想，我是有这样的狠毒的，特别是如果打开瓶子封印的人是貔貅的话。

这次回家，王叔和婶婶已经把生我的人说得再明白不过。我一开始就是弃儿，他们不但遗弃了我，还毁了我的养父母。当我听貔貅说她是我的姐姐的时候，从我的眼前晃过的，就是那个死去的女人的脸。那个女人，咽下那口真气了，还要流一滴泪下来，留给谁？留给谁？ 我是恨着她们的，我活着是你们的累赘，这个我能接受。可你死了，为啥还要给我的心上再插一把刀，你凭什么认为你死了的时候见我一面，我就可以原谅你的所有。你不过是为了你的安心，就可以让我从此更不安心？

不过也好，如果貔貅是我的亲生姐姐，那么灌顶来和我交往，那也就顺理成章了，不管是表示亲近还是报复貔貅，她的出现，或者她们俩的筹划，都只针对貔貅，与我无关。整个世界，终于又与我无关了。我重新回到平静中，重新回到我曾经设定的走向死亡的流程，无知，而又淡定。

我一个人坐上了地铁，我一个人回到了我的住处，暖气已经供应了，可房间里还是有些冷，如果更准确点说，是冷清。东西是多了很多，从门口处的鞋架，到走廊里的小地毯，还有客厅里的亮红的沙发。可我大致扫了一眼，灌顶的常见物品都不在了。她的鞋不在，她随意扔在沙发上的衣服没有，她放在电视柜上面的扎头的皮筋和发卡也没有。灌顶有很多发卡，尽管她出门的时候很少戴，可是看电视的时候，她总是隔几分钟就要换上一个。换上一个，就一定要给我看看，让我做出评价。为了这些评价，我当时可谓绞尽脑汁。

我把提箱推进红沙发和墙壁的空隙中，居然正好。我走去卧室。卧室换上了粉蓝色的小花壁纸，那的确是清新的感觉。床单和被罩都换了，那料子比我原来的要好很多，可颜色却是暗的，青灰的颜色，用错落的色差来隔开，一格，一格，都是灰，都是淡。被子又长又宽，从床的三边垂下来，只有床头是正好。这床干净整齐得让我连躺下的欲望都没了。

我走向窗子，我放在那里的小桌子还在，桌面换了，一块四四方方的大玻璃砖，玻璃砖下，压着灌顶和貔貅的照片，当然也有我的，小小的一条，大概是从毕业照上减下来的吧，还有一张，大概是从灌顶手机上打印下来的，脸色看着惨白，惨白处还均匀地点燃着红点，眼睛也是粗糙的，皮肤像是在那里被拉断了，一截一截的，接不上，放远了看，又是红，红得不够彻底，像是快要消失了的被敲打的肉的痕迹。

玻璃砖的一角，有一张 A4 纸，那是貔貅和我的亲缘关系证明，上面是一些表格和数据，最后一行，用签字笔写道：

经鉴定DNA，证实王紫晶、王小青实属亲缘关系。这一行字显得特别大，我仔细看了看，发现玻璃砖下面，有那么一条放大镜玻璃。显然，这是貔貅故意做给我看的。我的名字，一定是生我的那个人给我起的吧，你看，小青，到底只是一个丫鬟而已，哪里如紫晶珍贵呢？我又埋怨我的爸妈，和那个女人的男人同姓也就罢了，为啥不给我改个名字呢？我不想叫小青。我把那张纸连同放大镜都拿出来，扔进了垃圾筐。

就连垃圾筐也换了，换成了上面有一个小圆凳面，下面有四只脚的铁皮桶，铁皮桶上，有一个一个豆大的洞眼儿。我扔那张纸的时候，还要绕过凳面，才能把纸准确对转桶。好半天，我都怀疑它是不是垃圾筐，可它放在我原来的垃圾筐的位置，即使不是也无所谓了，反正一切都由我决定。我坐在那个小凳面上，它居然挺结实，只是四只脚在不停地移动。

我坐着这个小凳子，在卧室里盘旋了好一会儿，直到确认我的气味已经散布每个角落，我才站起来，把床单和被罩全都扯掉，可扯掉的同时我却傻了，她们换掉的，不只是床单和被罩，还有被芯、褥子、床垫、床。我的那个简易床，大概几十年前出产的几块铁皮、几根木板搭成的床，也被换了，换成了实木床柜，床体就是两个并排着的大盒子。

床肚子里也是满满的，有绒的，有毛的，有皮的，一时之间看不出那是衣服还是什么。我仰天大笑起来，这是补偿吗？是填补，还是想要利用我这个人，来为余下的人生寻找些乐趣？财富已经获得自由了，有钱，又有闲，吃的，吃遍世界各地，玩的，玩到世界尽头，再也找不到其他的乐趣了，转而来怜悯我这个还未开化的苦哈哈的小人物？

貔貅算什么？血缘算什么？如果血缘真的那么重要，为什么我还要被我的亲生父母抛弃？可灌顶，你算什么？你凭什么扯进这里来？

我是经常胡思乱想的，可少有这样的激动，也鲜有这样在床以外的地方胡思乱想。我愤怒自己的改变，还把愤怒强加给改变我的灌顶。我猛然意识到这一点，我把床单和被罩按原样弄好，然后轻轻钻进了被子里。被子很快就让我暖起来，有这暖的滋味，就够了。

当剔透玲珑遇上痴呆懵懂

黑胖子说，做傻子是幸福的，至少他自己的幸福世界是没人剥夺得了的。可你若是聪明人，你就惨了，你总是在争取，在争夺，可你的世界因此会塞满了你争夺来的失败、不幸和悲伤。

我重新租赁了一间房子，新房子又窄又丑陋，到处是古旧的痕迹，厨房的油烟机不知道经历了多少人的洗礼，缀着长长短短、滴滴溜溜的油污，随时都会有一滴油掉下来。客厅几乎没有，进屋几步就可以直奔卧室。这个我喜欢，对我这样没有客人的人来说，最好。

我搬家的时候，我入住新居的时候，貔貅都始终在我身边。她还是打扮得富贵香艳，说话也还是喋喋不休。她先是苦口婆心，劝我不要动，在这个物价上涨、房租上涨的地方，不动就是最好的省钱办法。原来她也能想到“省钱”这两个字，还是对别人，对我这样的穷人，省钱就是帮助她？

这些说不动我，她就尽力游说我，让我把她买来的东西都带走。她说：“我是你的亲姐姐，我不会害你的，从灌顶进入你这个房子里，她所有带进来的新东西，都是我给你买的，包括她自己的牙刷和洗漱用具，都是我给她买的，就是为了酬谢她，因为她代替我来照顾你。”

我忍不住插嘴问了她一句话：“你想没想过，如果你真的是我的姐姐，会给我带来什么样的伤害？”

貔貅愣了一下，转了一下脖颈，我忽然发现她的脖子上有两条深深的痕迹，随着她脖颈的扭动而移动着，像是两条证据，证明她的苍老。她的脸那样细嫩白皙，她的手水葱一样，涂着红的、黄的、绿的、蓝的，就是没有指甲本色的颜色，她是这样专注地维护着自己的形象，可偏偏忽略了脖子。她不知道，所有的掩饰，如果忽略了任何一个细节，那么其他的地方做得再好，也都会付诸东流吗？

貔貅恼羞成怒地说：“又不是我当年把你扔掉的，你何必来怪我？我只是姐姐，又不是爸妈。再说，我现在是看在姐妹情深的份上才来照顾你，你又何必这么不懂事理。你也许不知道我现在的境况有多好，我的丈夫是什么人，可你至少应该看出来，跟着我混，你后半辈子不愁吃喝。”

我其实无意于追究被抛弃的事情，那是一个久远的年代了吧，追究了我又回不到过去，再说，如果我父母的理由充分，我就是能回到过去，不过是再一次被抛弃而已。我更无意于攀谁的高枝，如果想，我随时都有攀的机会。对我这样一个行尸走肉的人来说，空白的人生就是最好的人生。我不希望在任何一个地方横生枝节。

但我还是顺着她说：“其实你没必要这样啊，你可以一直让灌顶照顾我啊，你躲在幕后，这样就不用承担这份罪责了。”

貔貅更加激动，她说：“你哪里知道，表面上看，我和灌顶我们俩好，实际上，她还是那么鬼，我听说她给你讲了我们俩小时候的故事，我不知道她是怎么说的，肯定狠狠地埋汰我了。再说了，你都不知道，这原来和你交往的事情，是我提出来的，她之所以占先，住到你家里去，就是因为她把你当成伤害她弟弟的凶手了。她这招，既报复你，又报复了我。你一点都不知道利害关系，你也不想想，她和你什么关系都没有，我才是你的亲姐姐。”

这件事再一次被证明，看来这应该是真的了，我的小同桌王青轩就是灌顶的弟弟盛婉青。这世界，居然有这么多巧合。我和貔貅如果是姐妹的话，我们从一个世界被分到了阴阳两面，灌顶和王青轩是姐弟的话，她们从一个世界被分到了阴阳两面。我和王青轩是在一面的，我们都在阴面，阴冷的一面，随时等待死亡的一面。所以，我们才会有那样的相遇。所以，我的小同桌才会对我有那样的感觉。可她们在阳面的人，活得好吗？

我不禁佩服起王青轩来，那样死了，真是一种最好的结束，没有纠缠，没有抱怨，让所有的阴谋啊，欲望啊，全都戛然而止。毕竟，我和王青轩，根本就不是一条线过来的人生，在我们被抛弃的同时，我们的身上就同时缠了几个人生活的线。王青轩，快刀斩乱麻，死而后快。我呢？则一直被纠缠着。

我爸妈死的时候，我也想要自杀，我试过剪刀，剪刀狠狠戳到手腕上，疼得我大叫着跌倒。我又尝试上吊，找了半天，愣是觉得哪棵树都不好，我家的树，不是有毛虫，就是太高、太粗。后来我又点火，差点把邻居王叔家烧掉，可我自己就站在火焰外边，跳不进去。那火太热，还冒着烟，让我咳嗽不止。

我是一个懦夫，短痛的事情，我居然做不了。那我只能选择长痛。这是我脆弱的代价，这是对我罪过的惩罚。

我在想着我的心事，貔貅还在喋喋不休。她有点恨恨地说："你都不知道灌顶的妈妈有多恶毒，盛婉青之所以成为你同桌，那是她故意安排的，她就是想要让盛婉青报复你，因为她知道你是妈妈的女儿。她恨咱们的妈妈，自然就十分恨你。可恶有恶报，她没有想到，她的这些近乎精神病的疯狂想法，最终逼疯了她的亲生儿子，逼得他亲自了断了自己的生命。"

貔貅还是咬牙切齿地说着，她的眼里喷着火，脸上却是得意，十分解恨的样子。我听得毛骨悚然。我的小同桌，怎么会？那个推我小同桌的妈妈，怎么会？我真的是貔貅的亲妹妹？我一定要掺和进这个无限卑鄙阴毒腐烂的关系中吗？想起王叔王婶对我妈妈的描述，想起灌顶对后妈的回忆，我感觉整个世界都旋转起来，而且越转越快。

这眩晕终于停下来时，我不动声色，我对貔貅说，她给我花钱买的东西都带上了。貔貅乐呵呵地拍着手，说："这就对了，就应该这样，我是你亲姐姐，这是什么都改变不了的。我告诉你，这以后，有你这个姐姐罩着你，你就不会再有任何什么事情。我保证让你过得富足快乐。"

说她是说的很好，可收拾东西的事情，她一样不做，看着我汗流浃背，她也视若不见。我跟着搬家的车走，她就开着小红车随后跟来，绝不肯坐搬家公司的车。在新房间里，收拾整理物品时，她也是站在旁边，或掐着腰，或抱着臂膀，或来回走动，让细细的高跟鞋发出咔哒咔哒的有节奏的声音，也绝不肯蹲下，捡起我掉在地上的东西。她要真是我的姐姐，可真是一个“好”姐姐。不过，这样的姐姐才与王叔家见过的姐姐一致。

我有些疲惫，简单收拾了一下，就躺在床上休息。貔貅皱着眉头说：“你得去洗洗澡再躺下好不好，你看看你身上那么多土，把床单都弄脏了。”我很想翻个白眼给她看，可我发现她正背对着我，看我床对面的那堵墙。

那是一堵白墙，可是已经变成了灰色，而且斑驳不堪，有几处脱了皮，露出里面的另一层白，稍微干净一点的白，两层白相间相隔，勉强延续着一个白色的世界。有几颗钉子凌乱地砸在墙中央，一个歪歪斜斜的木架子被一颗大钉子钩住了。

我看到貔貅的肩紧紧缩着，尽管她背对着我，我还是能想象得出她脸上的表情，那一定是厌恶至极。我马上说：“你不要管那些，我之所以让你进来，就是有话要问你，你要还是看那堵墙，我就要请你出去了。”

貔貅马上扭过头来，尽管她做了掩饰，可她回过脸来的时候，我还是看到了她有些不屑的眼神。貔貅左右看了半天，拿起我随手扔在椅子上的一件衣服，抹了抹垃圾筐上的小凳面，委委屈屈地坐在了那上面。

我一直看着她，等她终于安顿好她自己，我才说："你把你知道的关于我的，关于灌顶的，关于灌顶弟弟的，还有你的，你的爸妈的，你想说的话，就都说说吧，我现在想听听。"

貔貅双手抱起一只腿，在身前撑起一个圆弧。似乎不作出一个姿势，坐着就不舒服。她说："我现在就跟你好好叙说一下。你听好了。"

"你出生的时候，爸妈就离开你了，因为那时候爸妈离婚了，我跟着妈妈嫁到了灌顶家，而爸爸带着你，可能因为你太小，爸爸实在带不了你，所以就很快又结婚了。只是新娘讨厌你，就偷着把你送到了山村里。爸爸呢，也是想念你，四处找，终于找到了你，可是他也知道他无法把你带回来，就随你在那里长大了。"

完全地胡编乱造。我打断她，问道："我十四岁那年，翻山去找过亲生父母，可为什么没有找到？你知道吗？"我本来是想问，问她是不是住在邻居王叔家的那个小女孩，可我想想，这话，我不能问，我实在害怕，害怕她真的是我的姐姐，尽管她眼角有颗痣，我还是不愿意相信她就是我的姐姐。

貔貅说：“我知道，那个白头发的老太太，其实是爸爸单位的一个管计划生育的组长，那时候正是计划生育最严格的时候，你本来就属于超生的，因为超生，爸爸被罚款，还被撤职，从此只能扫大街了。爸爸那时候又离婚，没有多少钱交罚款，那老太太就替爸爸交了罚款。”

我忽然想起，我那个爸爸，也是婚内与人纠缠的类型，看来那个老太太，该是他肆意胡闹的情人。我感到一阵厌恶，我问道：“那这个地址，是不是一直是和我爸妈联系的地址？为什么用这个地址和我爸妈联系？”

貔貅放下脚，说：“你就别一口一个你爸妈了，他们也不是你的爸妈。”

我有些愤怒说：“那是我的事情，与你无关。就是下辈子，我见着，也希望能叫他们爸妈。”当然，最好我没有下辈子。

我说话时咬字非常重，貔貅瞪着眼睛看了我一会儿，就不再纠缠于这个问题，而是继续说道：“其实也没啥了，你爸妈经常给这个地址汇钱。”

我一下子忍不住，嚷起来：“我被你爸给卖了？”

貔貅赶紧摆摆手，说：“什么叫你被我爸给卖了？那不是你爸啊？再说了，如果那不是你爸，妈都和爸离婚了，那他也不是我爸。不然怎么会和妈妈离婚呢？”

我不禁哑然。在这样腐烂的关系中，貔貅也算是一个受害者了。不过，对于这样的烂问题，我实在厌烦，就只好换了一个话题，我说我想知道灌顶弟弟的事情。貔貅立刻就变得十分轻松，她说：“灌顶家其实和咱家一样，也是爸妈离婚了。她妈那个人心机太深了，她让那个盛婉青跟着她，而盛婉璐却跟了爸，她以为这样她爸就没法和她断了关系。可灌顶的爸爸早就看透了这伎俩，没有上她的当。她妈一直不甘心，也不知道怎么打听到了你上学的那个县城，就带着她弟弟去了，她本来是想要报复你，报复妈的，可却把自己的儿子害死了。孩子死了，她也活不下去了。不久，就病死了。”

这件事，灌顶也讲过，如果她早就知道我是貔貅的妹妹，那么她那么客观地分析她的妈妈，无异于在我的面前暴露她的弱点。如此看来，她的讲法倒是客观的、平和的。而貔貅的讲法却主观、偏激。我甚至能听出一点幸灾乐祸。关于我小同桌的死，她已经重复了第二遍，这第二遍依然是幸灾乐祸。仿佛看着一条生命消失对她来说无关痛痒。

貔貅还继续在那里啰嗦：“我都不知道灌顶的妈妈跟她

说什么了，然后她就确定是你说了什么话，害死了她的弟弟。其实要是因为一个女人的话就自杀，那这个孩子也太没有出息了，将来长大了也不会是什么好鸟。”

我真的太厌烦貔貅的说话方式了，我问她：“你知道我长大了也不是什么好鸟，所以是不是也盼着我早点自杀？”

貔貅又瞪着我看了一会儿，别别扭扭地扭了一下脖子。我又看到了刚才那两条深深的褶皱，像是鸿沟，在有点发红的脖子上，这是要割裂喉咙吗？貔貅又把另一条腿抬起来，双手交叉放在膝盖处撑住，然后才说：“哎呀，这都是老掉牙的事情了，再说了，我不是站在你这个角度说话的吗？灌顶她没有资格来找你，今后她就是来找你的麻烦，我是不会放过她的。”

我嘲讽道：“就像你提出一个和我交往的提议，然后让灌顶实施一样？如此，不放过她，还是不放过我？还有，如果当初灌顶妈妈就知道有我这么一号人，那么你也该知道有我这么一号人，当初你为什么不来认我？”

貔貅啪一下把那只脚放下来，又用手指着我的鼻子说：“你别不识好歹好不好，我告诉你，你以后得仰仗着我呢，怎么我说什么你都要顶嘴。你也不想想，我当时才多大，我有什么能力来找你？我自己还顾不过来我自己呢？我怎么感觉这么怪异呢？难道灌顶那个交往的计划，真的让你心动了？你不会……不会真的是同性恋吧?”

她眨巴着眼睛，用愤怒和换话题来掩饰心虚。我一下子看到了她的眼角的那颗几乎看不见的小痣，我忽然哈哈大笑。

我希望我是同性恋，如果我是同性恋，那该多好。哪怕受了灌顶的伤，被她报复了，可至少还有心痛的感觉，可我现在，什么都没有。面对貔貅，我只想笑。

我原本就是一个孤独的棋子，不过忽然被貔貅拽进了她的棋盘，然后根据她的安排，依顺她的命运和交往轨迹，我才和灌顶有了重合的契机。我出生的时候，已经被命运胡乱安排了一回，我人到中年，自己有能力支配自己的人生了，我不想，不想再被别人胡乱安排我的命运。

我笑个不停，貔貅终于被笑得发了毛，她大概也坐不住了，她站起来，摆着杨柳腰，走了。她是摆惯了这腰的，在我面前她也要摆。我闭了嘴，冷哼了一声。

反策划，借别人的翅膀飞

黑胖子是个贱孩子，他小时候胡闹是不怕父亲的大巴掌的。他说，父亲一巴掌下来后，他反而有了胡闹的理由。他说得有道理，人不犯我我不犯人，人若犯我我就犯病。

貔貅还是有一朝无一朝地来骚扰我，我只是做了两点处理：视而不见，听而不闻。她低头也好，发飙也罢，我只当她不存在，她把那张亲缘鉴定书在我眼前一直挥，一直挥，还攥着小拳头要敲我的脑壳，仿佛那样是为了唤醒我。可我觉得她首先应该唤醒她自己。

貔貅不来的日子，张青和灌顶同时登门。来我家的灌顶，一点也看不出有任何的别扭，除了不再和我表现得那样亲密之外，她还是大大咧咧的，该吃吃，该说说，该笑笑，也不尴尬，也不解释，仿佛什么都没有发生。

可以想象，我们这样的三个人在一起能有什么样的话题可聊。灌顶不找话题，我也不找话题，所有的话题，只有张青来找。

张青的安排倒很有意思，他变戏法一样拿出鲜花、红酒，还有小礼物等，然后朝着灌顶眨眼睛，十分认真地对着灌顶抒情，说什么他喜欢她，从他看到她第一眼的时候，他就喜欢上了她，而且不能自拔。他用假门假式的声泪俱下的方式表演着，把真的心也变成了假的意。然而，大概只有这样，灌顶才会接招。

灌顶坐在我新家的小红沙发上，就是貔貅给买的那个小红沙发，光着脚，一条腿朝里盘着，一条腿朝外盘着。她一本正经地看着张青表演，然后正儿八经地说："通过，我接受你这滥情的礼物。"说完，就哈哈大笑，用笑声结束一出戏，也撇清自己的感情。

张青走的时候，灌顶马上也跟着走，连和我多一句寒暄都没有。她已经完全变成了另一个人。我是已经确定貔貅就是我的亲姐姐了的，可她呢？她在这里算什么呢？难道说，她真的心甘情愿成为貔貅的一颗棋子？任由貔貅调遣，然后诋毁。如果她只是一颗棋子，她为什么一定要代替貔貅和我交往？是在强权下的一种另类的报复方式？她再一次出现在我的视野中，是否也有新的复仇计划呢？可如此冷漠的出现，又怎能报得了仇呢？

灌顶不留，我也不强留。可每次她走，我都会没来由的心痛，就像又面临了一次父母仙逝一样。我希望灌顶来找我报仇，为她的弟弟报仇，为她的妈妈报仇，为她那个破碎的家报仇。尽管每一样都不是我所破坏，可我愿意她来报仇。两个破碎的家，至少该有一条重合的线，这样，活着的人不是才能幸福地走下去吗？

我充满了幽怨，为什么在我的人生中，该退场的，一直遮遮掩掩，换了新的容貌出现，还是不肯退场。而本该一直保留的，却心意决绝，走得连影儿都让我看不见。

我看得出来，张青的表白，假中带着颤颤的真情。这真情，他曾经透露给我过，可灌顶知道吗？我真希望她能够看透张青的一番心意。有几次，我甚至都想揭破这层关系，我想告诉灌顶，张青，说是表演给我看，不如是在真心向你表白。

唉，这躲不开的混乱啊。搬家有什么用呢？貔貅来了，张青来了，灌顶也来了，我一个也躲不开！可是，我当时到底是为了躲谁呢？肯定不是貔貅，貔貅是看着我收拾东西的。

我决定主动出击了。我和张青约好，为他准备一个更浪漫的表白之夜。当然，是在我家。这正和张青心意，我刚说完，他马上就表示同意，而且，很快就拿着一干用具、礼物冲到了我家里。

张青到了之后，我才给灌顶打了电话，这个电话，是另一个号码，不是原来我手机留存的那个。这个号码，是张青给我的号码。

电话通了，是灌顶的声音，不过，那声音一点也没有在我面前的那种乐观、热情，反而是冷气森森的，是懒洋洋、拖沓沓的。我报了我的名字，她似乎吓了一跳，沉默了半天才换了热情洋溢的腔调，问我找她什么事情。我跟她说，想请她来我家，张青已经准备了一场聚会，正等着她。她说了一句好，就匆忙挂了电话。

我这头刚收了线，张青那面电话就响起来。来电话的，当然是灌顶。她问张青，是否在我家里。张青如实回答。她于是答应很快就到。

在等待灌顶来的时候，张青一直哼着歌喜气洋洋地准备着，而我，则一直坐在红沙发上发呆。我不确定灌顶是否真的喜欢张青。

灌顶终于来了。敲门声一响，张青就关了灯。我摸着黑去开门。而张青则负责点亮蜡烛，可我都把灌顶带进了屋，张青的蜡烛还没有点燃。他正在厨房里噼里啪啦地，不知道在做什么。我跑进去看，他正撅着屁股用煤气灶点燃一张纸。他慌慌张张地看我一眼，煤气灶火却灭了。煤气灶根本就是个残废，他扭了半天按钮，终于点着了火，他赶紧把那半张纸又放上去，那纸上腾一下烧起来，他一躲，结果脚下一滑，一屁股坐下去，可那厨房又太窄，他一屁股坐下去，坐到了墙上，墙壁把他弹了回来，他又回到了那火苗的上方。他大声尖叫着求饶。

灌顶早就开了灯，看着张青的样子，她哈哈大笑。我关了煤气灶，也乐不可支。而张青，则魂飞魄散，一个劲让我去摸摸他的胸口，他说，那里跳得太厉害了，都快跳出来了。我不理他，他大概和我混熟了，把我也当成了他的哥们儿。而他不敢和灌顶这样做。

我和灌顶都回了卧室，我特意把灌顶拉到了我的床上。我希望她能和我更亲近一些。灌顶似乎有些排斥，她的手虽然拉着我的手，可她的身体却离我远远地。我笑了，问道："你是真怕我是同性恋吗？放心吧，我不是同性恋，我是真心撮合张青和你的。"

灌顶愣了一下，看看张青，又看看我，小声嘟囔了一句，搞什么？我又笑了，一把把她拽过来，亲热地挽住她的胳膊，还冷不丁地在她脸上亲了一下。灌顶尖叫着向外躲闪，结果一下子扑了空，整个人朝地面栽下去。

这正是英雄救美的好时机，而张青也绝对是聪明机智的人，他马上就抓住了这个机会。还在两步之外，人就飞起来，平伸着胳膊飞起来。他当然接到了灌顶，可自己却撞到了床上，胳膊腿都划伤了。

我赶紧去找创可贴，让他自己处理好伤口。在他处理伤口的时候，我又说："看来人生就是因果循环啊，当初你撞我的时候，是没有预见到这个被我的床撞的结局的吧？"

张青哈哈傻笑着，还是看着灌顶。这个人，还真是一个痴情种？我去看灌顶，灌顶的脸红了，很是羞惭的样子，可却不敢看张青，也不敢看我。她只是虚虚地抬着头，目光并不固定，可话也插不进来。

坐了一会儿，灌顶终于还是忍受不了这样的僵持，提出要走。我让张青送她，她一再推辞，而张青则马上应允了。我朝着张青挤挤眼睛，示意他，这正是最关键的时候，不过怎么做，就看他了。

两个人走了，门关上的时候，我忽然一阵激动，这一回，轮到我策划人生了吧？我是有为别人策划的能力的。可我的策划，对吗？

昨日少年今何在

黑胖子说，他虽然不愿意让自己沉浸在回忆中，可他喜欢沉浸在别人的回忆中。当你成了别人的回忆，你就成了别人不确定的梦。

我的睡眠越来越好了，可我的梦却越来越多了。有时候，我看不清我做的是什么梦，有时候，一夜只有一个梦，梦里，不是灌顶，就是她那个死去的弟弟，我那个小同桌。在我的梦里，他笑着，露出两颗小虎牙，露出两个小酒窝。他是有小酒窝的，和灌顶的一样。只是灌顶的酒窝更大些，也更甜美些。

他总是唱着那首歌：秋影荡金波，嫦娥舞裙正婆娑。低头看人间，人间烟火色，转身望月宫，月宫冷清秋……

他只穿一件单薄的外套，瑟瑟地站在远处。我问他：

“你冷吗？”他摇头，继续唱。我又问他：“你后悔吗？”他又摇摇头，继续唱。

一会儿风云突变，一个白发苍苍的老太太拄着一个不明物，大声呵斥着，打向他的头。他的头立刻爆了，就在我的眼前爆了。可爆出来的，却不是鲜血，而是一朵花。他瞬间变成了一朵花，还会说话，他说：“你看，我美不？”说着还用手捧起自己的花瓣脸。我快速点头说：“你很美，很美，你太美了。”

他的花瓣一下子就蔫了，他说：“你竟撒谎，你从来就没有看过我一眼。”我慌了，赶紧说：“我看过你，我怎么会没有看过你，你妈妈把你推走的时候，我去看了。你的脸是青色的。”

我一下子哭起来，我本来是要对着他哭，可他的花瓣飞起来，朝一座山上飞去，又变成了蒲公英的样子，一撮白色的绒毛，又一撮白色的绒毛，在空气中飘散了。我跳着脚去追，忘了那是他。

我爬上了那座山，我看到了一棵树，树上有一个人脸一样的疤痕，眼睛鼻子嘴分外有神，可嘴的两边，还各有一个小小的疤痕，那疤痕，看着就像酒窝。是谁的酒窝？

梦见小同桌的夜晚，我总是在半夜醒来。醒来后，说不清是心脏还是哪里，酸痛得难受，我必须要一动不动好久，才能恢复过来。恢复过来后，我就会不停地流泪，我不哭我的小同桌，我只哭我的父母，我真的有点恨他们，为什么不留下来再陪陪我。我也恨灌顶，为什么不留下，留下陪陪我。

大约一个月以后，貔貅再次见到我时，在很远的地方就大喊大叫着："你这是中了邪了还是怎么的，怎么眼窝青陷，瘦骨嶙峋的。"张青就在她的旁边走着，听见她这样喊，毫无顾忌地跑过来，扶住我的肩膀，盯着我的脸看。

我看到貔貅的脸有一丝不快一闪而过，但很快她就换上了热情的笑容，她也冲过来，扶住我的另一个肩膀，探着头盯着我的脸看。她的脸正好贴在张青的脸上。这样，我的眼前，就左右正好有两张不对称的脸，一大一小，一男一女。

张青说："我才多久不见你，你就这样想我吗？如果你想我的话，给我打个电话不是啥都解决了？"貔貅伸手把他的脸推向一边，不过也说了同样的话："你是在想我呢吧，毕竟刚认识了亲姐姐，可却好久不联系，心里很不是滋味，对不对？"

我把貔貅的脸也推向一边，转头对张青说："你和在河北的时候完全不一样，我真不喜欢在城市里生活的你。"

貔貅一下子愣住了，问张青："你去过河北，你们两个?"

她的眼角有怒气，也有杀气，而张青的眼里，则是惊慌和躲闪。我觉得好玩，就说："张青陪着我玩了好几天，那段时间，我们住在同一个房间。"我无意栽赃张青，可我就想看着貔貅恼怒。貔貅的恼怒，反而让我对张青更增添了一种好感，至少，这说明张青跟我说的有些话是真的。

貔貅的脸一下子蒙上了一层霜，她松了手，怒气冲冲地看着张青。张青怨恨地看了我一眼，然后又讨好地笑着去看貔貅，他说："你别听她胡说，你还不知道她这性格，有的愣说没有，没有的愣说有。"貔貅又转头看我，我不想继续和他们废话，就自顾自走了。

原来，张青去我家看望我，还拉着灌顶一起去，这不是貔貅的计划。貔貅到底还是舍不得用上张青？而张青和灌顶，早就脱离了貔貅的计划？或者，一开始和我亲近，完全是灌顶的一手策划，貔貅是连认我都没有兴趣的？

有很长一段时间，貔貅就像消失了一样，再也没有出现在我眼前。我不知道是不是我那句和张青开的玩笑正好击中了她。她认妹妹的热乎劲儿，就像一个笑话，一个还在耳边响着的笑话。而张青和灌顶也消失了。我希望他们是终于修成了正果，可我更希望他们能告诉我这个结果。

过多地梦见灌顶，梦见我的小同桌，让我又开始害怕回家，害怕躺在床上，可我又不得不独自一人面对孤冷的夜晚。

有一天，我刚要躺进被窝，我的手机收到了一条短信，短信这样写道：看着你，就像看到我自己，心疼你，其实就是心疼我自己。发信人是一个陌生的号码，我没有理会，以为是垃圾短信。

第二天晚上，临睡前，我的手机又接到了一条短信：如果你是天上飞着的蝴蝶，我就是湖里游着的小鱼。你有你的世界，我有我的世界，可当你从湖水上面飞过，不要让我看见你的脸，否则你会让我陷入永久的心酸。

第三天晚上，我又收到了短信：你的父母死了，我的父母活着，可他们比死了还痛苦。这个世界，死亡并不是结束，死亡只是把神经舒展到了另一个世界。

我的头皮倏地一跳。我想起了我的父母，我想起了我的小同桌。死亡对他们来说是不是结束？他们能在另一个世界舒展他的神经吗？他们的神经到底是怎样的？我还根本来不及认识。

我又看了一遍，越发觉得难过。这不会是垃圾短信，垃圾短信不会这样一直追着一个号码不放。实际上，前两个信息，我已经删了，我不知道这信息是不是和前两个出自同一个号码，只是这腔调太过一致。

第四天晚上，我早早梳洗完毕，躺在床上，盯着手机，很久很久，手机叮的一声，短信终于来了。这回，它这样说：我坐等千年，本想你刹那花开。可是你为什么不?

我的胸口一阵酸痛，就像我做梦醒来时的感觉一样。我想坐起来，可那酸痛让我无法动弹。当身体慢慢恢复后，我马上给那个号码恢复了一条短信：什么叫花开，怎么样才能花开?

我不想知道他是谁，也许，他是另一个灌顶，另一个貔貅，另一个想要谋划我的人生的人。可再怎么样无聊的人，如果和自己的人生没有交叉，这谋划到底还是有局限的。就像貔貅，都已经确定了的血缘关系，还不是说来就来，说走马上就消失不见。我的人生，到底还是低于她的人生的。

我只想问他问的问题，只想知道他知道的答案。一会儿，短信回复过来，上面只有一个笑脸，圆圆的圈，两点，一撇，机械的笑，古怪的脸。我关了手机，什么都不想想，可是脑子里却什么都在想。乱七八糟的人群，乱麻吐丝一样的关系，怪力乱神一样的遭遇。我的人生已经步入了第三个十五年了。第一个十五年，我在我爸妈的宠爱下无忧无虑，或者可以用另一个词来形容——欢天喜地，每天都如此。第二个十五年，我在我爸妈离开的阴影里，沉痛地诋毁着自己。第三个十五年，我被一个抛弃了自己很多年的亲姐姐要了一通，之后呢？会有什么新的机会吗？我会有什么改变吗？

我小的时候，是多么喜欢改变啊，我爸爸去集市的时候，我常常会特别兴奋，因为每次他回来，他总是会有一些新的小玩意给我。他从来不买重样的东西。有一次，他买来了一筐西红柿苗。我妈妈以前种过，但我还没有看过买来的柿苗，当我打开纸箱，西红柿那特有的香味扑鼻而来，我闻了又闻，舍不得放下。我妈妈笑着打了我屁股一下，说，馋丫头。

因为喜欢改变，我才叫嚷着要找自己的亲生父母。可自从我爸妈去世后，我开始害怕改变，我开始痛恨改变。生活最好单薄成一片白纸，切近生命的缝隙里，不干扰外物，也不被外物干扰。

可现在，我又喜欢上改变了吗？

为什么最近我一直在摇摆，一会儿想要回到第二个十五年的状态，一会儿又渴望被貔貅和灌顶带着走。我感觉自己很不争气，我就是一个懦弱的呆子，躲在套子里的人，没有资格好奇改变。

人鬼，情能了吗

黑胖子的女友出国了，在最初的两周，他给所有的朋友打电话，买一种叫思念的红豆。灌顶问他，吃了红豆不是更相思？他说，相思至死，早死早托生。

从那个晚上以后，我再也收不到短信了。又隔了几天，我回家时，发现门廊处，有一封信。白纸做的信封，只字未有。我看了看门，门下面有一条似有若无的小缝。信大概是从那里被塞进来的。我打开来，里面是 A4 纸，印刷字，上面是几行字：你是我不能承受的痛，可是我来到这个世界上，真的感谢有你这样的痛。

我不知道这是不是短信的续发。我看不出这前后有什么逻辑，可是有信来，我心里一下子踏实了，仿佛有一个世界，还有一条线和我维系着，尽管只是一条细线。

第二天，依然有信，信稍微长了一些，讲了一个小故事。故事是这样开头的：我们老家有一个柴垛，奶奶说柴垛下面有一窝小狐狸。

我激灵灵打了个冷战，这是灌顶。我抓起手机，拨通了灌顶的电话号码，可我马上又挂断了，就在挂断的瞬间，我看到手机从那边挂断了。她拒绝通话。我们没有说话的必要吧？我们已经有多久没有亲密地聊天了？大雪纷飞的日子早就溜过去了，花草都热热闹闹地地打扮起来了。再过几天，怕是知了又要闹起来了吧。

我有些难过，继续看那信的内容：

我们老家有一个柴垛，奶奶说柴垛下面有一窝小狐狸。可我爸爸说这是胡说。我妈妈说，这是胡说，小狐狸都住在城里。小狐狸抓住人的脚，不让人回家。我妈妈说的可能是我爸爸，因为我爸爸经常不回家。他在城里工作，我妈妈在农村。我妈妈是农民，我爸爸很不喜欢这个身份。他偶尔回来，也总是皱着眉，呵斥我妈妈，呵斥我们。

故事到这里戛然而止。我一直对她这个没有结果的故事很不满。现在我一下子明白了，她，是让我在续写结果。我真的是她后妈的亲女儿，那么，她对我，是喜欢多一些，还是仇恨更多一些呢？

但不管怎样，灌顶给我写了这个，就意味着，要和我继续沟通。这证明我们是有希望的。这希望，不是像貔貅和她现在的生活现状那样，表面嘻嘻哈哈什么都粉饰得挺好，背地里飞刀乱箭一样都不少。

可灌顶，是有和我一样的心思吗？生我的那个女人，与我有着血亲的那个女人，她们在她人生最初的那些美好年华里，用钝刀，一刀一刀，割着她的爱，割着她的命，割着她的信仰，割着她的善良，割着她的一切。她能那么快就从这伤痛中恢复过来吗？

那么，是不是要我来完成这最后的结局，我真的需要策划一个结尾，一个皆大欢喜的结尾吗？可每个人还是有每个人的欲望，每个人还是沉浸在每个人的缺陷中，我又如何能绕过这所有的欲望和缺陷，去完成一个圆满？就连我自己的心都是无法圆满的，我又如何去安慰别人呢？

我很想给灌顶打个电话，我想，她肯定也在渴望我给她打个电话。可我拿起手机，又放下了，放下了就不敢再拿起。号码太容易拨通，可沟通却难了。从何说起呢？从我跨越高山的时候，从我和我的小同桌在一起读书的时候？

第三天，没有信，也没有短信。一个晚上，静悄悄的。我的睡梦，也变得静静的。

第四天，信如约而至。我拿着信纸，躺在床上看。这回信更长了，但语调和情绪却一直波动：

我有时候恨你，恨你夺走了我的亲人，有时候又喜欢你，喜欢你单纯的样子。我想，他肯定也是这样被你迷住了。你真的不知道，你长得很美吗？你的冷酷，你的简单，让你的美就像是夕阳下的余晖，让人留恋。可你总是适可而止，迅速就收起你的美丽，变成一个残酷的黑暗。

你不要找我，不要给我打电话，我现在还没有做好准备见你。我只是想说说我想说的话，我要在说完这些话之后，再看看我的心，如果我是恨你的，我就永远不见你，如果我还依然喜欢你，那时候，我们就见一面吧。

手机里发给你的那些短信，不是我写的，是我的弟弟写的。信纸上的字，则都是我写的，每一句都是我的真心话。可我自己看了看，我写的居然和弟弟写的一模一样。我们都掉进了同样的陷阱了。我们为什么如此喜欢你呢？你可是我们在这个世界上最不应该喜欢的人！

如此说来，王青轩，是真的喜欢我的了。因为喜欢我，而没有去实现他妈妈让他报复我的愿望。怎么不报复我呢？其实，他要真是报复我，在我最绝望的时候，对我才是最好的。一步推进死亡的黑暗中，也比过上那样十多年的心里黑暗要好得多吧。为什么不报复我呢？为什么一定要选择自杀呢？或者躲开去，不理会，有些事情活着活着就有了解决的好方法了呀。

我真的为王青轩难过。我是一个值得人喜欢的人吗？我想不起来我上学的时候是个什么样子，我那时候很少照镜子，也很少交朋友。我只是木木地，每天重复着从教室到宿舍的路线。我特别希望下课，可是下了课又更慌张，因为无事可做，只能写从 1 到 7 的数字。

我写了那样的数字，他便用笛子吹出来一首曲子。那笛子声，至今还有印象，只是那个调子，我已经想不全了。半鳞一爪的片段还是有的，却怎么也连贯不起来。难道当初，他在我写的那些数字里面加了什么连缀润滑的音符了吗？我的这几个数字的组合，引起他的共鸣了吗？因为这支曲子，他才会对我产生好感？

如果那个时候我不那么木然，能和他沟通一下，哪怕只是就从 1 到 7 这几个数字也好，情况会不会马上不同？我们俩都是被世界抛弃的荒原，在相互安慰中会不会自我创造一片绿洲？

十多年的时光，十多年的空白，那空白，在当时让我连对王青轩这个名字都不感兴趣，至今，我都想不全他容貌的全体特征。我闭上眼睛，努力去回忆。可再努力些，也只是记得上课的时候，班长喊起立，他矮矮地站在我的身旁，却把头昂得高高的，把身体拔得直直的。关于青春，我只有空白，这空白，如今对我来说，只能让我心生疼痛。

我有些惆怅，想起灌顶说的小狐狸的事情，想起聊斋里不甘心离去的女鬼。王青轩，如果你有什么未了的心愿，为什么不也化作一个白面书生，和我来一场邂逅呢？因为我住的地方太过喧哗了吗？因为此世界的人性已经更加虚伪了吗？还是你已经选择了永远离去，连回头的机会都没给自己留呢？

第五天，又有信来，信上说：

盛婉青那么喜欢你，可却不肯为了你留下来。说你害了他，那不过是个借口，还是个卑鄙的借口。我妈妈的歇斯底里，让我有了一些觉悟。可是这些觉悟在碰到貔貅时，马上重新会变成混沌。算了，我给你写这些东西要干吗呢？要揭露谁呢？我自己也是抱着不纯的目的到你身边的，我又有什么资格去说别人。以后，我不会给你写信了，也不会给你发短信。我不知道你是否还会相信我，但我真的希望你一定要照顾好你自己。对于貔貅，我本不该说，但是我还是决定冒大不韪了，你最好不要和她接触太多。

灌顶心里有很多苦，她想要倾诉，可她能倾诉的对象，只有我，而我，偏偏又有那样一重身份。这世界真是扭曲。扭曲了灌顶，扭曲了我，扭曲了我们之间的关系。

我苦笑了一下，我和貔貅，不管是不是亲姐妹，至少我还能做的了不和她交叉感染的主。我不想因为她的坏，而让我自己也变成坏人。可灌顶，似乎做不到。盛婉青的死，肯定让她想明白了一些事情，可这明白还不够她觉悟，以至于她一旦碰到貔貅，还是会怒从心头起、恶向胆边生，还是会咬牙切齿，还是会恨意丛生的了。

我是不相信貔貅的话的，特别是那些诋毁灌顶的话。可我现在对灌顶批评貔貅的话也厌倦了，对所有的往事都厌倦了。我希望翻篇儿，就像张青在旅馆里不停按下遥控器一样的翻篇儿。就连王青轩，我也是不想再去想的了。他，真的只是我的一个淡漠的记忆。当初，他无意留下来，我当时又无心，我们已经注定了擦肩而过。何况，我们不是那么简单的同学关系，我们的故事，也不可能只是少男少女的那一场心动了。父辈的错综关系，两个姐姐的交叉感染，已经让我们俩的青春都变了味道。

我把所有的信都折叠好，放在我的床头柜上。我真希望这些文字只是纯粹的文字而已。或者，我可以把这些文字进行裁剪，找到新的编排方法。

空团圆实是云外歌声

黑胖子最喜欢的历史人物是诸葛亮，他喜欢他，不是因为他聪明睿智，不是因为他功高盖世，而是因为他可怜。黑胖子说，诸葛亮吊孝痛苦哀号，那不是哭周瑜，是哭他自己，人在江湖，就是入了居中之局。周瑜中了他的局中局，可他以后，还不知道要走进谁的局中局。

我的同事说要给我介绍个对象。这已经是好久都不再出现的提议了。我刚进入这单位的时候，就有几个大妈大姐对我的婚姻大事极为关心，她们手里掌握着大把的单身青年男女的资料，一看到我，立刻就把我扫进了她们的资料中心。可是在对我进行了几次配对之后，她们个个都灰了心，又默默地把我从她们的资料中心清扫出来。

我们单位因为这几个大妈大姐的这种搭桥牵线的福事而

不再那么沉闷，可自从认清我的真面目之后，她们在我面前是连这种事都省略了的。不知道是怕我伤心，还是因为我这顽石不会有回应她们会感到尴尬。

这一回，向我提议介绍对象的人，是当年第一个做出这样提议的人，也是第一个决定把我置之配对之外的人。她已退休，却更是闲不住。我刚走进办公室，她就悄悄走过来，轻轻在我耳边说："姑娘啊，你有福了。"虽然是轻声，但她的大嗓门大概很难收住，我吓了一跳，头朝旁边歪了歪。她则又按住我的头，更加小声说："有一个小伙子看重你了，要我来做个说和人。这回是人家主动，你可要好好表现啊。你现在也年纪不小了，再这样下去，就一辈子孤单了。那可不是什么好事。"

我轻轻挣脱她的手，说："谢谢，谢谢，但我现在要去开个会议。"我没有什么会议要开，但如果我不这样说，她大概能唠叨出一个大长篇来。可她也知道我没有会议，她顿了一下，撇着嘴笑了，继续说："你这姑娘，可别再像个顽石似的活着了，这人生啊，是过一天少一天了，每天都得抓紧时间玩得更快乐些才对。"

我毫无办法，只好坐在那里，苦笑着等她自行结束。好在有同事过来找她，她迅速把她的话结了个尾，走了。

下班的时候，我比平常走得稍微晚了点，结果到门口的时候，就被她拉住了。她脸上的笑已经满满当当，五官反而显得有点多余了。她抓住我的胳膊，不由分说把我拽到了不远处的一个咖啡厅里。

这是同事们常来的地方，我却没来过。我唯一进过的咖啡厅，就是灌顶的咖啡厅。在灌顶的咖啡厅里，我有自己的地方。可这里，简单而时尚的桌子，时尚而简单的椅子，整齐划一，排列规矩，都被当头一盏花灯罩着，哪一个都是不留常客的，人来人往，随来随走。

同事拽着我很快走到一个方桌前，那里已经坐了一个人。我早就看出来，那是张青。我有些莫名其妙，可是看他正在给我使眼色，我只好不动声色地跟着同事坐下来。同事山云海雾地做了一个长篇寒暄，其间不乏媒婆夸赞男人女人的说辞，她说张青是人中龙凤，我默然，可当她说我是千里挑一时，我一下子忍不住笑起来。同事一把按住我，冲我挤眉弄眼了一会儿，然后转头继续她的寒暄。终于，她觉得自己的任务圆满完成，很高兴也很满足地退了场。张青殷勤地站起来要送她，被她拦下。

我看同事走远了，连忙问张青怎么回事。张青有些为难地说："还不是你那个亲姐姐，乱点鸳鸯谱，她亲自出马，说一定要撮合咱俩成。”

我咬了咬牙，说：“那你就真听她的？你又不是她的奴隶，你又不靠她活着，你为什么要如此？貔貅肯定知道你喜欢灌顶，却偏偏要让你和我来谈恋爱，她这不是故意要看笑话呢嘛！”

张青更难过了，皱着眉，叹着气，说：“还不是因为你另一个亲姐姐，灌顶啊，对我始终不冷不热的，我现在都不知道我到底该怎么办了。你都不知道，提出让你和我交往，这还是她给貔貅提出来的意见。”

我有些郁闷，问道：“她为什么要这么做？难道就因为我和貔貅是亲姐妹，她就忍不住也想把我拉进来？”

张青连连摆手，说：“根本就不是那样，我不是说过了吗？你和貔貅是亲姐妹，你和灌顶，也是亲姐妹！”

我“腾”一下站了起来，大声问道：“你说什么？”

我的声音太大了，把张青吓了一跳，他左右看看，咖啡馆里的其他客人正在好奇地看着我们俩。张青站起来，把我按到座位上，说：“你听着，我也是刚知道的。”

我问道：“貔貅说的，还是灌顶说的？”

张青说是灌顶。

我有些生气了，对灌顶生气了，难道灌顶对我还是心怀报复？

张青着急了，脸都有些红了，他说："谁知道你们仨之间这么复杂啊，我要知道，我肯定离你们远远的了。你别怀疑灌顶，灌顶可不想报复你。你想想，你是什么时候认识灌顶的？其实灌顶的弟弟死的时候，灌顶就知道你是她亲妹妹了，可那时候她根本就不信是你害了她弟弟，为了和她妈妈抗争，她妈妈还把她用锁子锁在椅子上。"

张青一直重复着，我就是灌顶的亲妹妹，可他又不解释，只是东一句西一句地说一些不相干的话，让我更加生气。可是说到王青轩，我立刻就冷静下来。我问张青："盛婉青有个死亡日记是吗？"

张青瞪着眼睛看我，说："你知道啊？你知道这就好说了。盛婉青在日记本里说，你长得太像盛婉璐了。他妈妈还总是怀疑，你是他爸爸和貔貅妈妈的孩子。所以，你妈才不能认你，而你爸又把你卖了。"

这有点乱，乱得离谱。我其实很小的时候就知道私生子这码事，张老三就是私生子，张老三对他的亲生父亲视若仇敌。

我彻底无语了，想想那个生我的女人，我不禁苦笑着喃喃道："你还能做得更绝点吗？"张青没有听清，问我说什么，我摇摇头，说：“那也不过是一个猜测。”张青马上说：“那可不是猜测，灌顶早就用科学证明了你们是亲姐妹了。所以，她才在貔貅提出和你交往之前和你交往，她，说实在的，还是怕你被貔貅逼着走了她弟弟的死路。所以，她才在听说你和我一起出去玩后，提出让我和你交往，所以，我才如此苦闷，所以，我才来找你……”

我烦闷透了，断喝一声：“不要再说了。”我的声音不大，但张青还是马上就闭了嘴，只是委屈地看着我，我缓和了一下情绪，说：“你放心吧，我知道是怎么回事了，我肯定会撮合你和灌顶的。我对你，一点想法也没有。”

我刚要走，张青的手机响了。来电话的是貔貅。张青把手机听筒放在我耳朵上，听筒里，哇啦哇啦一阵女人的尖叫。貔貅说：“反正你们已经在同一间房里睡过了，我同意你们俩交往。”我把电话推开，我一个句子也不想跟貔貅说。张青听见电话没有挂，就又把听筒贴在我的耳朵上，貔貅就继续哇啦：“我知道灌顶对你展开心理战术了，我看到她给你扔到地板上的信了，还写什么遇到了什么疯子，疯子告诉她要报仇。我就知道她对我好都是假惺惺的，我就不该给她的咖啡馆投资。你是我的妹妹，我知道她现在在想什么，她脑子里只有‘报仇’这俩字。”

我想起第三天没有信。那信看来是被貔貅拿走了。貔貅即使不出现在我眼前，也要偷着去我的住处检查一番？我微微有点发冷。张青把手机接过去，嗯嗯啊啊地说了两句，挂了。然后对我说："你看见没，貔貅是在电话检查。我真是厌烦透了，在你们姐三个中间。"

我问他："貔貅知道我和灌顶的这层关系不？"

张青摇摇头。

我若有所思，不管这是真的，还是又是一个局，我却喜欢这样的一个发展方向。如果真是这样，那么至少，我猜测的，我理解的灌顶，是真的灌顶，而不是另一个貔貅，一个深藏不露的貔貅。可她到底是深藏不露的，只是深藏不露的灌顶比深藏不露的貔貅要好一些吧。

也许，我该去验证一下，我和貔貅是否真的有血缘关系了。至于和灌顶之间，验证不验证，都无所谓了。

红尘千丈，血亲无缘

黑胖子喜欢听李玉刚的歌，可李玉刚出家了。黑胖子说：“没关系，以后，我朝可听钟暮可听鼓。”我问为什么，他说：“我听的是歌，还是他的心声。”然后他又故作神秘地说：“这事不是我完成的，是我的灵魂自己做的，与我无关，我从来不管灵魂的事，没人管得了灵魂的事。”

我给貔貅打电话，要求去做亲缘鉴定。貔貅很痛快地答应了，可答应之后还是唠叨了一番，她说证明都放在我家里了，我这是多此一举。

我在网络上搜索了一家亲缘鉴定机构，然后拉着貔貅去了。鉴定的结果，我和貔貅并不是亲生姐妹。貔貅大惊失色，连呼搞错了，急切之间，她说：“不可能，我和妈每年都偷着去看你，你每一年的样子我都记得清清楚楚的，这怎么会搞错呢?”

我又一次问她：“我父母死的时候，你们也没有想过把我接回来吗？灌顶妈妈要报复我的时候，你们也没有想过把我接回来吗?”

貔貅有些发窘，恼怒地说：“我不是跟你说了吗？那时候我还小，我和妈都是寄人篱下，我们就是把你找回来，你也是跟着我们受气。再说了，你爸妈给你留下钱，让你读书，不是安排得很妥当吗?”

我淡淡地笑，说：“算了，这些都是你们家的事，鉴定结果是我和你并不是亲姐妹。”貔貅仍然不相信，她拉着我要再去做鉴定，我说：“怎么可能？我不知道你到底打的什么算盘，可也就容你闹到这里。就算我真的是你的亲妹妹，可你在我活不下去的时候都没有想过认我，现在又何必?”貔貅无语，也就断了再做鉴定的念头。

我以为，貔貅和我这回是彻底得一刀两断了。这样闷了一段日子后，貔貅就又追了来。她趾高气昂地站在我的房间，看看这，看看那，然后说：“你看看你这屋里，有多少东西都是我给买的，如果你不是我的亲妹妹，我干吗还要给你买这些东西。”

我刚想说话，门铃响，貔貅抢在我前面去开了门，进来的是张青。张青带着好几个年轻人。这些人一进来，貔貅就指着一些物品说："这个，这个，这个，都搬走。"张青嘟囔了半天，想要劝我，又想要劝貔貅。可看看我，钢铁一根，看看她，铁板一块，他为难极了，最后一生气，甩袖子走了。

张青走了，其他年轻人还在。貔貅带领着那群人，就像是进村扫荡的鬼子，把我房间拆了个乱七八糟。就连那个带着小圆凳面的垃圾桶都推走了。

东西都搬走后，貔貅在几乎空荡荡的房间里来回走着，一边走一边看着我，狐疑地，半是犹豫，半是果断，说："你不会是搞了什么鬼了吧？算了，就是你搞了鬼，你要真不想认我，那我们可以就此不再有任何关系。说实话，认你这个妹妹，对我有什么好处呢?"说完，她转身就走。

我说："你最好把这话也告诉灌顶，让她不要再纠缠我。我和你们俩没有任何关系。"

貔貅马上回过身来，眯着眼睛走到我面前，说："你这么做，是做给灌顶看的？我就说嘛，别看你是我亲妹妹，从一开始我就看你不顺眼，你总是胳膊肘往外拐。你也不看看灌顶是什么德性，她那是真对你好吗？她那是想要报复你。等等，让我想想，灌顶是不是跟你说，你是她的亲妹妹，你是她爸和咱妈的孩子？哼！这个贱女人，我就知道她会有这么一招。”

她眯着的眼睛瞬间睁开，瞪得溜圆，她的眼睛里有一点点红的血丝，横着穿过眼球。她是为了这个问题熬了夜，苦思冥想了吗？

我赶紧摇摇头，说：“算了，你就当我什么也没有说。”貔貅哪里肯罢休，又绕着我转了好几圈，恶狠狠地瞪着我。那神情，像是一旦发现什么破绽，就扑上来咬我一口似的。她终于没有发现什么，狠狠哼了一声，走了。

我长出了一口气，房屋居然发出一点回音。房间是彻底空了，没有床，没有柜子，没有椅子，只有房东放在门口一侧的一个破旧的桌子。不太高，正好容我一坐，我跳上去，哼起了歌。

貔貅根本就不是做姐妹的料，当然，我也不是做人姐妹的料。我从骨子里就是孤的，独的，而她，骨子里伸出来的，都是粘附世界的触角。哪里有营养，她就去哪里。没有营养的地方，她是连看都不会看一眼的，就像菟丝子。以后，貔貅不会再来找我了。她是个可以充分这样做的人。

谁知不久，我就在我的新小区里见到了貔貅。那也是下班回家的时候，天色阴沉着，似乎要下雨。路上的人都行色匆匆。可在一棵桐树下，一男一女却怡然自得地搂抱在一起，互相亲吻着。行人们都用异样的眼光看着他们，有个年轻女孩甚至还笑出了声，拿起手机要拍照。

这时候，那一男一女分开了，男的伸出粗壮的胳膊，一把抓住了女孩的手臂，女孩“啊”的一声，手机掉落在那男人的手里。那女的扭着腰走过去，说：“还轮不到你来给我拍照呢吧。”

这男的，我不认识，那女的，我却熟识得不能再熟识，那是貔貅。我假装没有看见，转到另一条路上。貔貅居然跟了上来。她一边走一边说：“我告诉你，这段时间我给你的，我会怎么给你，怎么夺回来，你要记住。你明明就是我的亲妹妹，还给我唱一出假鉴定的戏。我知道你是怎么想的。你觉得你有自命清高的资格没有？”

我猛地停住，貔貅没来得及躲开，一下子撞在了我身上。我穿了一件胸口有拉链的衣服，她的脸正好撞在那拉链上，她尖叫着躲开，一边揉着脸，一边对身边那个男人说：“你给我打她一个嘴巴。”

我看了看那个男人，模样身材都很像张青，可比张青小得多，也稚嫩得多。貔貅下了命令，他居然真的举起了巴掌，只是迟疑着看着貔貅。我绕过他俩，又重新走到另一条路上。

貔貅声嘶力竭地在后面喊："我就不信我治不了你。你给我等着。"

远远地，就听那个小伙子说："姐，你又何必呢，她也许真的就不是你的亲妹妹。经过那么多年了，你怎么知道有什么变化。医学证明那是做不了假的。"貔貅马上啐了一口，说："你懂什么，对付这些人，就得多几个心眼儿。真真假假，假假真真的。"

我不能继续搬家，我既没有那个能力，也没有那个精力。左思右想，我决定去找灌顶。貔貅的胡搅蛮缠，反而让我更笃定了对灌顶的好感。我不相信我是灌顶的亲妹妹，可我喜欢灌顶的这个谎言。

灌顶的咖啡馆离我的住处太远了，我倒了好几趟车，走啊，走啊，还是走不到。我一直幻想着我一进门，灌顶就迎上来的样子，可我又否定，灌顶不会迎上来，或许，她会给我一个黑脸，然后进到里面，或许，她根本就不在咖啡馆。

坐到最后一趟车的时候，我忽然意识到，不是路太远了，是我绕了很远的路。我的腿是朝着她去的，我的心和我的大脑都在衡量着我们俩不可更改的距离。

还在街上，我就看到了咖啡馆里的灌顶，她正围着一个棕色的围裙，给一对青年男女端来饮料。她弯着腰，笑着和那对青年男女说话。她的脸有些憔悴，可笑容却并不疲惫。

我站在窗外，又迈不开步了。我们分开好久了，这中间又发生了那么多的事情，现在我这样突兀地走进去，能说什么呢？可转身回去，我又不甘心。

我拿出手机，拨通了那个夜晚给我发来短信的号码，灌顶居然接了电话。我看到她接了我的电话，而且一点都没有迟疑。我有些激动，一时间不知道该说些什么好。我沉默着，灌顶也沉默着。我感到有些憋气，我发现我屏气凝息。我把手机拿开，大口喘了两下，又放到耳朵上。灌顶说话了，好像是笑着说的，她说："只要我活着，我就想保护好你。"我的泪无声地滑下来。

我把呼吸调得顺畅了一点，我回答说："好。"我看到灌顶正透过玻璃窗子往外看。她看不见我，我知道，可我还是躲了一下，躲在了一棵树的后面。灌顶拿着电话，走到里间去了。我挂了电话。

我不用再去找她了，我是说，我不用急着去找她了。我既然逃不开貔貅，我就没有理由避开灌顶。也许，我以后，也可以做一个在校草面前诋毁貔貅的坏人，或者，比那做得更恶劣一些。

我转回身，往家走。

路灯雪亮雪亮的。路两旁的树，更加阴森。